KB080529

조선남자
朝鮮男子
-천능의 주인-

조선남자 17권 완결

초판1쇄 펴냄 | 2021년 02월 16일

지은이 | K.석우
발행인 | 성열관

펴낸곳 | 어울림 출판사
출판등록 / 2009년 1월 23일 제 2015-000062호
주소 / 경기도 고양시 일산동구 무궁화로 43-55, 801호 (장항동, 성우사카르타워)
TEL / 031-919-0122
FAX / 031-919-0127
E-mail / 5ullim@hanmail.net

ⓒ2021 K.석우
값 8,000원

ISBN 978-89-992-7129-8 (04810)
ISBN 978-89-992-6190-9 (SET)

OULIM MODERN FANTASY

〈완결〉

K. 석우 현대판타지 장편소설

조선남자

朝鮮男子

-천능의 주인-

어울림

조선남자

朝鮮男子

-천능의 주인-

목차

필독

　본문에 등장하는 의학용어는 가급적 현재 의학용어에 맞게 사용할 예정입니다.
　다만 의료상황이나 응급상황을 묘사함은 현실의 의료상황이나 응급상황과는 다른 작가의 작품구성 상 필요에 의해 창작되었음을 알려드립니다.
　또한 본문에서 언급하는 지역과 인간관계, 범죄행위, 법과 현 시대의 묘사는 현실과 관계없는 허구임을 밝힙니다.

무모한 욕심

"이봐, 빌리. 확실히 저 차가 트럭을 뒤따라가는 것 맞지?"

막 경북 칠곡휴게소에서 빠져나온 4208 넘버를 달고 있는 5톤 트럭의 뒤편에서 트럭과 속도를 맞추어 검은색 승합차가 따라가고 있었다. 또 그 뒤에는 100m 정도의 거리를 두고 국산 SUV 승용차가 일정한 거리를 두고 따르고 있었다. SUV 차량을 운전하고 있는 사람은 얼핏 봐도 덩치가 곰 같은 백인사내였다. 금발의 사내는 눈이 보이지 않는 짙은 선글라스를 쓰고 있었다.

그의 옆쪽에 앉은 검은 피부의 사내는 한 손에 성능이 좋은 근거리용 무전기가 들려 있었다.

검은 피부의 사내가 빙그레 웃었다.

"이럴 줄 알고 공항을 출발해서 휴게소에서 하루를 머물렀다 출발했는데 멍청한 놈들. 클클."

트럭의 뒤를 따르고 있는 검은색 승합차와의 사이에 두 대의 승용차를 끼워 넣고 일정한 거리에서 트럭을 감시하는 SUV는 누구라도 관심을 갖지 않는다면 특별해 보이지 않는 평범한 국산 SUV였다. 영종도의 인천공항에서 동신그룹의 수입화물로 선적된 화물 중 코드번호가 'K'로 시작되는 화물을 싣고 공항을 나온 것은 어제 오후였다. 화물을 싣고 공항을 빠져나온 트럭은 인천을 거쳐 영동고속도로를 이용하다가 수원에서부터 서울과 부산을 연결하는 경부고속도로로 접어들어 남행을 계속했다.

트럭이 대구의 북쪽인 칠곡휴게소로 들어선 것은 어젯밤 자정 무렵이었다. 그 후 지금까지 움직이지 않고 있다가 지금에서야 다시 움직이기 시작한 것이다.

화물을 싣고 운송을 하던 트럭운전기사는 지급받은 무전기를 통해 별도의 지시가 있을 때까지 휴게소에서 기다리라는 말에 오랜만에 아주 긴 잠을 자며 쉬는 행운까지 얻었다. 본래라면 오더가 떨어진 화물의 운송을 완료해야 운송비를 받을 수 있기에 한 시간이라도 빨리 화물의 운송을 완료하고 배송센터를 통해 또 다른 오더를 받아야 하는 게 기사의 일상이다.

그러니 기사의 입장에서는 무작정 기다리라는 화주의 요구는 무척 난감한 일이 아닐 수 없었다. 선금으로 꽤 큰 금액을 받았지만 그것만으로는 충분하지 않았다.

차라리 다른 오더를 받고 일하는 편이 기사로서는 더 이익이었기 때문이다. 하역을 해야 하는 장소의 위치를 알면 혼자서라도 화물을 운송하고 싶었다.

그렇지만 휴게소에서 대기하는 대기시간까지 운송비에 포함하여 준다는 말에 그렇지 않아도 모자랐던 잠을 아예 늘어지게 잘 수도 있었다. 결국 정오가 다 된 시간이 되어서야 다시 부산 쪽으로 출발하라는 지시가 무전기를 통해 전달이 되었다. 트럭기사는 무전기의 송신반경이 어느 정도 되는 것인지 알지 못했지만 어쩌면 화주가 자신의 근처에 있을지 모른다고 생각했다.

하지만.

결국 점심까지 느긋하게 먹고 다시 출발하는 화물차가 천천히 휴게소를 빠져나왔다. 아직까지 정확한 운송지점을 알지 못하고 있는 상황이었다. 그래도 수시로 무전기를 통해 행로를 알려주었기에 상관이 없다고 생각했다.

트럭과 30m 정도 떨어진 곳에 주차하고 있던 검은색의 승합차가 같이 움직이기 시작한 것은 트럭 운전수는 전혀 모르고 있었다.

트럭이 휴게소를 출발함과 동시에 같이 출발한 검은색 승합차는 인천공항을 출발할 때부터 트럭을 미행하고 있었지만 트럭기사는 전혀 눈치채지 못했다. 그것은 트럭을 따르고 있는 검은색 승합차에 탑승한 사람들도 마찬가지였다. 인천공항 화물청사를 빠져나온 트럭을 공항 밖 신불인터체인지

에서부터 따르기 시작한 검은색의 승합차는 공항신도시 인터체인지에서 제2 경인고속도로로 빠져나오는 곳에서부터 흰색의 국산 SUV가 중간에 끼어들었던 것은 꿈에도 생각하지 못하고 있었다.

또한 검은색의 승합차는 트럭을 운전하는 기사가 무전을 통해 행선지를 통보받으며 움직이고 있다는 것은 전혀 상상도 하지 못했다.

처음부터 정해진 목적지가 있는 것이 아니라 오더와 함께 무전기를 받았고 그것을 통해 행선지가 통보되었다.

이런 경우는 너무나 특이한 상황이었기 때문이다.

결국 제2 경인고속도로로 들어와 월곶에서 영동고속도로를 타고 수원에서 경부고속도로로 접어드는 동안.

검은색의 승합차는 트럭의 행선지가 어딘지 모른 채 무작정 트럭을 따라가고 있었다.

트럭에 적재된 화물은 그다지 큰 중량이 아니었다.

화물의 무게도 가벼워 오랜만에 제대로 속도까지 내면서 달리는 상황도 만들어졌다. 칠곡휴게소를 빠져나온 트럭이 이내 서대구 방향으로 달리기 시작했다. 30분 정도면 대구에 접어들 것이었다. 그런 트럭의 뒤를 검은색의 승합차가 약 30m 정도의 거리를 두고 따르고 있었다.

또한 승합차의 뒤쪽으로 다시 몇 대의 승용차를 사이에 끼워 넣은 흰색의 SUV가 따르고 있는 상황이었다.

흰색의 SUV를 운전하던 금발머리의 사내가 재미있다는 표정을 지으며 입을 열었다.

"트럭을 따르고 있는 자들이 누군지 궁금한데."

운전을 하던 금발머리의 사내는 올해 나이 41살의 미국국적의 전직 미해병 특수부대 Navy Seal 출신의 에릭 존슨이라는 이름의 용병이었다. 그의 옆자리에 앉아 무심한 눈으로 전방을 바라보고 있는 검은 피부의 흑인이 흰 이를 드러내며 웃었다.

"생각해 볼게 뭐 있겠어? 저 트럭에 무엇이 실려 있는지 궁금해진 한국 놈이겠지."

흑인은 금발머리인 에릭존슨과 함께 같이 미해군 특수부대에서 근무하다 퇴역한 빌리 헤이든이라는 사내였다.

에릭존슨과 빌리 헤이든은 함께 군생활을 하면서 지금까지 늘 함께 움직여 왔던 사이였다. 친한 친구이기도 했지만 또한 라이벌과 같은 관계이기도 했다.

운전을 하던 에릭 존슨이 트럭을 뒤따르고 있는 검은색이 승합차를 보며 히죽 웃었다.

"웃기는 놈들이군. 저렇게 노골적으로 뒤를 따르면 금방 눈치를 챌 것이라는 것을 이해하지 못하는 것인가?"

에릭 존슨의 말에 빌리 헤이든이 히죽 웃었다.

"놔둬. 나중에 뭐하는 놈들인지 확인해 보는 것도 나쁘지 않을 것 같아. 여의치 않으면 날려버리면 그만이고……."

빌리 헤이든은 트럭의 뒤를 따르는 검은색 승합차가 저렇게 어수룩하게 미행을 하는 것을 보며 검은색 승합차에 탄 사람들이 위험한 존재는 아니라고 생각했다.

만약 검은색 승합차가 유럽이나 미국에서 저런 식으로 미

행을 했다면 단번에 차 안으로 수류탄이나 심할 경우 로켓탄
의 표적이 될 것이다. 지금이라도 언제든 트럭의 뒤를 따르
는 검은 승합차를 가루로 만들어 버릴 자신이 있는 빌리 헤
이든이었다. 빌리 헤이든이 손가락으로 앞쪽에서 달리는 검
은색 승합차의 뒤를 향해 마치 총을 쏘는 것 같은 동작으로
겨냥했다. 빌리 헤이든의 입에서 휘파람 같은 소리가 흘러나
왔다.

"피슉—"

상대를 제거할 때 습관적으로 취하는 빌리 헤이든의 동작
이었다. 빌리 헤이든의 동작을 본 에릭 존슨이 빙긋 웃었다.

"체코의 프라하 생각이 나는데?"

2년 전 체코의 프라하에서 일어났던 사건을 머리에 떠올린
에릭 존슨이 하얀 이빨을 드러내며 웃었다.

빌리 헤이든이 낮은 웃음소리를 흘리며 맞장구를 쳤다.

체코 프라하에서 작전 중 자신들을 미행하던 두 대의 차를
아예 로켓탄으로 가루로 만들어 버린 일이 떠오른 것이었다.

"후후 로켓탄이 날아올 때 입을 벌리던 짐 에밋의 표정이
아직도 기억이 생생해."

달리던 승합차의 뒷문이 열리고 로켓탄을 겨냥할 때 미행
하던 차를 운전하던 운전수의 놀라던 표정을 본 빌리 헤이든
이 검은 얼굴에 하얀 이를 드러내며 웃었다.

2년 전에 체코의 수도 프라하에서 벌어진 두 대의 차량 폭
발사고 뉴스는 외신을 타고 전 세계로 퍼져 나갔다.

당시에는 그저 유럽에서 테러가 일어났다고 알려졌지만 지

금도 그 범인이 빌리 헤이든과 에릭 존슨이라는 사실은 그 누구도 모르고 있었다.

에릭 존슨은 당시의 그 일을 다시 떠올린 것이다.

그때였다. 삐리리리리릿—

조수석에 앉아 있는 빌리 헤이든의 손에 들린 전화기가 울렸다. 에릭 존슨이 힐끗 빌리 헤이든을 바라보았다.

빌리 헤이든이 전화기의 화면에 떠오른 번호를 확인한 후에 재빨리 전화기의 수신번호를 터치했다.

삐—

"앵무새다."

낮게 말하는 빌리 헤이든의 표정이 살짝 굳어져 있었다. 그의 귀로 약간 쉰 듯한 여자의 목소리가 들려왔다.

—실버가 도착했어. 현재 위치는?

여자의 목소리에 빌리 헤이든이 눈을 껌벅이며 주변을 살폈다. 하지만 이내 이곳이 어디쯤인지 금방 깨달은 빌리 헤이든이 대답했다.

"지금 막 칠곡휴게소를 빠져나왔어. 여전히 남쪽으로 내려가는 중이야."

이미 한국에 입국하기 전에 한국의 도로사정과 지리는 대충 파악해 놓고 있었기에 어느 정도의 거리감을 감지하고 있던 빌리 헤이든이었다. 그의 귀로 다시 여자의 목소리가 들렸다.

—그럼 대구에서 차를 돌려 다시 올라와. 최종 지정된 장소는 P5야. 실버도 그쪽으로 갈 거니까 늦지 않도록 해.

"그러지."

빌리 헤이든이 전화를 끊었다. 에릭 존슨이 빌리 헤이든을 바라보았다.

"뭐야?"

에릭 존슨의 물음에 빌리 헤이든이 웃으면서 입을 열었다.

"목적지가 확정되었어. 최종 목적지는 P5야."

"P5?"

"응."

빌리 헤이든이 시원하게 머리를 끄덕였다.

인천공항에서 출발할 때 자신들에게 전해진 최종목적지는 모두 다섯 곳이었다. A1, C2, F3, G4, P5로 전달이 되었는데, A1은 부산, C2는 광주, F3 대구, G4 대전, P5 서울로 정해져 있었다.

별다른 지시가 없다면 전해진 순서대로 움직여야 했기에 처음부터 부산으로 내려가던 중이었던 것이다.

하지만 이제 최종적으로 서울로 목적지가 정해졌기에 다시 차를 돌려 서울로 올라가는 일만 남았다.

빌리 헤이든이 자신의 손에 들린 전화기에 녹음된 자료를 찾기 시작했다. 곧 그의 전화기에 녹음된 P5에 관한 음성녹음자료가 떠올랐다. 빌리 헤이든이 옆쪽에 놓아둔 무전기를 들고 발신 버튼을 눌렀다.

치익— 무전기에서 낮은 소음이 잠시 흘렀다.

빌리 헤이든이 P5와 관련된 녹음내용을 틀었다.

치익—

—기사님, 최종 목적지가 바뀌었습니다. 바뀐 목적지는 서울 용산 전자상가 에이스 프라자몰입니다. 차를 돌려 서울로 다시 올라가야 합니다. 전화기에 녹음된 목소리는 유창한 한국어를 사용하는 젊은 여자의 목소리였다.

이내 트럭 기사의 무전회신이 들려왔다.

—알겠습니다. 금호분기점에서 서대구 인터체인지 쪽으로 빠져 차를 돌려 다시 서울로 올라가겠습니다.

트럭 기사는 아무런 반문도 하지 않았다. 무전을 통해 지시가 내려오면 그것으로 끝이라는 것을 잘 알고 있었기 때문이다. 인천공항에서 칠곡휴게소까지 내려올 때 몇 번의 무전송신이 날아왔지만 그때마다 반문을 하거나 질문을 해도 전혀 무전기에서는 어떤 반응도 나오지 않았다. 에릭존슨과 빌리 헤이든은 녹음된 내용을 트럭 기사에게 전달했을 뿐 한국어를 몰랐기에 반응을 할 수가 없었던 것이다.

트럭이 금호인터체인지에서 서대구 인터체인지 방향으로 차를 돌려 서대구에서 빠져나와 다시 반대방향으로 고속도로 위에 올라섰다. 트럭의 뒤를 따르던 검은색의 승합차는 트럭이 방향을 바꾸자 약간 당황하는 듯했지만 이내 다시 트럭의 뒤를 따르고 있었다.

그런 검은색의 승합차를 에릭 존슨과 빌리 헤이든이 탄 SUV가 느긋하게 뒤를 따르고 있었다.

부우우우우웅— 인천대교를 건너온 흰색의 벤츠가 인하대 병원 앞쪽에서 경인고속도로로 접어들었다.

먼지 하나 보이지 않을 정도로 깔끔하게 정비가 되어 있는

벤츠는 빠르게 서울 쪽으로 향했다.

차의 뒷좌석에는 검은 선글라스를 쓴 50대의 금발 여인이 무심한 표정으로 스쳐가는 도시의 풍경을 바라보고 있었다. 거의 표정이 없는 느낌의 여인은 옷 밖으로 드러난 목의 주름살이 없었다면 30의 젊은 여인이라고 해도 좋을 정도로 매력적이었다. 운전을 하는 사내는 동양인과 서양인이 섞인 혼혈계의 느낌을 풍기는 40대의 건장한 남자였다. 또 조수석에는 30대 초반으로 보이는 긴 갈색머리의 히스패닉 계열의 혈통이 완연한 여인이 앉아 있었다. 뒷좌석에 앉은 금발 여인이 무심한 듯한 어투로 입을 열었다.

"에릭과 빌리에겐 통보했나?"

감정의 기복이 전혀 느껴지지 않는 말 그대로 입술만 움직여 소리를 흘려내는 느낌의 어투였다.

금발여인의 말에 조수석에 앉은 갈색머리 여인이 대답했다.

"했습니다. 실버. 지금 서울로 다시 올라오고 있는 중일 겁니다."

"그래."

금발여인이 머리를 끄덕였다.

검은 선글라스에 가려진 금발여인의 시선은 어디를 보는지 알 수 없었다. 그럼에도 조수석의 갈색머리 여인은 무척이나 조심스러워 했다. 금발여인이 빠르게 스쳐가는 한국의 도시 풍경을 보며 낮은 목소리로 다시 입을 열었다.

"듀크라는 그 애송이가 우리 폭스레인에게 100억이라는 돈을 베팅금으로 걸 정도면 분명 우리가 알지 못하는 무언가가 있을 거야. 그 때문에 일단 돈보다는 그 두 동양인을 잡아서 이유가 무언지 확인해야 해."

말을 하는 금발여인은 미 중앙정보국 CIA에서 유럽지역 지부장을 지내고 은퇴한 제이미 켈리건이었다.

CIA 내부에서는 '블러드 쉐도우'라는 별명을 가지고 있었으며, 12년 전 영국에서의 작전을 마지막으로 종적을 감추어 버렸다. 그녀의 일방적인 은퇴선언으로 CIA 내부에서는 조직의 일급비밀과 상당수 관련된 그녀를 은밀하게 처리하려 CIA의 집행조를 동원하여 그녀를 찾았다.

하지만 자신의 행적을 계속 추적할 경우 CIA의 추악한 비밀을 세계의 언론을 통해 공개하겠다는 협박에 결국 그녀를 추적하는 것을 멈출 수밖에 없었다.

일설에는 그녀가 CIA의 지부장으로 재임하고 있을 때 과격하고 파격적인 작전수행으로 인해 쌓인 원한이 많아 그녀에게 복수를 하려는 첩보조직에게 피살되었을 것이라는 소문이 돌았다.

실제로 블러드 쉐도우라는 별명도 그런 그녀의 과격한 작전기획과 선과 악을 구별하지 않고 돌발적으로 작전을 수행하는 그녀의 성격 탓에 붙여진 별명이었다.

어찌됐든 영국에서 사라진 제이미 켈리건이 독일에서 전신성형수술을 받고 실버폭스라는 새로운 신분으로 태어났다는 것은 그 누구도 몰랐다.

실버폭스라는 새로운 예명으로 다시 돌아온 제이미 켈리

건은 자신이 근무했던 CIA에게 접근해 CIA의 외부공작이나 CIA가 관련되었다는 것이 드러나서는 안 될 공작을 외주형식으로 대행하며 새로운 독립조직을 만들었다.

그것이 바로 폭스레인이라는 조직이었다.

폭스레인은 CIA의 외주공작을 대행해 주기도 했지만 은밀하게 상당한 거액의 수수료를 받고 용병의 역할도 했다. 그 때문에 폭스레인은 수요에 비해 공급이 모자랄 정도로 수많은 청부요청이 들어오고 있던 상황이었다.

그런 폭스레인에게 충격적인 청부요청이 들어온 것은 불과 얼마 전이었다. 폭스레인뿐만 아니라 전 세계 어떤 조직도 단 한 번도 들어본 적이 없는 100억불이라는 수수료가 걸린 청부였다. 100억불이라면 가난한 나라에서는 가히 1년 GNP에 버금가는 금액이었다.

그런 조건을 걸고 제시한 청부는 단 하나였다.

한국에 살고 있는 두 명의 남녀를 쥐도 새도 모르게 죽여 달라는 요청이었다. 그리고 그런 요청은 지금껏 그림자처럼 그늘 속에 숨어 살던 레인폭스의 창설자이자 새로운 얼굴로 표면에 드러나지 않게 살아가던 실버폭스를 세상 밖으로 나오게 만들었다.

사상초유의 100억불이라는 엄청난 거액의 청부금이 주어진 상황에서 그냥 레인폭스의 부하들에게만 맡겨 놓을 수는 없었기 때문이다.

뒷좌석에 앉아 있던 실버폭스가 다시 입을 열었다.

"두 남녀의 소재는 파악했나?"

실버폭스의 물음에 조수석에 앉아 있던 레인폭스 소속의 메리 클로렌스가 대답했다.

"CIA의 한국지부장인 토마스 글로빈에게 자료를 요청해 두었습니다 실버. 곧 자료에 관한 소식이 들어올 겁니다."

"토마스 글로빈이 한국에 있었나?"

실버폭스가 처음으로 머리를 돌려 메리 클로렌스를 바라보았다. 메리 클로렌스는 레인폭스에서도 꽤 능력이 출중한 대원이었다. 일욕심이 많고 보스인 실버폭스의 과거모습을 연상하게 할 정도로 대담하고 과격한 편이라고 할 수가 있었다. 그 때문에 보스인 실버폭스가 중요한 일에는 그녀를 빼놓지 않고 투입할 정도였다.

메리 클로렌스가 대답했다.

"토마스 글로빈이 한국지부장으로 파견된 것이 지난겨울입니다."

"그런가?"

메리 클로렌스는 이미 한국에 머물고 있는 CIA 내부 동향을 꽤 많이 파악해 놓고 있었다.

CIA의 외주청부를 대행하면서 CIA의 중요상급자들을 많이 알고 있었기에 한국의 CIA 지부 정보를 알아내는 것은 그다지 어려운 일이 아니었다.

실버폭스가 살짝 눈을 감았다. CIA 지부장 시절 자신과 친분관계를 맺었던 엠포튼의 클라크 콜웰 회장에게 부탁하여 한국의 동신그룹에 납품할 설비로 위장한 폭스레인의 장비를 무사히 한국으로 들여오는 것에 성공했다.

언제나 그렇듯이 누군가에 무언가를 부탁하게 되면 그것은 항상 하나의 빚으로 남게 된다.

훗날 그 빚을 반드시 갚아야 한다는 것을 누구보다 잘 알고 있는 실버폭스였다.

엠포튼의 클라크 콜웰 회장도 마찬가지였다. 언젠가는 클라크 콜웰 회장이 부탁해 오는 것을 반드시 들어 주어야 할 것이었다. 실버폭스가 혀를 살짝 찼다.

"그가 이곳에 있을 것이라곤 미처 생각하지 못했군."

나직하게 중얼거리는 실버폭스의 입가에 이곳에 오는 동안 처음으로 실소가 떠올랐다.

그녀가 CIA 유럽 지부장 시절 그녀의 부하였던 토마스 글로빈이 CIA의 한국지부장으로 발령되었다고 하니 아쉬웠다. 미리 알았다면 엠포튼의 클라크 콜웰 회장이 아닌 토마스 글로빈에게 도움을 청했으면 좋았을 것이었다.

하지만 그것도 어차피 빚이라면 빚일 것이기에 실망할 필요는 없었다. 실버폭스가 다시 물었다.

"다른 대원들은 다 모여 있나?"

"예, 실버, 지금 용산의 로열호텔에 모여 있습니다. 오후 늦게면 에릭과 빌리도 도착하게 될 겁니다."

"그래."

실버폭스가 작게 머리를 끄덕였다.

실버폭스가 이렇게 노골적으로 레인폭스의 미션에 개입하는 것은 드문 일이었다. 어지간하면 레인폭스의 각 팀장들에게 일을 맡기고 그녀는 배후에서 일의 진행상황만 지켜보는 것이 대부분이었다.

메리 클로렌스가 힐끗 뒤를 돌아보며 입을 열었다.

"일단 CIA 한국지부장 토마스 글로빈에게 부탁한 두 한국인의 신상내역이 도착하는 대로 움직일 예정입니다."

메리 클로렌스의 말에 실버폭스가 머리를 흔들었다.

"그러지 말고 일단 타깃의 신상정보를 파악하고 그들의 주변인들을 확보해. 듀크라는 애송이가 그런 거액의 청부금을 걸 정도라면 분명히 내가 알아야 할 중요한 정보가 더 있을 거야."

"알겠습니다."

메리 클로렌스가 수긍한다는 듯이 머리를 숙이며 고개를 돌렸다.

부우우우우웅―

차가 빠르게 도로를 질주해 나갔다.

* * *

"누가 찾아왔다고?"

태명그룹 박기출 회장이 살찐 턱을 들어올리며 눈을 껌벅였다.

"부영그룹의 천회장님이십니다."

잔뜩 굳은 얼굴의 비서가 공손하게 대답하자 박기출은 자신도 모르게 다리가 후들거리는 느낌이 들었다.

천회장이라는 이름만 들어도 온몸에서 소름이 돋을 정도로

두려움을 느끼는 박기출이었다.

박기출이 자신도 모르게 자리에서 벌떡 일어섰다.

"그, 그럼 안으로 모셔야지 뭐해?"

박기출의 말에 비서가 머리를 숙였다.

"알겠습니다."

머리를 숙인 비서가 다시 방을 빠져나갔다.

이미 천회장이라는 이름만 들어도 박기출의 몸에서는 땀이 흘러나올 지경이었다. 자신의 눈앞에서 부하의 머리를 수박 터트리듯 터트려 죽이는 것을 생생하게 지켜보았다. 때문에 부영그룹의 천회장이라는 말만 들어도 온몸에 소름이 돋을 정도로 놀라는 박기출 회장이었다.

이내 문이 열리면서 초가을임에도 두툼한 겨울용 외투를 걸친 50대의 남자가 수행원으로 보이는 두 명의 40대 남자들을 대동하고 안으로 들어섰다.

김동하의 사숙인 해진이었다.

"오랜만이오. 박회장."

해진은 방으로 들어서며 엉거주춤 서 있는 박기출을 빠르게 훑어보았다.

박기출이 당황한 목소리로 대답했다.

"어, 어서 오십시오 천회장님."

박기출은 해진의 옆에 늘 그림자처럼 따르던 권휘의 모습이 보이지 않는 것이 이상했는지 열려진 문 밖을 살폈다. 실상 박기출은 해진보다 부평의 유한컨티넨틸 호텔에서 온몸에 피를 두르고 야차처럼 날뛰던 권휘가 더 무서웠다. 해진은 박기출의 표정을 보며 그가 무엇을 찾고 있는 것인지 이내 짐작했다.

해진이 씁쓰레한 미소를 머금고 입을 열었다.

"부영상사의 천사장을 찾는 모양인데 그 사람은 오늘 같이 오지 않았소."

해진의 말에 박기출이 급하게 머리를 끄덕였다.

"그, 그렇습니까?"

권휘가 오지 않았다는 말에 박기출은 왠지 떨리는 가슴이 진정이 되는 느낌이었다. 실상 권휘보다 해진이 더 잔인한 자였지만 박기출로서는 해진의 진정한 모습을 보지 못했기에 권휘를 더 두려워했다.

박기출이 해진에게 자리를 권하며 입을 열었다.

"일단 앉으십시오. 근데 연락도 없이 어쩐 일이십니까? 미리 말씀을 하셨다면 준비라도 했을 것을 말입니다."

해진이 잠시 박기출의 얼굴을 보다가 머리를 돌려 수행원들을 바라보며 입을 열었다.

"자네들은 나가서 기다리게."

"예, 회장님."

"예."

두 명의 수행원들이 몸을 돌려 방을 빠져나갔다.

수행원들이 방을 나가자 해진이 약간 굳어진 표정으로 박기출이 권한 소파에 앉았다. 해진이 자리에 앉자 박기출이 해진의 맞은편 자리에 자리를 잡고 앉았다.

박기출의 표정은 잔뜩 굳어 있었다.

할 수만 있다면 해진이나 권휘는 두 번 다시 같은 자리에서 만나고 싶지 않은 사람들이었다.

꿈에서도 두 사람을 만나면 저절로 잠에서 깨어날 정도로 끔찍한 기억만 남은 사람들이었기 때문이었다.

해진이 박기출의 사무실을 둘러보았다. 자신의 사무실과는 너무나 다른 분위기의 사무실이다. 태명그룹의 로고가 새겨진 휘장과 한눈에 보아도 값비싸 보이는 가구들을 비롯하여 모든 것이 최상급의 물품들로 꾸며진 집무실이었다. 바닥에는 밟으면 발등이 덮인 정도로 푹신한 카펫까지 깔려 있는 그야말로 돈으로 할 수 있는 사치란 사치는 모두 다 갖춘 느낌이었다. 해진이 사무실을 둘러보는 것을 본 박기출이 재빨리 테이블 위의 인터폰을 눌렀다.

삐익—

"여기 따뜻한 차를 좀 가져와."

—네.

인터폰에서 경직된 여비서의 목소리가 울렸다.

박기출은 부평의 유한컨티넨털 호텔에서 있었던 그 끔찍한 기억으로 인해 해진과 권휘의 평소 습관과 식성까지 모두 파악하고 있었다. 그 때문에 해진이 한여름에도 뜨거운 차를 마신다는 것까지 기억했다.

해진이 박기출의 얼굴을 보며 입을 열었다.

"약속도 없이 갑자기 찾아와 박회장에게 미안합니다."

박기출이 더듬거렸다.

"괘, 괜찮습니다 하하."

박기출이 마음에도 없는 미소를 머금고 이를 드러내며 웃었다. 평소에 과시하기를 좋아하는 박기출이라고 해도 해진의 앞에서는 허세조차 부릴 수가 없었다.

해진이 잠시 박기출의 얼굴을 보다가 입을 열었다.

"근데 혹시 박회장께서는 양재득이라는 사람을 아십니까?"

해진의 물음에 박기출이 멈칫했다.

"양재득? 어디서 들어본 이름이긴 한데……."

박기출도 양재득이라는 이름이 낯설지 않았다.

해진이 피식 웃었다.

"서울 강남에서 한신용역이라는 회사를 운영했다고 들었소."

해진의 말을 듣는 순간 그제야 박기출은 양재득이 누군지 바로 알 수 있었다.

"아, 뉴월드파의 양사장을 말씀하시는 겁니까?"

박기출의 말에 해진의 입술 끝이 살짝 치켜져 올랐다.

"쉽게 기억하는군요."

해진은 박기출이 양재득을 기억하는 것을 보며 천천히 머리를 끄덕였다. 박기출이 입을 열었다.

"뉴월드파의 양사장을 제가 모를 리가 있겠습니까? 뭐 사실 나하고는 그렇게 썩 친한 사이는 아니었지만 비즈니스관계로 알음알음하던 사이였습니다. 근데 양사장은 무슨 일로 물으십니까? 듣기로는 조직에서 손을 떼고 잠적했다는 소문을 들었습니다만……."

서울 강남일대를 장악하고 있던 양재득의 뉴월드파가 조직을 해산하고 와해되었다는 소문은 이곳 인천까지 흘러 들어왔다. 그 때문에 강남일대의 세력권은 말 그대로 무주공산이 되었다는 소문이 돌아 박기출도 군침을 삼키고 있던 상황이었다. 만약 해진과 권휘가 버티고 있는 부영그룹이 없었다면 박기출은 양재득의 뉴월드파가 사라진 강남을 진즉에 차지했을 수도 있었을 것이었다.

해진이 박기출을 보며 입을 열었다.

"뉴월드파의 양재득은 현재 내가 데리고 있습니다."

80대의 노인으로 변한 양재득은 김동하의 흔적을 찾던 해진이 서울에서 처음으로 무량기의 기운을 감지하고 데려다 놓은 상태였다.

역삼동의 남영종합병원에 온몸이 망가진 상태로 입원해 있던 양재득의 패거리들을 발견한 해진은 그들에게서 김동하가 남겨놓은 무량기의 흔적을 발견했던 것이었다.

박기출이 눈을 크게 뜨면서 해진을 바라보았다.

"야, 양사장을 회장님께서 데리고 있다고 하셨습니까?"

"그렇습니다."

"아!"

박기출의 입에서 작은 탄성이 터졌다. 동시에 자신이 강남을 건드리지 않은 것이 천행이라는 생각이 들었다.

만약 자신이 양재득이 사라진 강남을 건드렸다면 부평의 유한컨티넨털 호텔에서 벌어진 일을 또다시 겪었을 것이라는 생각이 들자 머리끝이 쭈뼛 서는 느낌이었다.

박기출이 물었다.

"근데 그것을 왜 저에게……."

박기출은 해진이 양재득을 데리고 있다는 것을 자신에게 털어놓는 이유가 궁금했다.

해진이 박기출을 보며 입을 열었다.

"박회장이 양재득이 했던 일을 맡아주셨으면 해서 찾아왔습니다."

"예?"

박기출의 눈이 커졌다. 서울의 강남은 가만히 앉아만 있어도 돈이 굴러들어오는 황금알이나 마찬가지인 지역이었다. 그런 곳을 뜬금없이 자신에게 내어주겠다는 해진이 말이 믿어지지 않을 정도였다. 박기출로서는 당연하게 부영그룹에서 강남지역을 차지할 것이라고 생각했기 때문이었다. 해진이 입을 열었다.

"현재 양재득, 아니 양사장 그 친구는 예전처럼 일을 할 수 있는 상황이 아닙니다. 그렇다고 우리 부영에서 그 일을 맡을 상황도 아니고."

아들 권휘가 김동하에게 당해서 폐인이 되어 누워 있는 상황이었다. 그런 상황에서 해진이 직접 움직이는 것도 난감했기에 차라리 박기출에게 그 일을 맡길 생각이었다. 해진이 박기출을 보며 다시 입을 열었다.

"양사장이 맡았던 모든 일은 박회장에게 넘기도록 하지요. 물론 그것에는 어떤 조건도 없습니다. 우리 부영에서는 일절 박회장의 태명그룹 일에 개입하는 일도 없을 겁니다."

박기출은 뜬금없는 해진의 제안에 어리둥절한 표정을 짓고 있었다.

잠시 멍한 표정을 짓던 박기출이 굳은 얼굴로 물었다.

"왜 저에게 그런 제안을 하시는지 물어도 되겠습니까?"

해진이 대답했다.

"우리 부영그룹의 천사장이 바빠서 직접 양사장이 하던 일을 할 수가 없는 상황입니다. 그렇다고 내가 그 일을 할 수도 없고요. 그러니 차라리 박회장에게 그 일을 넘기는 것이 우리서로 편하다고 생각했지요."

"……."

"조건은 내가 말한 그대로요. 맡아 주시겠소?"

해진의 두 눈이 박기출의 얼굴을 빤히 바라보았다.

박기출은 말 그대로 자다가 돈벼락을 맞는 느낌이었다.

박기출이 상기된 얼굴로 머리를 끄덕였다.

"하, 하겠습니다. 양사장이 맡았던 일을 제가 하도록 하지요."

해진이 싱긋 웃었다.

"박회장이라면 맡아 주실 줄 알았소. 근데……."

해진이 살짝 말꼬리를 흘리면서 박기출을 바라보았다.

박기출의 표정이 살짝 굳어졌다.

"뭐 하실 말씀이라도 있으십니까?"

박기출의 표정을 본 해진이 입을 열었다.

"내가 듣기론 양사장이 맡았던 일중에서 중요한 일이 있었다고 들었소. 양사장이 운영하던 한신용역이 대부분 그 일을 처리했다고 하던데…….”

해진의 말에 박기출이 영문을 모른다는 표정으로 눈을 껌벅였다. 해진이 입맛을 다시며 입을 열었다.

“양사장이 운영하던 한신용역이 동신그룹에서 내려오는 대부분의 청부건을 용역처리 한다고 들었소. 알고 계셨소?”

해진의 말에 박기출이 잠시 생각하다가 입을 열었다.

“뉴월드파의 양재득 사장이 동신그룹과 친밀한 관계라는 것은 알고 있었습니다. 뭐 동신그룹으로서는 기업 이미지 상 더럽고 불편한 일에 끼어들 수 없으니 그런 일은 대부분 외부 용역업체에 청부를 내어 줍니다. 그동안은 양사장의 한신용역이 동신그룹의 그 청부를 해결해 준 것이고요. 우리 태명에서도 동신그룹과 선을 대어 보려고 했지만 동신에서는 양사장의 한신용역 외에는 다른 곳에는 선을 대려 하지 않았지요.”

박기출의 태명그룹과 대한민국 재계서열 10위권의 동신그룹은 기업수준을 비교할 수조차 없었다.

형식적으로 박기출의 태명그룹도 그룹체제를 갖추었다고 하지만 글로벌 기업으로 도약하려는 동신그룹과는 체계자체가 비교할 수준이 아니었다. 그런 태명그룹에서 동신그룹이라는 거대한 대기업과 손을 잡으려던 박기출의 야심은 말 그대로 빈약한 야심으로 끝날 수밖에 없었다.

동신이라는 거대한 거인을 등에 업는다면 태명으로서도 새로운 도약을 할 수 있을 것이라고 생각했지만 아쉬움만 삼킬 수밖에 없었던 상황이었다.

박기출의 설명을 들은 해진이 머리를 끄덕였다.

　"그럼 한신용역에서 맡았던 그 일도 박회장이 대신하시면 될 것 같군요."

　해진의 말에 박기출의 얼굴이 벌겋게 달아올랐다.

　"하하 양재득 사장의 한신용역의 일을 제가 대신한다면 먼저 동신그룹의 관계자와 만나야 할 것 같군요."

　박기출이 입가에 만족한 미소를 머금었다.

　해진이 물었다.

　"동신그룹의 관계자가 있소?"

　"예. 동신그룹에서 외부에 하청을 내리는 곳은 오직 한 군데뿐입니다. 동신그룹 기획조정실이지요."

　"기획조정실?"

　"예. 동신그룹의 기획조정실은 현 동신그룹의 회장인 박강희 회장의 손주 박영진이라는 사람이 실장을 맡고 있습니다. 동신그룹에서 외부에 하청오더를 발주하는 것을 결정하는 것을 결정하는 사람이 바로 박회장의 손주인 박영진 실장의 결정으로 이루어집니다. 참, 천회장님도 아실지 모르겠지만 얼마 전에 인천공항에서 한국항공의 윤태성 회장과 사위가 말다툼을 벌이다 윤태성 회장이 쓰러진 일이 있었는데 뉴스에도 나왔었지요. 바로 그 한국항공의 윤태성 회장의 사위가 바로 그 동신그룹의 기획조정실 박영진 실장입니다. 아, 듣기로는 윤태성 회장의 딸과 이혼문제로 공항에서 다투었다고 들었습니다 허허. 돈이 많다고 다 행복한 것은 아니란 것을 그 친구가 알려주던 느낌이었지요."

해진의 얼굴이 굳어지고 있었다.

박기출의 말을 들으며 텔레비전에서 보았던 김동하와 한서영의 얼굴이 그의 머리에서 떠오른 것이다.

참으로 기막힌 인연이라는 생각이 들었다.

아들 권휘가 김동하에게 당한 상황에서 자신혼자 부영그룹을 이끌어가기 힘들어 박기출의 태명그룹과 손을 잡을 생각으로 찾아온 해진이었다. 그런데 그런 박기출의 입으로 김동하와 연관되어 있는 끈을 발견한 것이었다.

해진의 속마음을 모르는 박기출이 웃음 띤 얼굴로 입을 열었다.

"양사장이 없는 상황이라면 동신그룹에서도 용역을 맡길 곳이 없어 아쉬운 상황이 뻔할 텐데 그 친구를 만나보는 것이 순서인 것 같습니다."

박기출의 말을 들은 해진이 머리를 끄덕였다.

"그건 박회장이 알아서 하시면 될 것 같군요. 단 언제 그 동신그룹의 그 실장이라는 친구는 한번 만나보고 싶은데……."

박기출이 머리를 끄덕였다.

"아, 그건 제가 주선을 할 수 있을 겁니다. 제가 양사장의 한신용역을 대신해서 동신그룹의 외주용역을 맡게 된다면 충분히 그럴 수 있을 것입니다."

"그럼 부탁하리다."

"허허 염려하지 마십시오 천회장님."

박기출은 해진이 갑자기 찾아왔다는 말에 놀라긴 했지만,

그런 해진이 가져다준 엄청난 선물보따리에 절로 입가에서 웃음이 흘러나오고 있었다.

용건을 모두 말한 해진이 자리에서 일어서려다 잊은 것을 생각해 낸 듯이 박기출을 보며 입을 열었다.

"참, 부평의 그 유한컨티넨털 호텔은 다시 박회장에게 돌려드리도록 하지요. 조만간 우리 부영에서 인계 팀이 찾아올 것이니 그때 마무리하면 될 겁니다."

해진의 말에 박기출의 표정이 멍해졌다.

"호, 호텔을 돌려주신다는 말씀이십니까?"

알토란같은 부평의 호텔을 해진의 부영그룹에 뺏기고 한동안 속이 쓰려 밤잠을 이루지 못했던 박기출이었다.

그런 호텔을 돌려준다는 해진의 말은 박기출을 멍하게 만들었다. 해진이 싱긋 웃었다.

"앞으로 우리 부영과 박회장의 태명그룹이 서로 도우면서 살아야 할 것 같으니 그냥 돌려드리는 것이 좋을 것 같아서 그렇게 결정했소."

"가, 감사합니다 회장님."

박기출이 벌떡 일어나 해진에게 절을 했다.

해진은 박기출에게 호의로 가장한 떡밥을 던진 것이었지만 박기출은 그저 해진의 배려에 감사한 듯 머리를 연신 숙이며 고마워했다. 해진이 만족한 얼굴로 일어섰다.

"그럼 난 이만 돌아가 보겠습니다. 나중에 다시 만납시다."

박기출이 다시 머리를 숙이며 대답했다.

"회장님이 부르시면 언제든 달려가겠습니다 하하하."

박기출은 자신이 지금 하는 말이 나중에 어떤 대가를 치르게 될 것인지 꿈에도 상상하지 못하며 그저 해진의 말이 고맙기만 했다.

＊　＊　＊

　"이곳도 참 오랜만이군."
　검은색 롤스로이스의 뒷좌석에 앉아서 차창 밖으로 빠르게 스쳐가는 병원 풍경을 바라보는 박영진의 얼굴은 약간 지쳐 보였다. 운전을 하던 기사 박해식이 힐끗 룸미러로 뒷좌석의 박영진의 표정을 살폈다. 조수석에 앉아 있던 정인학이 머리를 돌리며 입을 열었다.
　"미리 연락하지 않고 이렇게 무작정 찾아가도 되겠습니까?"
　차가 세영대학병원의 정문을 통과하자 정인학이 걱정스러운 얼굴로 박영진을 바라보았다.
　박영진이 정인학을 바라보며 대답했다.
　"굳이 그럴 필요는 없을 것 같아요. 과연 사람이 비록 돈이 아니라고 해도 막강한 힘을 누릴 수 있는 권력이나 지위에 대해서도 초연할 수가 있는지 궁금했는데, 진짜로 그게 사실인지 내 눈으로 똑똑히 확인해 보고 싶습니다."
　박영진의 말에 정인학이 입을 닫았다.
　박영진은 경기도 일산에 짓고 있는 국내 최대 규모의 종합병원인 동신병원이라는 엄청난 조건을 가지고 한서영을 직

접 만날 생각이었다.

이제 이십대 후반의 한서영이 과연 자신이 제안하는 동신병원의 이사장직을 놓고 그녀의 부모처럼 초연할 수 있을지 궁금했던 것이다. 동신병원의 이사장이라는 직함은 병원의 원장까지 그녀의 뜻대로 선임할 수 있는 위치였기에 말 그대로 한순간에 대한민국 의료계의 실세로 부상할 수도 있는 자리였다. 그런 엄청난 조건을 포기하고 평범한 약혼자를 선택한다면 박영진으로서는 한서영이 가련하게 느껴질 수도 있을 것 같았다.

그래서 자신의 위치와 동신그룹의 위상을 알려주기 위해서 평소에는 잘 이용하지 않았던 그룹 고위급 임원이 바이어 접대와 같은 업무용으로 이용하는 롤스로이스를 굳이 타고 병원을 찾은 것이다.

더구나 일반적인 롤스로이스가 아닌 정재계의 유명인사들이 공식적인 자리를 방문할 때 가끔 이용하는 리무진형이었기에 차체가 길어 단번에 사람들의 시선을 끌었다.

부우우우우웅—

부드러운 엔진음을 흘리며 검은색 롤스로이스가 세영대학병원의 본관 앞쪽에 멈춰 섰다.

늘 사람이 붐비는 세영대학병원의 본관 앞은 긴급차량이나 병원업무용 차량이 아니면 잠시의 주정차도 용납되지 않을 정도로 방문차량에 대해 단호하게 구는 곳이다.

하지만 흔히 볼 수 없는 롤스로이스가 멈춰 서자 상당히 중요한 사람이 진료를 위해 다급하게 병원을 찾아온 것으로 생각했는지 주차관리를 하는 사람들이 약간 놀란 얼굴로 지켜보고 있었다. 조수석에서 정인학 대리가 급하게 내려서서 롤스로이스의 뒷문을 열었다.

병원의 안쪽에서 외래진료를 위해 병원을 찾아온 사람들과 병원관계자들도 놀란 얼굴로 뒷문에서 내려서는 사람의 얼굴을 확인하려는 듯 눈을 껌벅이며 바라보았다.

정인학 대리가 문을 열자 박영진이 약간 경직된 얼굴로 차에서 내려섰다. 차에서 내리는 박영진은 이 병원 어딘가에서 한서영이 자신을 발견해 주기를 마음속으로 빌었다. 한서영에게 그녀를 선택한 사람이 자신이라는 것을 이런 식으로라도 알려주고 싶은 욕망 때문이었다.

박영진이 차에서 내리자 정인학 대리가 급하게 차문을 닫았다. 이내 차는 다시 주차장이 있는 방향으로 빠져나가고 있었다. 주변에서 술렁이는 소리가 들렸다.

"뭐야? 엄청 젊은 사람인데……."

"재벌집 후계자인가?"

"병원을 뭐 저런 차를 타고 와?"

주변에서 들려오는 수군거리는 소리에 박영진의 얼굴이 살짝 뜨거워졌지만 이왕에 작정을 하고 찾아온 그였기에 충분히 감수할 것이라고 생각했다. 박영진이 이내 병원 본관 안쪽으로 걸음을 옮겼다. 정인학 대리가 급하게 박영진의 뒤를 따랐다. 박영진은 외래접수처의 앞에서 잠시 생각하다가 이내 생각을 굳힌 듯 엘리베이터가 있는 방향으로 걸음을 옮겼다.

정인학 대리가 박영진을 보며 물었다.

"어딜 가시렵니까?"

정인학은 박영진의 심부름으로 이곳 병원을 몇 번 찾아온 적이 있었기에 한서영이 아직 인턴신분이라는 사실과 그녀의 개인 연구실이 없다는 것을 알고 있었다.

그녀가 진료 중이거나 일을 하지 않고 있는 상황이라면 본관 3층에 위치한 의국에 있거나 아니면 어딘가에서 일을 하고 있을 것이었다. 박영진이 대답했다.

"11층으로 갑시다. 주변의 도움을 얻는 것도 나쁘진 않겠지요."

박영진이 머릿속으로 한서영의 지도교수인 김철민 교수를 떠올리고 있었다. 이내 두 사람이 엘리베이터를 타고 세영대학병원 본관 11층으로 향했다.

탁.

문을 닫고 들어서는 김철민 교수의 이마가 찌푸려져 있었다. 본관 병실 8층에 입원하고 있는 70대 노파의 가족들에게 환자병세의 차도가 나아지지 않는 걸 꽤 긴 시간을 들여서 환자상태에 대해 설명을 해주었다.

그러느라 자신의 시간을 많이 뺏기게 된 것이 짜증스러웠기 때문이었다. 환자의 주치의는 자신의 제자인 송재열이 맡고 있었지만 결국 최종적으로는 자신이 환자의 상태를 체크하는 것이 중요했다.

김철민 교수가 방으로 들어서며 혼잣말로 중얼거렸다.

"후~ 이것도 해먹기 힘들어 젠장……."

혼잣말로 중얼거리며 책상에 앉았다.

컴퓨터의 화면에 떠오른 예약환자의 진료 스케줄이 보였다. 목요일이었기에 조금 있으면 예약된 환자의 외래진료를 시작해야 한다. 그 전까지는 약간의 시간이 남아 있었기에 커피나 한잔 마시고 마음을 가라앉힐 작정이었다.

그때였다.

똑똑―

노크소리가 들리면서 자신의 외래진료를 담당하는 간호원이 안으로 들어섰다.

"교수님, 손님이 찾아오셨어요."

간호원의 말에 김철민의 얼굴이 굳어졌다.

"손님?"

자신이 외래 진료를 담당하는 날에는 예약된 환자들 외에는 거의 찾아오는 손님이 없었다.

찾아오더라도 오후 외래진료가 모두 끝나는 시간에 맞추어 찾아오는 것이 대부분이었다.

"누군데?"

간호원에 살짝 상기된 얼굴로 대답했다.

"동신그룹 기획실장님이세요."

"뭐?"

김철민이 자신도 모르게 자리에서 일어섰다. 동신그룹에서 경기도 일산에 대한민국 최대규모의 의료센터를 짓는다는 것은 이미 알고 있었고 상당히 진척이 되고 있다는 것도

들었다. 김철민 교수가 다급하게 입을 열었다.

"어, 어서 들어오시라고 그래."

"네."

간호원이 살짝 머리를 숙이고 이내 방을 빠져 나갔다.

잠시 후 문이 다시 열리고 깔끔한 감색의 정장에 머리칼 한올 흐트러진 곳이 없는 박영진이 방으로 들어섰다.

박영진이 김철민 교수를 보며 정중하게 이마를 숙였다.

"오랜만입니다 교수님."

박영진의 정중한 인사에 김철민이 환하게 웃으며 책상에서 일어섰다.

"허허 어서 오시오. 그러지 않아도 박실장의 근황이 궁금하던 차였습니다."

"그렇습니까?"

박영진이 부드럽게 웃었다.

김철민은 일산에 세워지는 동신병원의 근황이 들릴 때마다 인턴이었던 한서영의 문제로 자신을 찾아왔던 박영진이 떠올랐다. 자신의 힘으로 한서영을 박영진에게 연결시켜 줄 수만 있다면 그렇게 하고 싶었다.

하지만 아무리 자신의 지도하에 있었던 인턴이라고 해도 남녀문제에 자신이 관여하는 것은 무리라고 생각했기에 늘 아쉬운 마음이 깔려 있던 김철민 교수였다.

더구나 이제는 한서영이 병원을 그만두면서 그렇게 하고 싶어도 하지 못하는 상황이 되어 버렸다.

"그래 어떻게 지내셨소?"

김철민이 박영진이 손을 잡고 자신의 책상 옆 의자를 가리키며 앉게 했다. 김철민 교수가 이끄는 대로 의자에 앉으면서 박영진이 입을 열었다.

"교수님의 도움이 필요해서 다시 찾아왔습니다."

박영진의 말에 김철민의 눈이 커졌다.

"내 도움?"

"예."

박영진이 머리를 끄덕이며 김철민 교수의 방을 둘러보았다. 그다지 크지 않는 외래 환자를 진료하는 방이었다.

김철민이 물었다.

"내 도움이라면 어떤 것을 말하는 것인지 모르겠군요. 뭐 혹시 가족 중에 내 진료의 도움이 필요한 사람이 있소?"

박영진이 머리를 저었다.

"그런 게 아닙니다."

"그럼?"

"일산에 짓고 있는 동신병원에 대해서는 들어보셨겠지요?"

박영진의 물음에 김철민이 머리를 끄덕였다.

"물론이오. 우리 세영대학병원에서도 외과의 유교수와 흉부외과의 김교수가 조만간 그쪽으로 근무처를 옮길 것이라고 하더군요."

세영대학병원의 외과 교수이자 김철민 교수의 친구인 유한철 교수와 흉부외과의 김동한 교수가 일산에 지어지고 있는 동신병원의 외과과장과 흉부외과 과장으로 옮겨갈 것이라

는 소문은 이미 세영대학병원 내에서도 꽤나 유명했다. 세영대학병원뿐만 아니라 전국적으로 흩어져 있는 각 대학병원에서 꽤 이름이 알려진 의사들이 동신병원에 특별 채용되어 근무하게 될 것이라는 소문도 심심치 않게 들려왔다. 최고의 의료장비를 갖추고 나름 이름이 알려진 유명한 의사들이 동신병원에 꽤 좋은 조건으로 스카웃된다는 사실에 일부 의사들이 동요하고 있는 것은 자신도 알고 있었다.

김철민이 눈을 깜박이며 박영진을 바라보았다.

박영진이 일산에 세워지는 동신병원에 자신을 초빙하려는 것일지도 모른다는 생각에 살짝 가슴이 떨렸다.

자신이 동신병원으로 초빙된다면 적어도 내과원장직은 조건으로 제시해야 한다고 생각했다.

박영진이 입을 열었다.

"사실 우리 동신그룹에서 짓고 있는 일산의 병원 때문에 한서영 선생을 꼭 만나고 싶습니다."

"뭐라고요?"

"일전에 말씀드린 대로 교수님에게는 우리 동신병원의 내과 원장직을 생각하고 있습니다."

박영진의 말에 김철민은 가슴이 뛰는 것을 느꼈다.

개인병원의 원장이 아닌 종합병원의 원장이라면 자신과 같은 의사동기들에 비해 엄청난 수직상승이기 때문이었다. 김철민이 물었다.

"그럼 저와 한서영을 동신병원으로 초빙한다는 말이오? 아직 한서영은 이제 인턴 1년차일 뿐 전문의 과정도 들어가지 못했는데…….”

김철민 교수의 말에 박영진이 웃었다.

“그게 아니라 한서영 선생은 동신병원의 이사장직을 맡게 되실 겁니다.”

“뭐라고요?”

박영진의 말이 김철민 교수의 정신을 번쩍 들게 만들었다. 박영진이 웃으면서 입을 열었다.

“한선생은 더 이상 의사 일을 하지 않아도 될 겁니다. 다만 병원의 이사장직을 맡아 주는 것으로 충분합니다.”

“세상에… 그 아이가 지금 나이가 몇 살인데…….”

동신병원은 이곳 세영대학병원에서도 놀랄 정도로 엄청난 의료장비와 의료스태프를 갖춘 병원이 될 것이라는 소문이 이미 돌고 있는 상황이었다.

그런 대형병원의 이사장을 한서영이 맡게 된다고 하자 김철민 교수가 멍한 표정을 지었다. 김철민이 보는 한서영은 이제 이십대 중반의 어리고 천진한 아가씨일 뿐이었다. 그런 그녀에게 병원의 원장도 함부로 할 수 없는 이사장이라는 직함을 부여한다는 것이 믿어지지 않았다.

한서영이 박영진의 제안을 듣는다면 아마 한순간에 혼이 빠져 달아날 조건이라는 생각까지 들었다.

“물론 그 과정은 한서영 선생과 제가 정략적으로 결합이 되어야 가능합니다. 아무리 저라고 해도 가업인 동신그룹에서 심혈을 기울여 추진하는 일에 마음대로 외부인을 끌어들여 그 자리에 앉히는 것은 무리니까요. 아마 가족들이 많이 반

42

대를 할 것이란 생각이 들어 아예 한서영씨를 저의 가족으로 만들면 문제가 쉬워질 것이라고 생각했습니다. 그 때문에 이 자리에서 한서영 선생을 만나 저의 조건을 받아들이실 것인지 확인해 보고 싶습니다. 제 눈으로 직접 말입니다."

박영진의 말을 들은 김철민이 잠시 눈을 껌벅이다가 입을 열었다.

"박실장의 말씀은 잘 알겠는데 한발 늦은 것 같군요."

"한발이 늦다니요?"

"한서영은 병원을 그만두었습니다. 내가 듣기로는 결혼을 위해서 병원을 그만 둔다고 한 것 같았는데……."

김철민의 말에 박영진의 얼굴이 천천히 굳어졌다.

"결혼을 위해 병원을 그만두었다고요?"

"그렇습니다. 제자들 말로는 결혼을 하고 남편의 내조에만 전념할 것이라고 했다더군요."

박영진의 표정은 시간이 흐를수록 돌처럼 굳어가고 있었다. 지금까지 34년을 살아오며 이처럼 누군가를 간절하게 원해 본 적이 없었던 박영진이었다. 그런 그의 간절함이 이렇게 허무하게 무너진다는 것이 믿어지지 않았다.

더구나 그녀의 아버지가 운영하는 서진인터내셔널이 한국항공의 신공항 오더를 수주하며 이제는 그녀에게 자신이 가진 재력이 그다지 큰 이슈가 될 수 없을 것 같아 의사였던 그녀에게 동신병원의 이사장직을 제안할 생각이었다. 그것도 이제는 다 허무하게 무너지는 상황이 되어 버렸다.

박영진이 잠시 어금니를 깨물었다가 나직하게 물었다.

"그럼 이제 이 병원에는 한서영 선생이 없는 것입니까?"

박영진의 물음에 김철민이 고개를 끄덕였다.

"물론입니다. 며칠 전에 사표를 들고 찾아왔더군요. 아쉽긴 했지만 결혼을 위해 그만둔다고 하기에 수락했습니다. 허허, 이렇게 공교로울 수가 없군요."

박영진이 잠시 눈을 깜박이다가 입을 열었다.

"이렇게 된 이상 제가 직접 한서영씨를 만나 봐야 할 것 같습니다."

"한서영이 어디에 살고 있는지 아십니까?"

박영진이 고개를 끄덕였다.

"물론입니다."

김철민이 이마를 찌푸리며 입을 열었다.

"평생 공부만 해서 의사가 된 한서영이 의사 일을 포기할 정도라면, 한서영이 결혼할 그 남자에 대한 애정이 각별할 것입니다."

박영진이 어금니를 깨물며 입을 열었다.

"저도 알고 있습니다. 하지만 어느 것이 가치가 있는 것인지는 아직 모릅니다. 나는 내가 한서영 선생에게 제시하는 조건이 더 가치가 있다고 생각하니까요."

김철민이 머리를 갸웃했다.

"꼭 그렇게 한서영이에게 집착하는 이유가 있소?"

박영진이 물끄러미 김철민을 바라보았다.

"교수님께서는 살아오면서 무언가를 진심으로 갈구해 본 적이 있습니까? 저는 이 세상에 태어나는 순간 운이 좋게 풍

44

족한 가문의 자식으로 태어나 한 번도 내가 가져보고 싶다고 한 것을 포기한 적이 없었습니다. 그리고 모두 내 것으로 만들었지요. 하지만 지금 이 순간은 내 모든 것을 버리더라도 그 한서영 선생만은 내 것으로 만들고 싶다는 욕심뿐입니다. 어떤 대가를 치르더라도 말입니다.”

“그럼?”

“한서영 선생을 직접 만나 그 분의 입을 통해 직접 들어야겠습니다. 안 된다면 강제로라도 내 뜻을 이룰 생각입니다.”

박영진의 말을 들은 김철민이 이마를 찌푸렸다.

“그것도 박실장의 생각대로 쉽진 않을 겁니다. 이곳에 있을 때에도 한서영의 성격은 다른 남자제자들이 놀랄 정도로 똑 부러졌으니까요. 아마 한서영을 설득하는 것은 쉽지 않을 테니 각오를 단단히 해야 할 겁니다. 하지만 동신병원의 이사장 자리라면 어쩌면 흔들릴 수도 있을지 모른다는 생각도 들고… 허 거참.”

김철민 교수가 혀를 찼다. 박영진이 여자에게 미쳐도 단단히 미쳤다는 생각이 들었다. 결혼을 위해 의사의 길도 포기한 여자를 차지하기 위해 대한민국의 최고 수준의 병원 이사장직까지 걸고 제시하는 인간이라면 미치지 않고는 할 수도 없는 일이라고 생각했다.

할 말을 모두 마친 박영진이 자리에서 일어섰다.

“어쨌든 도움에 감사드립니다.”

“알겠소, 그리고……”

잠시 머뭇거리던 김철민 교수가 박영진을 보며 입을 열었다.

"조금 전 박실장이 제안한 동신병원의 내과원장 자리는 아마 내가 맡지는 못할 것 같군요. 좋은 제안이고 탐이 나는 자리지만 이곳 세영대학병원에서 해야 할 일이 많아 고사하겠습니다."

김철민 교수는 여자에게 혹해서 나이도 어린 한서영을 병원 이사장 자리에 앉히려는 박영진의 집요한 집념을 자신은 견디지 못할 것이라고 생각했다.

그로서는 한순간 마음속에 쌓아왔던 허무한 욕심을 내려놓는 순간이었다. 박영진이 머리를 끄덕였다.

"알겠습니다. 뭐 아직 결정된 것은 아무것도 없으니 다시 한번 재고해 보시기 바랍니다."

"그러지요. 하지만 결정은 바뀌지 않을 것 같습니다."

김철민은 완전히 마음을 굳혔다.

박영진이 자리에서 일어나 다시 한번 김철민 교수에게 정중하게 인사를 하고 몸을 돌렸다. 김철민 교수가 자리에서 일어나 마주 인사를 하며 입을 열었다.

"마중은 하지 않겠습니다. 곧 외래진료가 시작될 것 같아서 자리를 비우기가 그렇습니다."

박영진은 그 말을 듣고도 아무 말도 하지 않고 몸을 돌려 이내 방을 빠져 나갔다.

박영진이 돌아가자 김철민이 한숨을 불어냈다.

"후우~ 한서영이 저런 자와 맺어지는 것은 상상도 하기 싫군 그래. 집요함이 도를 넘어 집착이 되고 있어. 정신과 진료를 받는 것이 좋을 것 같은데… 쯧. 한서영이 저자의 조건에

넘어간다고 해도 그녀가 그다지 행복해질 것 같지 않군 그래."

나직하게 중얼거리는 김철민 교수의 이마의 주름살이 더 짙어지는 느낌이었다.

"만나기로 하셨습니까?"

김철민 교수의 방을 빠져나오는 박영진의 모습을 보며 외래환자 대기의자에 앉아 기다리고 있던 정인학 대리가 급하게 자리에서 일어나며 물었다.

박영진을 안내했던 간호원이 가볍게 머리를 숙이고 돌아서는 것이 그의 눈에 비쳤다.

이미 김철민 교수의 방문 밖에는 오후 외래진료를 위해 대기하고 있던 환자들이 의자에 앉아 있었다.

박영진이 굳은 얼굴로 입을 열었다.

"한선생이 병원을 그만뒀다고 하는군요. 정대리는 그것도 알아보지 않고 뭐한 것입니까?"

박영진의 말에 정인학 대리가 눈을 동그랗게 떴다.

그의 눈에 엘리베이터 방향으로 뚜벅뚜벅 걸어가고 있는 박영진의 뒷모습이 보였다.

정인학이 급하게 박영진의 뒤를 따랐다.

박영진의 등 쪽으로 붙어선 정인학 대리가 물었다.

"한선생이 병원을 그만두었다고요?"

걸음을 멈추지도 않은 채 박영진이 대답했다.

"그래요."

"그, 그게······."

정인학 대리는 한서영이 병원을 그만두었다는 박영진 실장의 말을 듣고 멍한 표정을 지었다.

계속해서 걸음을 옮기던 박영진이 입을 열었다.

"내가 직접 한선생을 만나야 할 것 같습니다. 그전에······."

무언가 말을 하려고 걸음을 멈추고 몸을 돌린 박영진이 정인학을 바라보았다.

"전에 우리 동신에서 기업운영상 곤란한 상황을 외주로 발주하던 곳 있었지요?"

정인학이 눈을 껌벅이다가 입을 열었다.

"한신용역 말입니까?"

"맞아요. 한신용역. 그 한신용역의 양사장은 찾았습니까?"

말을 하는 박영진의 표정은 정인학에겐 너무나 익숙했다. 그것은 무슨 업무지시를 내릴 때 박영진이 자주 떠올리는 표정이었다. 업무 중 어쩔 수 없이 발생하게 되는 사소한 실수 하나까지 문책하는 것으로 알려진 박영진 특유의 표정이 지금 그의 얼굴에 떠올랐다.

정인학이 머리를 흔들었다.

"전혀 종적을 찾을 수가 없습니다. 한신용역에서 양사장과 함께 일하던 사람들도 양사장의 흔적이 깜쪽같이 사라졌다고 하더군요. 그쪽에서도 밀린 임금과 자금 때문에 양사장을 찾으려고 경찰에 실종신고 까지 냈다고 하더군요. 아무래도

우리 힘만으로는 양사장의 종적을 찾는 것은 어려울 것 같습니다."

정인학이 말하는 양사장은 뉴월드파의 두목이었던 양재득을 말하는 것이다. 양재득은 김동하에게 천명을 회수당한 이후 서울 역삼동의 남영종합병원에 입원해 있다가, 그의 몸에 남겨진 무량기의 기운을 포착한 해진의 아들 권휘에 의해 현재는 프로방스 호텔의 객실에 갇혀 있는 상황이었다. 혼자서는 운신도 할 수 없는 양재득 일당은 그저 무력하게 죽어갈 날을 기다리고 있는 중이었다.

박영진이 이마를 찌푸렸다.

"그럼 그 한신용역의 양사장이 하던 일을 대신 할 만한 곳이 없겠습니까?"

박영진의 물음에 정인학이 잠시 눈을 깜박이다가 입을 열었다.

"한곳이 있긴 합니다. 예전에 한신용역의 양사장과 업무문제로 다툼이 있었던 곳이라고 들었습니다."

"거긴 어딥니까?"

"인천에 있습니다. 태명실업이라고 예전 양사장처럼 외주용역을 대신하는 곳으로 알려져 있는 곳입니다. 알아보니 인천지역에 사업기반을 둔 태명그룹이라는 곳에서 관리한다고 하더군요. 대부분의 용역은 태명그룹의 하청으로 진행한다고 합니다."

"태명그룹?"

태명그룹이라는 이름을 처음 들어보는 박영진이 다소 놀

란 듯 눈을 부릅떴다. 인천에 기반을 둔 박기출이 회장의 태명그룹은 박영진의 동신그룹과는 비교조차 할 수가 없는 곳이었다. 대한민국 10대 대기업에 속한 동신그룹이 동신그룹 규모의 100분의 1도 되지 않는 말만 그룹인 태명그룹을 알고 있을 리가 없었다. 박영진의 표정을 본 정인학 대리가 급하게 입을 열었다.

"인천에서 수산물 유통과 작은 선박회사 그리고 경인지역의 호텔과 체인점 형식의 주점을 비롯해 인력알선과 같은 것을 운영하는 곳이 바로 태명그룹입니다. 나름 경인지역에서는 알려진 곳인데 우리 동신그룹과는 비교자체가 되지 않는 곳이기도 합니다."

"그래요?"

"태명그룹의 회장이 박기출이라는 사람인데, 예전 한신용역의 양사장처럼 서울경기지역의 조직세력과 연결이 되어 있다고 알고 있습니다."

"흠."

엘리베이터 앞에선 박영진이 흥미로운 표정으로 머리를 살짝 끄덕였다. 정인학 대리의 말이 사실이라면 양사장의 한신용역보다 더 적임자라는 생각이 들었다.

"그쪽 사람들과 직접 접촉할 수가 있겠습니까? 그것도 오늘 당장."

"그, 그 사람들과 만나실 생각이십니까?"

박영진이 머리를 끄덕였다.

"믿을 수 있을 만큼 입이 무겁고, 시키는 일은 문제를 남기

지 않고 해결해 내는 유능한 사람들이라면 내 측근에 두고 일을 시킬 겁니다."

박영진의 말에 잠시 눈을 깜박이던 정인학 대리가 입을 열었다.

"그럼 실장님께서 직접 태명그룹의 박기출 회장을 만나보시겠습니까? 그쪽이라면 우리 동신에서 만나자고 한다면 반색을 할 겁니다. 구멍가게 같은 태명그룹으로서는 우리 동신과 연결될 소중한 기회니까요."

정인학의 눈이 반짝였다. 그렇지 않아도 한신용역의 양재득 사장이 흔적도 없이 사라지는 바람에 그들을 대신할 다른 용역업체를 물색하던 중이었고, 태명그룹을 염두에 두고 있었던 정인학 대리였다. 다만 그것을 박영진에게 어떤 식으로 보고해야 할지 기회를 보고 있었던 중이었다. 정인학의 말에 박영진의 눈이 반짝였다.

그로서는 지금 시고 짠 것을 가릴 상황이 아니었다.

한서영이 결혼을 한다는 사실에 총명했던 박영진의 머리의 사고방식이 한쪽으로 편협하게 쏠려 있었다.

그 순간 때앵— 하는 종소리와 함께 엘리베이터가 도착했다. 문이 열리자 엘리베이터의 안에는 환자복을 입은 40대의 환자 두 명과 간호원 복장을 걸친 젊은 간호원 두 명이 있었다. 환자복을 걸친 환자들은 팔에 링거를 맞은 채 바퀴가 달린 링거걸이를 쥐고 서서 약간은 지루한 표정으로 박영진을 바라보았다.

환자복의 옆쪽으로 담배와 라이터가 밖으로 삐져나온 것으로 보아 그들은 담배를 피기 위해 본관 아래층의 주차장 옆쪽에 만들어진 흡연장으로 향하던 중인 것 같았다. 박영진이 엘리베이터에 올라타며 정인학에게 낮은 목소리로 입을 열었다.

"오늘 중으로 태명의 그 회장과 만날 약속을 잡으세요. 서둘러야 합니다."

박영진의 지시에 정인학이 급하게 대답했다.

"알겠습니다 실장님. 바로 태명으로 연락해 보겠습니다."

정인학 대리의 말에 엘리베이터의 안에 타고 있던 사람들이 약간 놀란 얼굴로 박영진과 정인학 대리를 바라보았다. 박영진은 그런 사람들의 시선에 시선도 돌리지 않고 정면을 바라보고 있을 뿐이었다.

결국 한서영을 만나 그녀의 진심을 알아보고 싶었던 박영진의 의도는 한서영의 퇴직으로 무산되었고 박영진은 씁쓸한 표정으로 다시 회사로 돌아가야 했다.

대신 박영진의 특별지시를 받은 정인학 대리는 병원에서 바로 태명그룹의 회장 박기출을 만나 박영진의 제안을 전해주기 위해 인천으로 출발했다.

오후 두 시가 막 지나고 있었다.

또 다른 재회

"오빠, 연락 한 번 해볼까?"

막 식사를 마치고 나간 손님들의 테이블을 치우면서 유선하가 주방 쪽을 바라보며 입을 열었다. 바쁜 점심시간이 지났기에 이제야 겨우 한숨을 돌릴 시간이었다.

영등포 대림동 사거리에 위치한 '은혜식당'은 푸짐한 음식과 깔끔하게 손질이 된 재료로 만들어진 맛깔 나는 반찬으로 유명했기에 점심시간이면 늘 사람으로 넘쳐났다. 한동안 비워져 있던 지물포 가게를 식당으로 바꾸어 영업하는 곳이었지만 맛있는 음식으로 인해 입소문이 나면서 멀리서도 찾아오는 손님들로 인해 인기가 많았다.

더구나 택시기사들 사이에서도 맛집으로 소문이 났기에 근처 주차장에 차를 세우거나 가게 앞 대로변에 임시로 차를 세우고 점심식사를 청하는 기사들 사이에서 은혜식당은 하루에 한번은 들러야 하는 유명한 곳으로 통했다.

기사들 사이에선 이쪽이 대림동 사거리가 아닌 은혜식당이라는 지명으로 불릴 정도였다.

유선하의 말에 주방 선반에 가득 놓인 찬그릇을 개수대에 쓸어 넣으며 최동명이 얼굴을 내밀었다.

"글쎄, 우리가 방해하는 것은 아닐까? 처형이나 동생은 둘 다 의사인데 괜히 일하는데 방해하는 것 같아서 좀 그러네."

그때 주방 안쪽에서 팔을 걷어붙인 김설형이 걸어 나오며 입을 열었다.

"그래도 해봐야지. 형수의 생일인데 이대로 모르는 척 지나갈 순 없잖아."

둘째 동생인 김설형의 말에 최동명이 머리를 손으로 살짝 긁었다.

"그런가?"

"바빠서 오지 못한다고 해도 연락은 하는 것이 좋겠어. 안 그럼 두 사람 모두 나중에 서운해 할지도 몰라."

김설형의 표정은 진지했다. 김설형의 말이 끝나는 순간 무거워 보이는 플라스틱 통을 주방으로 가지고 들어오던 막내 이정학이 끼어들었다.

"그건 둘째 형 말이 맞아. 다른 날도 아니고 형수가 태어나서 처음으로 언니로 맞은 분이신데 이번 생일은 그냥 보내기

는 그렇잖아. 곧 태어날 아기도 엄마뱃속이지만 처음으로 이모와 인사를 하게 될 기회는 줘야지."

막내 이정학까지 끼어들자 최동명이 흰 이를 드러내며 하얗게 웃었다. 김동하와 한서영의 도움으로 아내 유선하가 다시 생명을 얻게 되자 최동명은 말 그대로 새로운 세상을 살아가는 느낌이었다. 동생들과 함께 의논해서 새로운 생명을 얻은 아내와 같이 은혜식당이라는 식당을 연 것이 아직도 꿈만 같은 최동명이었다. 식당 이름을 은혜식당이라고 지은 것도 김동하와 한서영의 도움으로 새로운 생명을 얻게된 것을 감사하기 위해서였다.

김동하와 한서영이 공항에서 한국항공의 윤태성 회장을 살려내던 장면을 뉴스로 보고 난 이후 늘 아내 유선하는 언니가 되어버린 한서영을 그리워했다. 이 세상에 태어나 피붙이하나 없이 고아로 살아오다 남편 최동명을 만나 부부의 연을 맺게 된 유선하였다.

그런 유선하에게 언니가 된 한서영은 말그대로 친정엄마와 같은 존재였기에 늘 그리운 것이 당연했다.

최동명 역시 동생이 되어버린 김동하가 보고 싶은 마음은 굴뚝같았다. 식당 테이블 위에 행주질을 하던 유선하는 남편과 시동생들이 모두 연락을 하는 것에 찬성을 하자 얼굴에 환한 미소를 머금었다. 아직 미국에 있는지 알 수는 없었지만 적어도 전화 통화를 해본다는 것만으로도 유선하는 마음이 두근거릴 정도였다.

유선하가 행주질을 마치고 그대로 카운터로 향했다.

누구보다 그리운 사람들에게 전화를 할 수 있다는 것에 마음이 날아갈 것 같은 느낌이 들었다. 이내 자신의 전화기를 찾아낸 유선하가 빠르게 '0'번 버튼을 길게 눌렀다. 유선하의 전화기 속에 저장된 '0'번은 새로 유선하의 언니가 된 한서영의 단축번호였다. 최동명은 처형인 한서영의 단축번호를 0번으로 저장했다는 것을 알고 잘했다며 유선하의 등을 토닥일 정도로 좋아했다. 자신의 단축번호는 1번이면 충분했기 때문이다.

이내 유선하의 전화기에서 긴 발신음이 흘렀다.

삐리리리리릿—

몇 번의 신호가 흐르는 순간 유선하의 손엔 자신도 모르게 땀이 고였다. 이내 누군가 전화를 받았다.

딸칵—

—여보세요?

유선하의 귀로 들려오는 것은 그토록 듣고 싶었던 언니 한서영의 목소리였다.

"언니!"

유선하의 입에서 뾰족한 비명소리와 같은 목소리가 흘러나왔다. 순간 잠시 전화기 속의 말이 멈추었다.

하지만 이내 상기된 한서영의 목소리가 흘러나왔다.

—선하니?

자신의 이름을 불러주는 한서영의 목소리에 단번에 유선하의 목소리가 촉촉해졌다.

"네, 언니 저 선하예요."

―어머나, 세상에…….

　한서영은 유선하의 갑작스런 전화에 무척이나 반가워했다. 한서영으로서는 미안하지만 잠시 유선하라는 존재를 잊고 있었기 때문이다.

　―그래 어떻게 지내고 있어?

　한서영의 물음에 유선하가 마치 한서영이 눈앞에 있는 것처럼 머리를 끄덕이며 말했다.

　"잘 있어요. 언니. 지금 오빠랑 삼촌들과 함께 대림동에서 식당을 하고 있어요."

　―그래? 식당이 어딘데?

　"대림 사거리에 있어요. 은혜식당이라고 꽤 유명한 식당으로 소문이 났어요."

　―와, 세상에 너무 잘됐어.

　한서영이 반색을 하는 목소리를 들으며 유선하가 환한 얼굴로 식당의 주방 쪽으로 시선을 돌렸다. 주방의 입구에선 남편 최동명과 시동생들인 김설형과 이정학이 상기된 얼굴로 자신을 바라보고 있었다. 최동명은 아내 유선하의 목소리가 노래를 하는 듯 쾌활하게 들리는 것이 너무나 듣기 좋았다. 유선하가 입을 열었다.

　"언니. 요즘 바쁘신가요? 병원 일이 힘들지는 않아요?"

　유선하의 말에 한서영이 잠시 말을 끊었다가 말을 이었다.

　―나 병원 그만뒀어. 미국 다녀오면서 결정한 거야.

　한서영이 병원을 그만두었다는 말에 유선하의 표정이 굳어졌다.

"무, 무슨 일이 있어요? 병원은 왜 그만두신 거예요?"

유선하는 한서영에게 중요한 일이 생긴 것이 아닌지 걱정이 되었다. 유선하가 알고 있는 한 김동하와 한서영이 이 세상에서 가장 의술이 좋은 의사였기 때문이었다.

죽었던 자신에게 새로운 생명을 돌려준 유일한 사람이 의술을 그만두는 것은 유선하에게도 충격이었다.

유선하의 말에 한서영의 웃음소리가 들려왔다.

─호호 그게 아니라 동하랑 곧 결혼을 하게 될 것 같아서 그랬어. 동하의 내조에만 집중하려고.

한서영의 말에 유선하의 눈이 커졌다.

"언니 결혼해요?"

─응, 조만간 그렇게 될 것 같아.

"와, 축하해요."

─호호 고마워.

한서영의 웃음소리를 들은 유선하가 잠시 눈을 깜박이다 입을 열었다.

"언니 한 가지 부탁이 있는데 들어주실래요?"

─뭔데? 내가 도울 수 있는 것이라면 얼마든지 들어줘야지.

한서영의 대답을 들은 유선하가 잠시 망설이다가 다시 입을 열었다.

"오늘 오후에 잠시 저희 가게로 들러주시지 않겠어요?"

─오늘 오후?

한서영이 약간 놀란 듯 목소리가 높아졌다.

유선하가 머리를 끄덕이며 입을 열었다.

"네, 사실 오늘이 저의 생일이에요. 언니와 동하동생에게 새 생명을 받고 나서 처음 치르는 저의 생일이에요. 다시 태어난 것과 같으니 저의 첫 번째 생일이라고 해도 틀리지 않아요."

─새, 생일이라고?

"네. 그래서 꼭 언니와 동하동생과 함께 생일을 맞이하고 싶어요. 배도 이젠 표시가 나게 불룩해져 아가에게 이모와 이모부도 소개시켜 주고 싶고요."

유선하의 얼굴에 간절함이 가득했다.

그런 유선하의 말에 한서영이 지체 없이 대답했다.

─가야지. 대림동 사거리라고 했지?

"네 은혜식당이에요. 택시 기사님들도 잘 알고 계시는 곳이에요."

─알았어, 동하랑 같이 갈게. 걱정하지 마.

한서영이 허락하자 유선하의 얼굴이 눈에 띄게 밝아졌다.

"고마워요 언니. 기다리고 있을게요."

─응, 나중에 봐요.

한서영의 마지막 말은 유선하를 처음 만났을 때처럼 높임말이었다. 하지만 유선하는 아무래도 좋았다.

전화기를 내려놓은 유선하가 마치 천진한 아이처럼 해맑은 표정으로 남편 최동명을 바라보았다.

"오빠, 언니가 동하랑 같이 온대."

이미 유선하의 표정을 보며 상황이 어떻게 된 것인지 단번에 파악한 최동명이 웃으면서 주방에서 걸어 나왔다.

"하하 당신이 그렇게 보고 싶다고 안달하더니 결국 당신이 원하는 대로 되었네. 축하해."

최동명의 동생인 김설형과 이정학도 환하게 웃으며 주방에서 빠져나오고 있었다.

"이거 가게 서둘러 정리해야 겠네요, 하하."

김설형이 한서영과 김동하가 가게로 온다는 말을 듣고 무척 즐거워하는 표정이었다.

이정학이 웃으면서 입을 열었다.

"큰형. 형수님 언니와 동하가 오는데 미리 준비를 해야 할 것 같은데?"

최동명이 빙그레 웃었다.

"그래. 정학이 넌 백화점 가서 비싼 양주라도 몇 병 사오고 설형이는 근길식육점에 한우등심으로 넉넉하게 주문해. 오랜만에 우리도 입호강 한번 하게."

"알았어."

"오케이."

두 동생이 신이 난 얼굴로 재빨리 다시 주방으로 들어가 버렸다. 최동명은 주방으로 사라지는 두 동생의 등을 흐뭇한 시선으로 바라보았다.

원래대로라면 오늘이 아내 유선하의 스물네 번째 생일이지만 유선하의 말대로 김동하와 한서영에 의해 새로운 생명을 받고 다시 살아났기에 첫 번째 생일이라고 해도 틀리지 않았다. 뱃속의 아가와 함께 새로운 생명을 얻어 다시 살게 된 아

내 유선하는 하루하루를 매일 새롭게 태어난 것에 감사하며 살고 있는 중이었다. 그 때문에 오늘은 오후 영업을 접고 가족끼리 오붓하게 아내의 생일파티를 하려고 했던 최동명이었다. 그런 자신의 생일파티에 그리워하고 보고 싶어 하던 언니 한서영과 동생 김동하가 참석한다고 하자 유선하는 어쩔 줄 모르고 즐거워하고 있었다. 그때였다.

"식사 되나요?"

가게 안으로 20대의 남녀 둘이 안으로 들어섰다.

여행을 다녀오는 것인지 목에는 DSLR카메라가 걸려 있었고 등에는 배낭을 메고 있었다.

유선하가 재빨리 두 손을 앞치마에 닦으며 대답했다.

"물론이에요."

유선하의 말에 두 젊은 남녀가 비워진 탁자로 가서 앉았다. 식당내부는 유달리 청결한 것을 좋아하는 유선하와 최동명 부부의 성격 탓에 무척이나 깔끔했다. 깔끔한 것이 마음에 든 두 젊은 남녀손님들은 주변을 훑어보다가 만족한 듯이 입을 열었다.

"정식으로 할게요."

"네, 잠시만 기다리세요."

유선하가 재빨리 인사를 하고 주방 쪽으로 시선을 던졌다. 최동명이 이미 알았다는 듯이 싱긋 웃으며 주방 안쪽으로 사라졌다.

은혜식당의 음식은 모두 최동명이 담당하고 있었다.

과거 중국집 주방에서 주방보조를 하며 익힌 음식솜씨와

군대에서 취사병으로 일하며 익힌 음식솜씨가 제법 요리사의 흉내를 낼 정도로 익숙했기 때문이다. 하지만 은혜식당에서 제공되는 모든 반찬류는 유선하가 미리 만들어 놓은 음식들이었고 최동명은 아내가 만들어 놓은 음식을 깔끔한 그릇이나 접시에 나누어 담아 내놓으면 그만이었다.

주방에서 최동명이 음식을 담을 접시를 찾는 소리가 달그닥 거리며 들려오고 있었다. 유선하가 식당 한쪽에 놓인 냉장고에서 시원한 냉수가 담긴 통과 물잔을 들고 새로 들어온 손님들에게 가져다 놓고 돌아섰다.

남편 최동명에 의해 주방에서 나오는 음식은 유선하가 직접 손님에게 서빙해야 했다.

주로 지역방송에서 방영되는 기업이미지 광고영상인 커머셜 영상이나 제품광고영상을 디자인하고 제작하는 한주디자인의 사내커플인 김선동과 이미진은 며칠 전 결혼식을 치른 신혼부부였다. 결혼을 하고 나면 신혼여행지로 유럽과 같은 외국을 다녀오는 것이 요즘 대세였지만, 두 사람은 광고영상을 제작하기 위해 숱하게 외국여행을 다녔던 탓에 신혼여행은 국내여행으로 선택했다.

더구나 이번 여행은 평범한 여행이 아닌 그들만의 독특한 감성디자인을 구상할 생각으로 평범하지 않은 약간은 곤욕스런 지방여행을 기획했다. 그런 그들의 선택에 두 사람의 결혼을 지켜본 양가 어른들이나 친척들은 두 사람이 멀리 외국으로 나가지 않고 국내에 머문다는 사실만으로 흡족해 했다.

그리고 오늘이 신혼여행의 마지막인 8일째 되는 날이었다. 꽤 긴 여행의 마지막을 오붓한 식사로 마무리 하려고 들어온 곳이 이곳 은혜식당이었다.

새신랑인 김선동이 물을 잔에 따라 사내 디자인실의 상사였다가 이제는 아내가 된 이미진의 앞에 밀어 놓았다. 그리고 남은 잔에 자신이 마실 물을 따랐다.

이미진이 남편이 목에 걸고 있다가 내려놓은 DSLR 카메라에서 수천 장이나 찍은 사진을 확인하고 있었다.

서울로 돌아오는 기차에서도 수없이 확인했지만 아직 채확인하지 못한 사진이 절반이 넘었다.

대부분은 한국의 전통미를 느낄 수 있는 풍경사진이었고 가끔은 남편과 자신의 사진도 들어 있었다.

두 사람이 한국의 풍경사진을 찍은 이유는 간단했다. 디자인실에서 근무하는 그들에게 미묘하게 조합된 풍경사진은 언제든 디자인으로 사용할 자료가 되기 때문이었다. 이미진이 남편 김선동이 따라 놓은 물을 한 모금 마시고 머리를 갸웃했다.

"자기, 이게 무슨 글자야?"

DSLR의 액정화면에 떠올라 있는 것은 오래된 사찰의 암자에서 찍은 듯한 물이끼가 낀 바위였다. 김선동이 물을 마신 후 아내가 내미는 DSLR의 액정화면을 바라보았다. 물기에 젖어 있는 석벽처럼 보이는 바위의 이끼 뒤편으로 희미하게 새겨진 글자 하나가 들어왔다.

김선동이 눈을 껌벅였다.

[診]

한자세대가 아닌 김선동은 선뜻 그 글자가 무슨 글자인지 알아보지 못하였다.

"그, 글쎄 이 글자가 뭐지?"

김선동이 난감해 하는 얼굴로 머리를 갸웃했다.

이미진이 버튼을 눌러 다른 사진으로 화면을 바꾸었다.

"여기도 있어."

[空]

이번에는 바위틈에서 내려오는 물을 받는 돌로 만들어진 큰 돌그릇의 수면을 찍은 사진이었다.

사진 속 물이 가득 고인 돌그릇의 바닥에 조금 전에 본 글자보다 조금은 선명하게 글자가 보였다.

김선동이 이마를 찌푸리며 입을 열었다.

"이건 공이라는 글자 같은데……."

김선동의 말을 들은 이미진이 입을 열었다.

"또 있어."

이미진이 다시 카메라의 버튼을 눌렀다. 이내 다른 화면이 액정에 떠올랐다. 이번에는 암자의 난간 아래 새겨진 글자였다. 글을 새긴 지 오래되어 수없이 많은 사람들이 밟아 선명하진 않지만 희미하게 남겨진 글자가 보였다.

[佛]

희미하긴 했지만 이 글자는 김선동이 확실하게 알고 있는 글자였다.

"이건 불이라는 글자야. 불교할 때 그 불 말이야."

불이라는 글자는 이미진도 알고 있었다. 머리를 끄덕인 이미진이 다시 카메라의 버튼을 눌렀다. 화면이 바뀌며 세워진 지 수백 년은 된 듯한 오래된 거목의 기둥이 보였다. 기둥의 중앙에 역시 세월의 흔적이 뚜렷이 느껴지는 글자 하나가 새겨져 있었다. 나무의 색은 약간 검었고 굵기는 어른이 안아도 두 아름은 될 것 같이 굵었다.

그 나무에 새겨진 글자는 김선동이나 이미진도 잘 알고 있는 글자였다.

"이건 천이라는 글자야. 하늘 천."

김선동이 눈을 깜박이며 다시 카메라를 확인했지만 틀림없는 천이라는 글자였다.

이미진이 나무기둥에 새겨진 글자를 좀 더 살폈다.

[天]

확실히 그 글자는 천이라는 글자가 분명했다. 다만 다른 글자와 마찬가지로 두 뼘 정도의 크기로 천이라는 글자가 새겨진 나무기둥의 아래쪽에 한 뼘 크기로 여래암(如來庵)이라는 글자는 너무나 많이 지워져 읽기가 힘들어 보였다.

두 사람이 머리를 갸웃하며 다시 처음에 알아보지 못한 診이라는 글자가 새겨진 화면으로 돌아갔다.

스마트폰으로 검색을 하려 했지만 오랜 세월로 인해 새겨진 글자의 형태를 정확하게 알아보기도 힘들었다.

학교에서 한자라는 과목이 있어 공부를 했던 과거와는 달리 요즘 세대의 젊은 사람들은 일부러 중국어를 공부하지 않는 이상 복잡해 보이는 한자를 읽고 해석하는 것은 어려웠다. 이미진이 중얼거렸다.

"이거 찍을 때는 몰랐는데 찍고 나니 이상해. 동서남북의 사방으로 같은 크기가 새겨져 있었어. 무슨 뜻이 있는 게 아닐까?"

"글쎄. 뭐 여기가 절이니까 절과 관련된 우리가 모르는 의식 같은 것이 아닐까?"

그때 주방에서 나온 음식을 담은 쟁반을 들고 식탁으로 유선하가 다가왔다.

"여행을 다녀오셨나 봐요?"

유선하가 상냥한 어투로 물었다.

김선동이 이를 드러내며 웃었다.

"하하 신혼여행을 다녀오는 길입니다. 며칠 전에 결혼을 했거든요."

김선동은 마치 유선하에게 자신이 결혼한 것을 자랑이라도 하려는 듯이 냉큼 대답했다.

유선하가 눈을 크게 뜨면서 반색했다.

"어머나 신혼부부세요? 와, 좋겠어요."

유선하의 반색에 김선동과 결혼한 이미진이 살짝 얼굴을 붉혔다. 유선하는 두 사람이 DSLR의 액정영상에 코를 박고 있는 것을 보며 두 사람이 신혼여행 영상을 보고 있는 것이라고 생각했다.

유선하가 재빨리 두 신혼부부가 앉은 테이블에 음식을 차리며 웃는 얼굴로 입을 열었다.

"우리 가게에 신혼부부 손님이 오신 건 두 분이 처음이에

요. 특별히 맛있는 음식을 더 차려 드릴게요."

"하하 감사합니다."

"아니에요. 그리고 축하드립니다 호호."

유선하가 아직 찌개가 나오지 않은 상황이어서 다시 주방으로 향하려고 몸을 돌렸다.

그때 가만히 앉아 있던 이미진이 해석하지 못한 診이라는 글자가 새겨진 화면을 유선하에게 내밀었다.

"저기… 언니, 혹시 이 글자가 무슨 글자인지 아세요?"

다짜고짜 자신에게 언니라는 호칭으로 부르는 이미진을 향해 유선하가 몸을 돌렸다. 유선하의 눈에 이미진은 자신보다 몇 살은 나이가 많아 보였지만 아무 말도 하지 않았다. 하긴 이젠 표가 나게 배가 불러 누가 보아도 결혼한 아줌마임이 확연한 유선하였고 화장이나 몸매를 가꾸지 않아 이미진이 그렇게 볼 수도 있었다.

유선하가 이미진이 내미는 카메라의 화면을 바라보았다. 학창시절 꽤 영리하다는 말도 들었던데다 당시 한자공부도 나름 열심히 해서 웬만한 한자는 알고 있는 유선하였다.

"이거 진이라는 글자예요."

유선하가 단번에 카메라 속의 글자를 알아보자 김선동과 이미진이 약간 놀란 얼굴로 유선하를 바라보았다. 이미진이 재빨리 앞에서 확인했던 글자들을 모두 보여주었다. 유선하가 약간 호기심이 어린 얼굴로 카메라 속의 글자를 모두 읽었다.

"진, 공, 불, 천… 이게 무슨 뜻인가요?"

오히려 글자를 읽은 유선하가 이미진과 김선동을 보며 물었다. 한자를 읽는 것은 어렵지 않았지만 그 뜻을 풀이하는 것은 유선하라고 해도 쉽지 않은 일이었다.

이미진과 김선동이 머리를 흔들었다.

"모르겠어요. 우리도 부산 근처에 있는 양산의 대광사라는 절에 들렀다가 우연히 찍게 된 풍경속의 글자들이에요. 우린 이 글자들이 있는 줄도 몰랐어요."

유선하가 눈을 깜박이며 두 사람을 바라보았다.

"신혼여행을 남쪽으로 가신 거예요?"

자신은 최동명에게 청혼을 받은 후 곧바로 살림을 차렸기에 면사포도 써보지 못하고 결혼을 했고 신혼여행은 꿈도 꾸지 못했다. 그러나 언젠가 한가한 날이 오면 남편과 삼촌들 그리고 태어날 아기를 데리고 꼭 여행을 해 보고 싶다는 생각을 가지고 있었던 유선하였다.

이미진이 웃으면서 입을 열었다.

"외국은 많이 다녀봐서 신혼여행은 우리나라를 여행해 보고 싶었거든요."

"어머나……."

"대광사라는 절에서 이 사진을 찍었는데 찍고 나서 확인해 보니 글자가 보였어요. 그래서 신기하다고 생각한 거예요."

"부럽네요 호호."

유선하가 진심으로 부러워하는 시선으로 두 신혼부부를 바라보았다. 그때였다.

"선하야. 찌개 나왔어."

주방에서 남편 최동명의 목소리가 들려왔다.

"네, 갈게요."

유선하가 빠르게 주방으로 향했다.

유선하가 다시 돌아가자 김선동과 이미진은 카메라 속에서 확인된 글자를 다시 돌아보았다.

"동서남북의 순서로 하면 어떻게 될까?"

우연하게 순서를 생각하게 된 김선동이었다.

김선동의 말에 이미진이 당시의 대광사 모습을 기억 속에 떠올리며 방향을 생각했다.

"동쪽이 입구 쪽이었으니… 기둥에 새겨진 글자가 먼저야. 그럼 천이 제일 앞 글자일 거야."

김선동이 머리를 끄덕였다.

"그러네. 그럼 순서대로 천…공…불…진 이렇게 되는데 이게 무슨 뜻인지 알 수가 없네."

김선동의 입에서 천공불진이라는 말이 흘러나왔다.

김동하가 반드시 찾아야 하는 천공불진이 전혀 상관이 없는 사람의 입에서 흘러나오고 있었다.

그때 유선하가 아직도 보글보글 끓고 있는 돌솥에 가득 담긴 된장찌개를 쟁반에 얹고 탁자로 돌아왔다.

유선하가 조심스럽게 찌개 솥을 탁자 위에 올려놓았다.

"맛있게 드세요. 모자란 건 언제든 말씀하시면 더 드릴게요."

유선하의 말에 김선동과 이미진이 머리를 숙였다.

"감사합니다."

"고맙습니다."

두 신혼부부는 친절한 유선하의 태도에 진심으로 감사하고 있었다.

두 사람의 식사를 방해하지 않게 하기 위해 유선하가 몸을 돌리는 순간 김선동이 생각났다는 듯이 물었다.

"혹시 천공불진이라는 뜻을 아세요?"

김선동의 물음에 유선하가 눈을 동그랗게 떴다.

"천공불진? 그게 뭐죠?"

이미진이 입을 열었다.

"아까 찍은 사진을 동서남북의 순서대로 배열하면 천공불진이라는 글자가 되었어요."

"글쎄요. 천공불진이라는 말은 처음 들어요. 저도 한자가 능한 게 아니라서 읽기는 하지만 잘 해석하진 못해요. 미안해요."

유선하가 머리를 흔들자 김선동과 이미진이 웃으며 입을 열었다.

"아니에요 괜찮아요. 우리 직업상 호기심을 자극하는 것이 있으면 알고 싶어지거든요."

유선하가 살짝 웃는 얼굴로 물었다.

"직업이 뭐예요?"

이미진이 대답했다.

"상업디자이너예요. 둘 다 같은 사무실에서 일하거든요."

"어머나 그럼 직장커플이네요."

"네."

이미진이 상쾌한 얼굴로 머리를 끄덕였다.

유선하가 웃으며 입을 열었다.

"호호 찌개 식겠어요. 식사들 하세요."

말을 마친 유선하가 두 신혼부부가 식사를 할 수 있도록 자리를 비켰다. 유선하가 자리를 떠나자 그제야 두 신혼부부가 식사를 시작했다. 은혜식당의 안에는 아직도 돌솥에서 끓고 있는 된장찌개의 냄새가 가득해졌다.

* * *

"꺅! 이게 뭐니?"

이은숙이 가슴에 피가 흠뻑 젖은 옷차림으로 집으로 들어서는 한서영을 보며 놀란 듯 비명을 질렀다.

사해련의 련주 창여걸이 쏜 총에 맞은 흔적이 선명하게 남아 있는 한서영의 옷이었다. 총탄을 맞은 부위는 구멍이 뚫려 있었고 한서영이 흘린 핏자국이 아직 채 마르지도 않은 것 같은 참혹한 모습이었다. 한서영의 뒤를 이어 아파트로 들어서던 김동하가 미안해하는 얼굴로 머리를 숙였다.

"제가 잠시 방심해서 누님이 다쳤습니다. 하지만 이젠 괜찮습니다."

김동하는 차마 장모인 이은숙에게 한서영이 총에 맞았다는 말은 할 수가 없었다. 그런 김동하의 내심을 읽은 것인지 한서영이 아무렇지 않은 얼굴로 입을 열었다.

"내가 잠시 한눈을 파는 바람에 다친 거야 엄마. 하지만 동하가 말끔하게 치료해 줬어."

한서영도 엄마에게 자신이 총을 맞았다는 사실은 말하고 싶지 않았다. 둘째인 한유진도 칼에 맞아 생명을 잃었는데 자신까지 그런 상황에 처했다는 것을 듣는다면 아마 기겁을 하고 어쩌면 김동하를 원망할 수도 있었기 때문이었다. 이은 숙이 한서영의 가슴에 난 상처를 떨리는 손으로 만져보았다. 상처의 흔적은 하나도 없이 뚫린 옷의 구멍 사이로 한서영의 하얀 속살이 보였다.

이은숙이 한서영의 얼굴을 보며 물었다.

"크게 다친 게 아니었니?"

옷의 구멍과 선명하게 남겨진 핏자국으로만 본다면 당장에 병원으로 달려가야 할 것 같은 큰 상처였다.

그러나 김동하에 의해 말 그대로 손톱만큼의 상처도 남아 있지 않은 한서영의 몸이었다.

한서영이 웃으면서 머리를 흔들었다.

"잠시 내가 부주의해서 넘어진 거야. 이젠 괜찮아."

"어휴, 무슨 딸들이 죄다 엄마 심장을 가만 놓아두질 않네. 이러다 엄마 진짜 심장마비로 죽을 거야."

한서영이 웃었다.

"호호 동하가 있어서 쉽게 죽지도 못할걸?"

큰딸의 말에 이은숙이 어이가 없다는 듯이 실소를 터트렸다.

"풋, 그것도 그렇긴 하다 얘, 사위 때문에 죽고 싶어도 죽지 못할 것 같아."

한서영이 엄마를 보며 입을 열었다.

"이 옷 버려야 할 것 같아. 피도 묻었고 구멍이 뚫려서 입고 싶지 않아."

한서영은 자신이 총에 맞은 옷을 두 번 다시 입고 싶은 생각이 없었다. 말을 마친 한서영이 방으로 들어가 자신이 갈아입을 옷을 가지고 안방으로 들어가 버렸다.

몸을 씻고 싶었지만 거실의 욕실을 사용할 순 없었기에 엄마와 아빠가 사용하는 안방의 욕실을 사용할 생각이었다. 한서영이 씻기 위해 안방으로 들어가는 것을 본 이은숙이 김동하를 보며 입을 열었다.

"뭐 마실 것 좀 줄까?"

김동하가 빙긋 웃었다.

"시원한 물 한잔이면 될 것 같습니다."

"호호 기다려."

몸을 돌린 이은숙이 재빨리 주방으로 향했다.

김동하가 주방으로 향하는 이은숙을 보며 물었다.

"둘째 처제누님은 어딜 나가셨습니까?"

늘 자신이 돌아오면 방문을 열고 나오던 한유진이 나오지 않자 근황이 궁금해진 김동하였다.

이은숙이 웃으면서 대답했다.

"응, 외출했어. 아까 무슨 서류같은 걸 준비하더니 지 아빠 회사에 간다고 나갔다네."

한유진은 아빠의 회사인 서진인터내셔널에 취업하기로 결심을 굳히고 서류를 준비해 아빠의 회사로 간 것이었다. 이내 물을 가지고 돌아온 이은숙이 거실의 소파에 앉아 있는 김동하에게 물잔을 권했다.

김동하가 잔을 들고 시원하게 마시고 내려놓자 이은숙이 묘한 눈길로 안방을 살피다가 김동하에게 물었다.

"내 김서방 자네에게 한 가지 보여줄게 있는데 보겠나?"

"뭔데요?"

김동하가 호기심이 어린 눈길로 이은숙을 바라보았다.

이은숙이 조심스럽게 자신의 호주머니 속에 넣어둔 전화를 끄집어냈다. 이내 카메라에 저장된 사진첩을 열고 몇 장의 사진을 화면에 띄웠다. 김동하가 눈을 깜박이며 전화기에 떠오른 사진을 바라보았다.

사진은 하나의 건물이었다. 푸른 잔디가 깔린 마당의 한가운데 흰색의 3층짜리 주택으로 보였다. 사진으로만 보아도 무척 화려하고 호화스럽게 느껴졌다.

이은숙이 계속해서 사진을 넘겼다.

깔끔해 보이는 주방과 거실이 보였고 넓은 침실과 화려한 테이블이 놓이 테라스 등 모든 것이 무척이나 고급스러운 느낌의 저택의 사진이었다.

"어때 마음에 들어?"

"어머님의 말씀이 무슨 뜻인지 물어도 되겠습니까?"

김동하의 물음에 이은숙이 하얀 이를 드러내며 웃었다.

"자네가 서영이랑 결혼하면 살 집이야. 물론 우리도 함께 살게 되겠지. 그래서 일부러 이렇게 큰 집을 고른 것이고……"

"아!"

"아직 실물은 보지 못했지만 이렇게 사진으로만 보아도 난 마음에 들어. 내일 서영이랑 함께 이 집을 보러갈 생각인데 어떤가?"

김동하가 머리를 끄덕였다.

"어머님의 마음에 드신다면 저는 아무런 상관이 없습니다."

"호호 그럼 쓰나? 실제로 이 집의 주인은 자네와 서영이가 주인이라고 할 수 있는데. 자네와 서영이의 마음에 들어야지."

"저는 모두와 함께 살 수만 있다면 초가삼간이라도 문제없습니다."

김동하의 입가에 부드러운 미소가 걸렸다.

이은숙이 웃으면서 김동하의 등을 토닥거렸다.

"자네에게 이렇게 착한 심성을 물려주신 사돈어른들에게 진심으로 감사드리고 싶어."

이은숙은 김동하가 착한 심성을 가지고 있는 것이 참으로 마음에 들었다. 장모 이은숙의 말을 들은 김동하의 얼굴이 살짝 붉어졌다. 이은숙은 자신의 전화기에 저장된 저택의 다른 사진들을 보여주며 김동하와 거실에서 한가한 시간을 보내고 있었다.

어느 정도의 시간이 흐르고 난 뒤에 샤워를 하고 머리에 수건을 감은 한서영이 안방에서 나왔다.

한서영은 엄마와 김동하가 나란히 소파에 앉아 도란도란

이야기를 나누는 것을 보며 다가왔다.

"무슨 이야기를 그렇게 재미있게 하고 있어?"

큰딸이 샤워를 마치고 나온 것을 본 이은숙이 한서영의 팔을 잡고 소파로 끌어 당겼다.

"이것 좀 봐. 김서방에게 보여줬는데 김서방도 좋다고 했어."

이은숙은 조금 전 김동하에게 보여주었던 사진을 한서영에게도 보여주었다.

한서영이 젖은 머리칼을 수건으로 닦으며 엄마가 보여주는 새로운 집의 사진을 보기 시작했다. 이은숙이 보여주는 이사 갈 집의 모습은 한서영의 마음에도 들었다.

"와, 집이 너무 커. 게다가 정원까지 있는 곳이네?"

한서영이 호기심 가득한 얼굴로 엄마가 보여주는 사진에 집중했다. 한서영의 눈이 반짝이고 있었다.

그런 한서영의 표정은 무척이나 밝았다. 아파트가 아니라는 것과 넓고 큰 마당이 있는 것 그리고 규모가 큰 집이어서 모든 가족들이 함께 살 수 있다는 것 등이 마음에 들었다. 거실에는 누군가 보았다면 부러움과 질투심까지 느껴질 화목한 분위기가 가득 흐르고 있었다. 오후의 한가한 시간이 시나브로 천천히 지나가고 있었다.

"여긴가?"

유리문에 '개인 사정으로 오후는 휴무합니다'라는 안내장이 붙은 가게의 문을 살짝 밀며 한서영이 고개를 들이밀었다.

은혜식당이라는 간판이 크게 붙어 있는 대림동 사거리의 가게였다. 머리를 들이미는 한서영의 눈에 가게 안의 테이블을 이어 붙여놓고 테이블에 음식들을 올려놓고 있는 쪽진 머리의 여자가 들어왔다. 약간 배가 불러 있었고 긴 원피스를 걸친 목이 긴 여자였다.

유선하는 잠시 후면 도착할 언니 한서영과 동생 김동하를 맞이하기 위해서 테이블 위에 자신이 정성스럽게 만든 음식을 올려놓고 있었다. 주방에는 남편과 두 시동생들이 자신들이 사온 과일과 음식재료 등을 손질하며 분주하게 움직이고 있었다. 그때 가게 문 쪽에서 인기척이 느껴지는 소리가 들리자 유선하가 머리를 돌렸다.

순간 유선하의 눈이 커졌다.

"언니."

유선하의 입에서 뾰족한 비명소리와 같은 탄성이 울렸다. 유선하의 눈에 들어온 것은 평생 잊을 수가 없는 언니 한서영의 얼굴이었기 때문이다.

한서영의 뒤에선 김동하가 담담하게 웃고 있었다. 유선하가 음식을 차리다 말고 급하게 한서영에게 달려왔다.

"언니."

유선하의 표정은 금방이라도 울음을 터트릴 것처럼 발갛게 상기되어 있었다. 주방에서도 유선하의 비명소리와 같은 탄성소리에 놀란 것인지 모두가 달려나왔다.

한서영이 가게 안으로 들어서며 맑게 웃었다.

"잘 있었어?"

유선하가 머리를 끄덕이며 한서영의 손을 덥석 잡았다.

"언니 정말 잘 왔어요. 정말 보고 싶었어요."

눈빛까지 촉촉해진 유선하가 한서영과 나란히 서있는 김동하의 손도 함께 움켜쥐었다.

"동하동생도 정말 잘 왔어. 아니 이제 곧 형부가 될 사람인데 동생이라고 해도 될지 모르겠네."

김동하가 빙그레 웃었다.

"그렇게 불러도 됩니다. 아기는 잘 크고 있나 보군요."

김동하가 유선하의 표시가 날 정도로 불러 오른 배를 보며 부드럽게 웃었다.

유선하가 살짝 부끄러운 얼굴로 머리를 끄덕였다.

"조금씩 태동도 느껴지는걸."

"그래요?"

김동하가 눈빛을 반짝이며 유선하의 배를 바라보았다.

한서영이 유선하의 손을 마주 잡으면서 입을 열었다.

"편안해 보여서 다행이야."

교통사고로 얻은 상처로 인해 지옥같은 투병생활을 하다 생명을 잃었던 유선하였다. 그런 유선하가 김동하에 의해 천명을 돌려받아 되살아나 이렇게 건강한 모습으로 살아가고 있다는 것이 너무나 반가운 한서영이다.

그때 최동명과 김설형 그리고 이정학이 얼굴에 가득 웃음을 머금고 다가왔다.

"하하 어서 오십시오 처형. 그리고 동하 동생."

"어서 오십시오."

"어서 와요."

세 사람은 마치 합창하듯 한서영과 김동하에게 인사를 했다. 한서영과 김동하가 밝은 표정으로 가볍게 이마를 숙였다.

"오랜만이네요."

한서영의 인사를 받은 최동명이 한서영을 보며 입을 열었다.

"오늘이 선하의 생일인데 선하가 꼭 처형을 보고 싶다고 해서 연락 해 보라고 하였습니다. 이렇게 와 주셔서 정말 감사드립니다."

한서영이 생긋 웃었다.

"호호 저도 동생의 전화를 받고 정말 반가웠어요."

"하하 선하의 생일선물로 이보다 큰 선물은 없을 것 같네요."

"그런가요?"

한서영은 행복해 보이는 유선하의 가족이 밝은 표정을 갖고 있자 절로 마음이 푸근해졌다.

"어서 앉아요 언니. 동하 동생도."

유선하가 팔을 끌자 한서영과 김동하가 미리 준비된 탁자에 앉았다. 탁자의 한가운데는 유선하의 생일 케이크를 놓을 자리만 비워져 있고 거의 음식들로 가득 채워져 있었다. 아직 과일과 채 올리지 못한 음식들도 있었는데 이미 더 이상 음식을 올려놓을 자리가 없을 정도로 풍성한 식탁이었다. 유선하는 한서영과 김동하를 제일 가운데 자리에 나란히 앉혔다. 그리고 그녀는 한서영의 옆자리를 차지하고 앉았다. 한 서영과 김동하가 도착했기에 빠르게 생일파티 준비가 시작되었고 막내 이정학은 더 이상 도착할 손님이 없었기에 아예 가게 문을 잠가버렸다.

유선하는 자리에 앉아서도 한서영의 손을 놓지 않았다. 가족이라고는 남편 최동명과 두 시동생뿐이었기에 새로운 인연으로 가족이 되어준 한서영을 친언니라고 생각하고 있는 유선하였다. 유선하가 반짝이는 시선으로 한서영과 김동하를 바라보며 입을 열었다.

"근데 정말 동하동생, 아니 형부랑 결혼하는 것 때문에 병원을 그만두신 거예요?"

유선하는 정말 한서영이 병원을 그만둔 것이 김동하와의 결혼 때문인지 궁금했다.

누군가는 평생을 공부해도 될 수 없을 정도로 수없이 많은 공부와 노력을 기울여야 도달하는 게 의사라는 직업이다. 그런 의사자격을 이미 가지고 있는 한서영이 결혼 때문에 의사의 길을 포기했다는 것이 믿어지지 않았다. 한서영이 빙그레 웃었다.

"조금 아쉽긴 하지만 그래도 이 사람을 뒷바라지하기 위해서 선택한 거니 후회진 않아. 그렇다고 영원히 의사의 길을 포기한 것은 아니야. 언제든 개인병원 정도는 개업할 수 있으니 말이야. 그리고 이 사람이 곁에 있는 한 그냥 단순하게 의사라는 직업에 얽매이는 것보다는 그냥 내조를 위해 내가 가진 것을 하나쯤은 포기해도 나쁘진 않다고 생각했어.

어쩌면 나중에 이 사람이 한의대를 마치면 같이 병원을 개업할 수도 있겠지."

한서영이 자신의 옆에 앉은 김동하의 손을 꼭 잡았다.

김동하는 그런 한서영의 손길이 무척 따뜻하다고 느껴졌다. 유선하가 김동하를 바라보았다.

"동하 동생, 아니 형부는 언니가 의사를 포기한 것이 서운하지 않아? 요?"

유선하는 당장 김동하를 형부로 부르고 있었지만 그렇다고 선뜻 말을 올리기도 민망해서 아리송한 어투로 물었다. 김동하가 빙긋 웃으며 입을 열었다.

"누님께서는 그냥 편하신 대로 부르세요. 그리고 꼭 서영 누님의 결정은 그게 어떤 결정이든 저는 반대할 생각이 없습니다. 사람을 치료하고 살리는 의술은 꼭 의원이 아니라고 해도 언제든 가능하니 문제될 것은 없습니다."

김동하가 말을 편하게 하라고 하자 유선하도 그것이 더 편하다고 생각했는지 이내 예전처럼 말투를 바꾸었다.

"그래?"

그때 최동명이 촛불이 환하게 밝혀진 커다란 케이크를 가지고 주방에서 걸어 나왔다.

"생일 축하 합니다. 생일 축하 합니다. 사랑하는 나의 아내 유선하의 생일 축하 합니다."

세 명의 남자가 생일축하 송을 부르며 천천히 걸어오고 있었다. 순간 유선하의 눈이 촉촉해졌다.

최동명이 들고 있는 케이크에는 두 개의 중간크기 촛불과

네 개의 작은 촛불이 불을 밝히고 있었고 가운데는 가장 큰 초가 하나 환한 빛을 밝히며 세워져 있었다.

최동명이 케이크를 유선하의 앞에 놓았다.

한서영이 케이크를 보다가 머리를 갸웃했다.

"이게 뭐야? 선하 나이가 스물네 살이 아닌가요? 여기 큰 촛불은 뭔가요?"

한서영의 물음에 최동명이 웃으면서 대답했다.

"가운데 큰 촛불은 처형과 동하 동생이 아내 선하에게 새로운 생명을 돌려주신 것을 의미합니다. 그날이 선하가 새로 태어난 날과 같은 날이니까요. 정식으로 하려면 그날을 새로운 생일로 정해야 하지만 그냥 그날이나 오늘이나 같은 의미로 생각하자고 해서 바꾸지는 않았습니다."

"세상에……."

한서영이 큰 눈을 깜박였다. 유선하가 김동하에게 새로운 생명을 얻었던 날을 새로운 생일로 하려 했다는 것에 조금 놀랐다.

유선하가 부끄러운 듯 살짝 얼굴을 붉히며 웃었다.

"새로운 생명을 얻었으니 한 살로 하고 싶었는데 한 살치고는 제가 좀 나이가 많아 보이죠?"

"호호 그러네. 한 살치고는 정말 너무 성숙한 모습이네 호호호."

한서영이 상쾌한 웃음소리를 터트렸다. 김동하는 이곳에 도착한 이후 누군가의 생일을 축하하는 모습은 처음으로 구경했다. 한서영에게 물어보고 싶었지만 꾹 참고 있는 중이었

다. 한서영이 유선하를 보며 입을 열었다.

"마음속으로 소원을 빌고 촛불을 꺼야지."

유선하가 고개를 끄덕이곤 눈을 꼭 감았다.

애초에 생일소원은 생일을 맞은 당사자가 마음속으로 소원을 빌고 촛불을 꺼야 하지만 유선하는 그렇게 하지 않았다. 유선하의 입이 열렸다.

"서영 언니와 동하 동생이 영원히 서로 사랑하게 해주시고 우리의 곁에 오래오래 머물게 해 주세요. 그리고 남편과 시동생들도 행복했으면 좋겠고 내 뱃속의 아가도 건강하게 잘 자라주기를 소원합니다."

말을 마친 유선하가 케이크 위에 밝혀진 촛불을 훅 불었다.

"후우."

촛불이 꺼지고 하얀 연기가 살짝 피어오르면서 유선하의 생일소원은 끝이 났다.

한서영이 유선하를 바라보았다.

"자신을 위해서는 소원하는 것이 하나도 없어?"

유선하가 웃었다.

"조금 전 그게 제가 가장 원하는 거예요."

"참. 대책 없이 착하기만 한 동생이네 호호."

한서영이 머리를 돌려 김동하를 바라보았다.

"아까 여기 오면서 준비한 것 선하에게 줘."

한서영의 말에 김동하가 품에서 작은 상자를 꺼내어 조심스럽게 유선하에게 내밀었다. 유선하가 눈을 깜박이며 한서영과 김동하를 바라보았다.

"이게 뭐예요?"

"그날 동생의 집에서 동생을 치료할 때 너무나 가냘파 보이는 손에 아무것도 없는 것이 마음이 아팠어. 재부도 해 주고 싶었을 텐데 당시의 상황으로 보아서는 그렇게 하지도 못했던 것 같았고… 그래서 언니가 된 기념으로 동생에게 좋은 선물 하나 남겨주고 싶어져 사온 거야."

한서영의 말에 유선하가 김동하가 건네준 상자를 열었다. 상자 속에는 보석처럼 반짝이는 반지 하나가 검은 벨벳 천 위에 너무나 예쁘게 놓여 있었다.

"어, 언니."

유선하의 눈이 촉촉해졌다.

남편 최동명이 자신에게 청혼할 때 반지를 주었지만 그것도 자신의 치료를 위해 어쩔 수 없이 보석상에 팔아야 했던 가난했던 지난날이 머릿속을 스쳐갔다. 나중에 남편은 그 반지를 팔면서 소리 없이 울었다고 했었다.

그리고 나중에 꼭 큰 보석이 박힌 더 큰 반지를 자신의 손에 끼워줄 것이라고 스스로 수없이 다짐했다고 들었던 유선하였다. 이제는 반지를 살 돈도 충분했기에 마음만 먹는다면 언제든 살 수가 있었다.

하지만 유선하는 자신에게는 몹시도 엄격했다.

다시 살게 된 그녀는 자신을 위해서 옷 하나를 사는 것도 몇 번이나 망설이다가 결국 최고로 싼 가격의 옷을 골라서 가져오는 억척아낙네가 되어 있었다.

"손에 껴봐. 아니 내가 끼워줄게."

유선하의 손이 자신의 손과 거의 같은 크기라는 것을 알고 있던 한서영이었기에 자신의 손에 반지를 맞춰서 가져온 것이었다. 그 때문에 반지가 맞지 않을 것이 살짝 걱정이 되었지만 한서영의 걱정과는 상관없이 유선하의 손에 맞춘 듯 딱 들어맞았다.

"호호 예쁘네."

반지를 낀 유선하의 손은 너무나 아름다웠다.

식당일을 하면서 허드렛일로 거칠어지긴 했지만 원래부터 예쁜 손이었기에 투박한 아줌마들의 손과는 달리 무척이나 아름다웠다.

"언니……."

반지를 낀 자신의 손을 내려다보는 유선하의 목소리가 촉촉이 젖어 있었다.

그 모습을 본 최동명이 뒷머리를 손으로 긁적였다.

"예전에 선하에게 청혼을 할 때 반지를 선하의 손에 끼워주었지만 선하가 아플 때 치료비가 모자라 팔아야 했습니다. 새로 사주고 싶었는데 한사코 안 산다고 고집해서 그만… 근데 처형이 제 대신 선하에게 반지를 끼워주시네요. 정말 고맙습니다."

최동명의 얼굴도 약간 발갛게 달아올라 있었다.

한서영이 빙그레 웃었다.

"사실 걱정했어요. 그때 네 분이 어떻게 살아오셨는지 제 눈으로 보았고 당시의 동생이 처해 있던 상황도 뻔히 눈으로 보았는데 도움을 드리지 못해서 미안했어요. 그런데 이렇게 힘을 합쳐 식당을 하고 있으니 마음이 놓이네요."

말을 마친 한서영이 자신의 손가방에서 작은 봉투를 하나 꺼내 최동명에게 내밀었다.

"이건 저의 동생을 위해 제가 할 수 있는 것 중의 하나예요. 받아 주시면 고맙겠어요."

최동명이 눈을 껌벅였다.

"이, 이게 뭡니까?"

한서영이 웃으면서 대답했다.

"동생을 잘 보살펴 달라는 의미에서 언니로서 재부에게 드리는 선물이에요."

한서영의 말에 최동명이 눈을 껌벅이다 봉투를 받고 열어 보려 했다.

"속 내용을 확인하는 것은 우리가 돌아간 다음에 확인해 보시면 좋겠네요. 재부."

"아, 알겠습니다."

최동명이 당황하며 봉투를 갈무리 하자 한서영이 입을 열었다.

"이제 음식을 먹죠. 배고파요."

"아, 알겠습니다."

한서영이 배가 고프다고 투정을 하자 그제야 식사가 시작이 되었다. 유선하와 최동명 그리고 두 명의 시동생들이 준비한 음식은 말그 대로 상다리가 부러질 정도로 진수성찬이었다.

술까지 곁들여진 식사자리였기에 김동하와 한서영도 간간

히 술잔을 들어 몇 번의 건배에 맞춰 축배도 들었다.

술자리를 겸한 생일축하파티는 거리에 어둠이 덮일 때까지 계속되었다.

"호호 동명 오빠의 음식솜씨가 어느 정도인지 말하자면요, 언니가 우리 가게에 오시기 전에 우리 가게에 신혼부부가 식사하러 찾아 왔었어요. 막 신혼여행에서 돌아오는 길이라고 하더군요. 그 사람들이 식사를 하면서 연신 맛있다고 계속 칭찬해서 동명 오빠 입이 이만큼 찢어졌답니다. 호호호."

마시지 못하는 술을 분위기에 취해 몇 잔을 마신 덕에 유선하의 얼굴은 홍시처럼 발갛게 달아올라 있었다.

두 뺨이 주기로 화끈거려서인지 연신 두 손을 자신의 얼굴에 가져다 대며 수다를 떨고 있었다.

최동명은 아내인 유선하가 한 번도 하지 않던 술주정을 하자 너무나 신기해하며 아내를 바라보고 있었다.

최동명은 뱃속에 아기를 가진 유선하가 술을 마시는 것을 보며 질겁했지만 김동하가 안심해도 된다고 말해서 말리지 않았다. 하지만 최동명은 아내 유선하가 처음으로 술을 마시는 것을 보고 있는 중이었다.

한서영이 웃으면서 말을 받았다.

"신혼부부가 칭찬을 했다고?"

"네."

유선하가 하얀 이를 드러내며 웃었다.

한서영이 최동명을 보며 웃는 얼굴로 입을 열었다.

"신혼부부라면 젊은 사람들일 텐데 그런 젊은 사람들 까다로운 입맛에도 맛있다는 소릴 들을 정도면 음식실력이 좋은가 봐요. 하긴 여기 차려진 음식들 전부 맛이 있긴 했어요."

한서영의 칭찬에 최동명의 얼굴이 발갛게 달아올랐다.

"호호 그럼 여기보다 규모가 큰 식당을 해도 되겠어요."

한서영이 웃자 최동명이 머리를 긁으며 민망해 했다.

"그러려고 해도 우리 상황이 그렇질 못합니다. 이곳 가게도 주인이 마음이 좋아서 적은 돈으로 얻을 수 있게 해 준 거니까요. 그냥 이것으로 충분합니다. 마음만으로 고맙습니다. 처형."

최동명의 입가에 씁쓸한 미소가 떠올랐다.

"혹시 모르죠. 하늘이 언젠가 기회를 주실지 말이에요."

한서영의 말에 최동명이 부드럽게 웃으며 입을 열었다.

"다행히 이곳에서 장사가 잘 되어 언젠가는 더 큰 가게를 얻을 수도 있을 것 같습니다 하하."

"호호 기대할게요."

그때 유선하가 다시 붉어진 얼굴로 입을 열었다.

"근데 언니는 결혼하시면 신혼여행은 어디로 가실 건가요?"

약간 취기가 느껴지는 유선하의 목소리였다.

술이 익숙하지 않는 유선하에겐 몇 잔의 술이라고 해도 충분히 취기를 느끼게 만들 정도였다.

한서영이 힐끗 김동하를 바라보았다.

"글쎄. 우린 남쪽으로 여행을 다녀올까 생각중이야."

"남쪽?"

"응, 결혼해서 남쪽의 경치 좋은 절이나 암자 같은 것을 둘러보고 싶어. 둘이서 오붓하게 둘만의 신혼여행을 즐기는 거지."

한서영의 대답을 들은 유선하가 큰 눈을 깜박였다.

"어, 아까 말했던 그 신혼부부도 남쪽을 여행하고 돌아오던 길이었다고 했어요. 언니처럼 남쪽의 절 같은 곳을 구경하며 사진도 찍고 그랬다고 하더라고요. 아까 식사를 하면서 나한테 사진을 보여줬는데 사진에 찍힌 글자를 나한테 물어보더라고요. 호호."

한서영이 눈을 깜박였다.

"글자?"

"네, 남쪽의 어디… 아, 양산이라고 들었어요. 양산 어딘가의 절이었는데 그곳에서 풍경사진을 찍던 중에 우연히 찍힌 글자였어요. 진이라는 글자였는데 제가 알기로는 볼진(診)이었어요. 우물 같은 곳에 새겨진 글자도 있었고 나무와 돌사이에 새겨진 글자도 있었어요. 그게 뭐라고 하더라… 모두 네 글잔데… 맞다. 천공불진."

순간 유선하의 말을 듣고 있던 한서영과 김동하는 머리끝이 쭈뼛 솟아오르는 느낌이었다.

김동하가 약간 떨리는 목소리로 물었다.

"조, 조금 전 뭐라고 하셨습니까?"

유선하가 큰 눈을 껌벅이며 김동하를 바라보았다.

"응?"

"조금 전 누님이 천공불진이라고 말씀하신 것이 맞습니까?"

김동하의 눈에서 푸른빛이 흘러나오는 듯했다.

순간 유선하의 눈이 커졌다.

"꺅!"

김동하의 눈빛에 유선하의 입에서 자신도 모르게 비명소리가 흘러나왔다.

최동명까지 김동하의 눈빛을 보는 순간 몸이 굳었다.

김동하는 자신의 몸속에 깃든 무량기의 기운이 촉발되었다는 것을 느끼며 재빨리 무량기를 억제했다.

"죄송합니다. 저도 모르게 놀라서 그만……."

유선하가 살짝 몸을 떨었다.

"동생 눈빛이 너무나 무서웠어."

술기운이 단번에 날아가 버릴 정도로 놀란 유선하였다.

그때 한서영이 물었다.

"방금 동생 입으로 천공불진이라고 한 말이 진짜야?"

한서영의 얼굴도 딱딱하게 굳어 있었다.

"맞아요. 그 사람들이 카메라에 찍은 사진 속의 글이 동서남북의 방향으로 순서대로 읽으면 천공불진이라는 글자가 되는데 나한테 그 뜻을 물어보더라고요."

순간 김동하와 한서영은 아무 말도 하지 않고 서로의 얼굴을 바라보았다.

김동하의 스승인 해원스님이 남겨주신 마지막 서신에서 두 번째의 천공불진이 남쪽에 있다고 했기에 결혼을 하면 신혼

여행으로 남쪽의 사찰을 돌며 천공불진의 흔적을 찾으려 했던 두 사람이었다. 그런데 이렇게 황당한 상황에서 천공불진의 흔적을 찾을 것이라곤 생각지도 못한 두 사람이었다. 김동하가 다시 물었다.

"그 사진을 찍은 사찰이 어디인지 들으셨습니까?"

김동하의 표정이 진지한 것을 보자 유선하가 머리를 갸웃거리다 대답했다.

"부산 인근의 양산에 위치한 사찰이라고 했는데… 얼핏 대광사인지 대공사인지 그런 이름이었던 것 같아."

"대광사."

김동하의 입에서 나직한 침음성이 흘렀다.

한서영이 김동하를 보며 물었다.

"당장에 찾아가 볼 거야?"

한서영의 물음에 김동하가 머리를 흔들었다.

"위치를 확인한 것으로 충분합니다. 대광사는 나중에 예정대로 누님과 결혼식을 마치고 찾아갈 생각입니다."

"그래 나도 그게 좋겠어."

한서영은 김동하가 두 번째의 천공불진을 찾아 홀연히 떠나버릴 것 같아 왠지 두렵다는 생각이 들었다.

유선하가 물었다.

"언니. 근데 천공불진이 뭔데 언니나 동하동생이 그렇게 놀란 거예요?"

"천공불진은 동하가 여기서 다시 자신이 왔던 세상으로 돌아가는 문이라고 할 수 있어."

"자신이 왔던 세상이라고요?"

"응."

한서영이 고개를 끄덕이며 김동하를 바라보았다.

유선하에게 김동하의 비밀에 대해 말해도 되는지 묻는 시선이었다. 김동하가 말없이 머리를 끄덕였다.

김동하의 허락을 받은 한서영이 유선하에게 시선을 돌렸다. 한서영은 유선하와 그녀의 가족들에게 천공불진에 대해 이야기를 들려주기 시작했다. 김동하에게 천능이라는 엄청난 비밀이 있다는 알고 있었지만 천공불진에 대해서는 전혀 알지 못하고 있었던 유선하의 가족은 한서영이 들려주는 이야기에 입을 벌리며 듣고 있었다.

이윽고 한서영이 알려준 천공불진에 대한 비밀이 모두 끝나자 유선하와 최동명이 놀란 얼굴로 김동하를 바라보았다.

"그, 그럼 그 천공불진이라는 것이 있으면 동하동생이 떠나왔던 그곳으로 다시 돌아갈 수 있단 말이야?"

김동하가 대답했다.

"헤어졌던 아버님과 어머니, 동생 그리고 스승님을 비롯한 저와 인연을 맺었던 분들과 다시 만날 수 있겠지요."

"세상에⋯⋯."

유선하가 큰 눈을 껌벅이며 김동하와 한서영을 바라보았다.

"그럼 언니는 동하 동생이 다시 그곳으로 돌아간다면 같이 가실건가요?"

한서영이 생긋 웃었다.

"부부는 일심동체라고 했어. 동하가 어딘가를 간다면 그곳이 어디든 나도 가야겠지."

한서영은 절대로 김동하와 떨어질 생각이 없었다.

그러니 김동하가 천공불진을 다시 열고 시공의 벽을 넘어 돌아가겠다면 자신 역시 마땅히 김동하와 함께 간다고 생각하고 있었다. 김동하가 입을 열었다.

"천공불진을 확인한다고 해도 당장에 그곳으로 돌아가지는 않을 것입니다. 하지만 언젠가 시간이 흘러 이곳 세상에서 저와 인연을 맺었던 분들과의 인연이 끝나면 그때 다시 돌아갈 생각입니다."

유선하가 김동하를 바라보며 굳은 얼굴로 입을 열었다.

"동하 동생의 가족을 만나기 위해 다시 돌아가야 한다는 것이 어쩌면 동생과 영원히 헤어지는 길이 될 것 같아서 불안해. 할 수만 있다면 이곳에서 동생과 언니랑 함께 영원히 같이 살고 싶은데 말이야."

유선하는 김동하와 언니 한서영이 말없이 천공불진을 통해 떠날 것 같아서 불안해하는 얼굴이었다. 평생 외롭게 살아온 그녀에게 처음으로 만들어진 가족이고 인연이다. 그로 인해 생긴 행복이 그들이 떠남으로써 사라질까 두려웠다. 한서영이 유선하의 마음을 알고 있다는 듯이 유선하의 손을 잡았다.

"말없이 떠나는 일은 없을 거야. 그리고 이별을 하게 된다면 반드시 선하 동생에게 말해줄게."

유선하가 눈물을 글썽이며 머리를 끄덕였다.

떠나지 말라고, 또다시 외롭게 살지 않게 해달라고 애원하고 싶었지만 김동하에게 얽힌 사연을 들은 이상 붙잡아놓지는 못한다고 생각했다. 유선하의 눈시울이 젖어들었다. 그런 유선하를 본 김동하가 입을 열었다.

"한번 맺은 인연은 하늘이 맺어준 것입니다. 천공불진의 흔적을 찾았다고 해도 바로 돌아가지 않을 것이니 안심하십시오."

"정말 아무 말 없이 떠나지는 않을 거지?"

유선하가 촉촉해진 눈으로 김동하를 바라보았다.

김동하가 빙긋 웃었다.

"좀 전에 말했듯이 저와 맺은 인연의 끈들이 모두 끝이 나면 그때쯤 돌아갈 것이니 안심하십시오."

"꼭 그렇게 해줘. 태어나서 동생과 언니를 만난 게 이 세상에서 가장 소중한 기억이야. 앞으로 태어날 아기에게도 이모와 이모부가 있다는 것을 꼭 알려주고 싶어."

한서영이 웃었다.

"동하 말처럼 쉽게 떠나진 않아. 그리고 이곳에는 우리 아빠와 엄마 그리고 동생들도 있어. 그분들을 버리고 홀연히 떠나는 일은 없을 거야. 아마 떠난다면 한참의 세월이 흐른 뒤가 되겠지."

한서영의 말에 유선하가 머리를 끄덕였다.

"믿을게요 언니."

김동하도 부드러운 시선으로 유선하를 바라보았다.

최동명이 입을 열었다.

"동생이나 처형은 선하 네 마음을 잘 알고 있을 거야. 동하 동

생도 한번 맺은 인연은 쉽게 버리지 않는다고 했으니 믿어봐."

남편의 말에 유선하가 붉어진 얼굴에 살짝 미소를 머금었다. 그 모습을 김동하가 물끄러미 바라보고 있었다.

김동하는 천공불진을 찾았다고 당장에 다시 그곳으로 돌아간다는 생각은 하지 않았다. 자신이 돌아가면 이곳에서 맺은 인연들이 모두 허무하게 사라지기 때문이었다.

한서영과 결혼을 하고 나면 신혼여행 삼아 남쪽의 산사를 돌아보며 또 다른 천공불진의 흔적을 찾으려 했다.

그런데 생각보다 훨씬 빨리 천공불진의 흔적을 알아냈으니 하늘이 자신을 도우고 있다는 생각이 들었다.

언젠가는 부모님과 동생이 기다리는 집으로 돌아가야 하겠지만 천공불진이 있다면 언제든 돌아갈 기회가 있다.

그러니 이곳에서 아내인 한서영과 새롭게 자신의 부모가 된 한서영의 가족과 조금 더 오랜 시간을 보내고 싶은 마음이었다.

유선하의 생일을 축하하기 위해 모인 식사자리는 우연하게 유선하의 입을 통해 천공불진의 흔적을 찾게 됨으로써 잠시 변화가 있긴 했지만 꽤 즐겁게 이어졌다. 영원히 끝나지 않을 것 같은 유선하의 생일축하 식사자리는 거리에 어둠이 짙게 내린 오후 늦은 시간에 끝이 났다.

김동하와 한서영은 한사코 손을 잡고 헤어지기 아쉬워하는 유선하의 손을 어렵게 떼어내고 돌아갔다.

유선하는 꼭 다시 만나자는 말을 수십 번이나 반복해서 말할 정도로 아쉬워했다.

김동하와 한서영이 돌아가자 식사자리를 정리하던 최동명은 아까 처형 한서영이 건네준 봉투가 테이블 위 한쪽에 놓인 것을 발견했다. 최동명이 머리를 긁적였다.

　"처형도 참, 그냥 빈손으로 오시지 뭘 이런걸……."

　말을 하며 봉투 속을 확인하던 최동명의 얼굴이 굳어졌다.

　"서, 선하야."

　최동명의 손이 덜덜 떨렸고 입에서도 떨리는 목소리가 흘러나왔다. 막 식사를 마친 그릇을 치우고 있던 유선하는 남편의 얼굴이 하얗게 질린 것을 보며 몸을 굳혔다.

　"왜 그래 오빠."

　김설형과 이정학도 놀란 얼굴로 최동명을 바라보았다.

　"형, 왜 그래?"

　"큰형, 뭐야."

　두 동생이 다가왔다.

　최동명이 떨리는 손으로 봉투를 유선하에게 내밀었다.

　유선하는 남편 최동명이 이렇게 몸을 떠는 것은 처음 보았다. 가슴 한쪽이 덜컥 내려앉는 느낌이었다.

　"뭐야 오빠. 나 무서워."

　최동명이 떨리는 목소리로 다시 입을 열었다.

　"안에… 안에 있는 것 확인해 봐."

　최동명의 말에 유선하가 결국 봉투를 받아 들었다.

　유선하의 눈에 제일 먼저 들어온 것은 예쁜 글씨로 적힌 한 줄의 편지였다.

[생일 축하해. 그리고 예쁜 아기 낳아. 이건 내가 언니로서 선하에게 처음으로 주는 선물이야. 전에는 미처 준비를 못했는데 이제라도 줄 수 있어서 다행이야. 널 사랑하는 재부와 두 시동생들이랑 늘 행복한 시간이 되기를 바랄게. 또 찾아올 거야. 그러니 다시 만날 때까지 몸조심하고 잘 지내고 있어. 언니 한서영.]

길지 않은 몇 줄의 문장이었지만 편지에는 한서영이 유선하에게 보내는 애정과 관심이 가득 담겨 있었다.
이어 편지 뒤에는 또 한 장의 종이가 남겨져 있었다.
순간 유선하의 얼굴도 하얗게 굳었다.

[자기앞수표 5억 원정.]

유선하는 머릿속이 하얗게 비워지는 느낌이었다.
이런 생일선물은 받아본 적이 없었다.
최동명과 김설형 그리고 이정학이 딱딱하게 굳은 얼굴로 유선하의 손에 들린 자기앞수표를 몇 번이나 확인했다. 김설형이 굳은 얼굴로 최동명을 보며 입을 열었다.
"형, 이거 받을 수 없어. 이거 너무 큰돈이야. 아마 착각해서 잘못 넣은 것 같아."
김설형의 말에 유선하가 재빨리 입을 열었다.
"어, 언니에게 바로 전화해볼게."
유선하가 전화기를 향해 달려갔다.

그때였다. 유선하의 전화기가 울렸다.

띠리리리릿.

유선하는 막 자신의 전화기를 집어 들려다 화면에 떠오른 이름을 보며 몸을 굳혔다.

[언니 한서영]

유선하에게 남편 최동명 이외에 제일 소중한 이름이었다. 잠시 전화기를 바라보던 유선하가 재빨리 전화기를 들었다.

딸칵—

"언니!"

유선하의 입에서 뾰족한 비명소리 같은 것이 흘러나왔다. 유선하의 귀에 낭랑한 한서영의 웃음소리가 흘러들었다.

—지금쯤 내가 남긴 편지랑 선물 확인했을 거라고 생각했어. 좀 놀랐지? 의외의 선물이라서 아마 다시 돌려주려고 했을 테고 말이야 호호호.

한서영의 목소리는 무척이나 맑았다.

"언니, 이거 뭐야? 나 이런 거 못 받아."

유선하가 다급하게 말했다. 유선하가 전화를 받는 상대가 한서영이라는 것을 직감한 최동명과 김설형 그리고 이정학이 급하게 유선하의 곁으로 다가왔다.

최동명의 얼굴은 눈에 띄게 경직되어 있었다.

—한 가지만 알려줄게. 나와 동하는 선하 네가 알고 있는 것보다 훨씬 부자야. 어쩌면 대한민국에서 현금으로는 나와

동하를 따라올 사람이 없다고 할 수도 있어. 내가 준 선물은 나와 동하가 가진 것의 아주 일부분이야. 그러니 부담 없이 받아도 돼. 곧 태어날 아이를 위해 언니가 축하선물을 보낸 것이라고 생각해. 그리고 그 돈을 이용해서 좀 더 큰 곳에서 장사를 해봐. 재부의 음식솜씨를 보니까 충분히 그렇게 해도 될 것 같더라. 그럼 다음에 볼 때까지 잘 있어. 알겠지? 호호.

딸칵―

한서영의 일방적인 통보만 남기고 전화가 끊어졌다.

유선하가 굳은 얼굴로 최동명을 바라보았다.

"어, 언니가 우리 아기를 위해서 미리 선물을 한 거래. 언니와 동하 동생에게 그 돈은 아주 작은 돈이라고 하면서… 이 돈으로 큰 곳에서 장사를 해 보라고 했어 오빠."

유선하의 말에 최동명의 얼굴이 시뻘겋게 달아올랐다.

"너하고 나 그리고 우리 동생들이 모두 착하게 살아온 덕분에 처형같은 천사를 만나게 된 것 같다. 이 은혜를 어떻게 다 갚니?"

말을 하던 최동명의 눈에 습기가 차오르고 있었다.

최동명의 동생인 김설형과 이정학도 몸을 돌리면서 눈시울을 닦았다. 그 모습을 본 유선하도 끝내 그 자리에 서서 눈물을 훔쳤다.

가난하지만 비굴하게 살지 않은 대가를 이제야 하늘로부터 받는다는 느낌이 들었다. 그것을 알고 있는지 가게 안은 한동안 숙연함으로 가득했다.

나쁜 피

끼이이익—

흰색의 국산 SUV가 주차되어 있는 검은색의 승합차 앞쪽으로 급하게 꺾어 들어오며 멈춰 섰다. 승합차와는 50cm가 채 되지 않을 정도로 짧은 간격이었기에 승합차가 움직이려면 후진을 해서 빠져 나가야 할 정도였다.

앞을 가로막은 SUV으로 인해 시야가 가려지자 승합차 운전석에 앉아 있던 30대의 사내가 얼굴을 찌푸렸다.

"무슨 운전을 이따위로 해?"

나직하게 중얼거린 사내가 혀를 차는 순간이었다.

툭툭—

멈춰 선 차의 창문을 누군가 가볍게 두드리자 운전석에 앉아 있던 최인섭이 머리를 돌렸다. 순간 그의 눈에 시커먼 얼굴의 흑인이 하얀 이를 드러내고 웃는 것이 들어왔다. 최인섭의 얼굴이 굳어졌다.

"뭐, 뭡니까? 아니 후아유?"

최인섭이 자신도 모르게 한국어를 사용하다가 급하게 영어로 바꾸었다. 창밖의 흑인이 손을 들어 아래쪽으로 내리라는 시늉을 했다. 조수석의 양태형이 눈을 껌벅이며 운전석의 창문 쪽에 서 있는 흑인을 바라보았다.

그 역시 놀란 표정이 역력했다.

그때 조수석 쪽으로 이번에는 금발의 사내가 나타났다.

멈춰 선 SUV의 운전석에서 내린 것으로 보이는 사내였다. 앞이 막히고 뒤로 후진하기도 애매한 상황에서 승합차에 앉아 있던 두 사람의 표정이 굳었다.

승합차에 앉아 있던 두 사람은 갑자기 나타난 외국인을 보며 당황했다.

용산의 전자상가 가운데 위치한 에이스프라자 몰과 대각선으로 서 있는 검은 승합차에서 이제 막 트럭에 실린 물건을 하차하고 있는 모습을 지켜보던 중이었다.

그런 상황에서 SUV으로 인해 화물화차을 지켜보는 것도 막히자 무척 놀랐다.

그때였다. 승합차의 운전석 옆에 서서 묘한 미소를 머금고 있던 검은 피부의 사내가 손가락을 들어올려 마치 나오라는 듯이 끄덕거렸다.

동시에 살짝 자신의 재킷의 가슴팍을 열어 보였다.

순간 승합차에 앉아 있던 최인섭의 얼굴이 굳어졌다.

잠시 열어 보였던 흑인의 가슴팍 옆구리 쪽에 섬뜩해 보이는 총의 손잡이가 보였기 때문이었다.

외국의 액션장면에서나 볼 수 있는 광경을 눈앞에서 지켜보게 되자 머리끝이 쭈뼛 서는 느낌이 들었다.

흑인이 맨손으로 권총을 쏘는 시늉을 하며 히죽 웃었다. 동시에 손을 까닥거려 밖으로 나오라는 신호를 보냈다. 옆자리의 양태형도 놀란 얼굴로 눈을 껌벅거리고 있었다. 그 역시 조수석으로 다가온 금발의 사내가 가진 무기를 확인한 모양이었다.

"어, 어떡하지?"

최인섭이 물었다. 그때 막 1톤 트럭 한 대가 두 대의 차가 서 있는 곳 뒤편에 멈추었다. 이제는 후진으로도 도망갈 기회를 잃어버린 것이었다. 최인섭이 양태형을 바라보며 입을 열었다.

"어떻게 하지?"

양태형이 겁먹은 얼굴로 대답했다.

"이 사람들 보통 사람들이 아닌 것 같아. 그리고 우리를 알고 있는 것 같은데……."

양태형은 자신들을 보며 여유 있게 웃고 있는 흑인과 금발 사내가 자신들을 이미 알고 있다는 느낌이 들었다.

차 앞을 막고 뒤까지 막힌 상황 또한 일부러 그렇게 만들어 놓은 듯했다.

최인섭이 얼굴을 찌푸리며 중얼거렸다.

"그냥 포기하고 복귀할 것을 그랬어. 낌새가 이상하면 그냥 돌아오라고 했는데 이걸 끝까지 따라와서 괜히⋯⋯."

최인섭은 괜한 자신의 오기로 에이스 프라자 몰의 앞에 세워진 4208 트럭을 끝까지 추적했던 것을 후회하고 있었다. 운전석 밖에서 다시 흑인이 입모양으로 나오라는 표현을 했다.

양태형이 어쩔 수 없다는 듯이 머리를 끄덕였다.

"나가자. 어쩔 수 없잖아, 도망을 갈 형편도 안 되니."

"끙."

최인섭도 입에서 앓는 소리를 흘렸다. 최인섭이 차의 문고리를 잡자 양태형도 조수석의 문고리를 잡았다.

딸칵—

문이 열리고 두 사람이 차에서 내렸다. 흑인이 하얀 이를 드러내며 최인섭의 어깨 위에 손을 얹었다.

"어제부터 따라 다니느라 수고했어."

흑인의 말에 최인섭의 표정이 굳어졌다. 양태형의 말대로 이미 이 외국인들은 자신들의 존재를 알고 있었다는 것이다. 순간 최인섭의 등으로 소름이 돋아 오르는 느낌이 들었다. 상대는 자신들을 알고 있지만 정작 자신과 동료 양태형은 상대의 존재를 전혀 감지하지 못했기에 너무나 두려웠다. 최인섭이 떨리는 목소리로 물었다.

"누, 누구십니까?"

흑인이 빙그레 웃었다.

"그건 당신이 알 필요 없고. 누구의 지시로 저 트럭을   은 거지?"

흑인은 폭스레인의 빌리 헤이든이었다.

반대편 조수석에서 양태형을 상대하고 있는 금발의 사내는 빌리 헤이든의 동료 에릭 존슨이었다. 양태형도 에릭 존슨에게 협박을 받은 것인지 얼굴이 돌처럼 굳어 있었다. 최인섭이 떨리는 목소리로 입을 열었다.

"트, 트럭이라니요? 우린 그냥 우연히 이곳에 차를 세우고 있었을 뿐입니다."

최인섭은 행여 자신이 모르는 척하면 빌리 헤이든이 자신과 양태형을 놓아 줄 수도 있을지 모른다는 생각을 했다.

이곳은 한국이고 또한 수도인 서울이다. 더구나 이곳은 대한민국 최고의 전자상가라고 알려진 용산전자상가의 한가운데였다. 세계 제 1의 치안국가답게 CCTV의 카메라가 사방에 거미줄처럼 깔려 있다.

비록 약간 어두워지긴 했지만 이곳에서 범죄를 저지르는 것은 그야말로 자살행위나 마찬가지라고 생각했다.

최인섭의 말에 빌리 헤이든이 다시 웃었다.

이번에는 하얀 이를 드러내는 웃음이 아닌 약간 가소롭다는 표정의 웃음이었다.

"우연하게 이곳에 서 있었다고 했나?"

"그, 그렇습니다. 그리고 여긴 한국이라서 당신들의 이런 행위는 위법한 행동입니다."

최인섭의 말에 빌리 헤이든이 빙그레 웃으며 입을 열었다.

"말하기 싫으면 말하지 않아도 돼. 근데 내 눈이 틀리지 않

았다면 당신들은 인천공항에서부터 대구라는 곳까지 따라왔고 그곳에서 다시 서울로 돌아오는 동안 역시 저 트럭의 뒤를 놓치지 않았는데 내가 틀린 건가?"

빌리 헤이든이 한 손으로 최인섭의 어깨를 껴안았다.

누군가 본다면 다정한 친구에게 어깨동무를 하는 듯한 행동이었다. 최인섭의 얼굴이 굳어졌다.

이미 자신과 양태형이 4208화물 트럭이 인천공항의 화물 청사에서 내용을 알 수 없는 화물을 적재하고 청사를 빠져나올 때부터 화물트럭을 추적하다가 역추적 당했다는 것을 직감했다. 빌리 헤이든이 몸을 움찔하며 눈을 감는 최인섭의 어깨를 살짝 토닥였다.

"말하지 않아도 돼. 그것을 알아내는 것은 어렵지 않은 일이니까."

최인섭이 눈을 뜨며 입을 열었다.

"우린 동신그룹의 기획조정실 외부조사팀 직원들입니다. 지시에 의해서 트럭을   았을 뿐입니다."

최인섭은 더 이상 감출 필요가 없다고 생각했다.

불법행위를 한 것도 아니고 이 외국인들에게 위협이 될 만한 일을 한 것도 아니다. 단순하게 화물 하역지를 확인하기 위해서 뒤를 쫓았을 뿐이었다. 그리고 그 화물하역지가 이곳 용산상가라는 것을 확인했으니 임무를 완수한 것과 마찬가지였다. 최인섭의 어깨에 어깨동무를 하고 있던 빌리 헤이든이 이마를 찌푸렸다.

"동신그룹?"

"그렇소. 공항에서 하역된 물건의 도착지만 확인하라는 지시를 받았습니다."

"그 지시를 내린 사람이 누구지?"

"기획조정실 상부에서 내려온 지십니다."

최인섭은 화물의 도착지를 확인하라는 지시를 차인석 부장으로부터 지시를 받았지만 차인석 부장은 아마 박영진 실장에게 지시를 받았을 것이라고 생각했다.

잠시 눈을 깜박이던 빌리 헤이든이 최인섭의 얼굴을 바라보며 입을 열었다.

"화물의 도착지만 확인하라는 지시만 받았나? 내용물의 확인까지 지시받은 것이 아니고?"

최인섭이 머리를 흔들었다.

"트럭 가까이 접근하지도 못하는데 내용물을 어떻게 확인합니까? 우리는 단지 이곳에 화물이 하역이 되어 어떤 사람이 인수하는 것인지 그것이 궁금했을 뿐입니다. 그리고 트럭을 뒤따르다 곤란한 상황이 있으면 추적을 포기하고 그냥 돌아오라는 지시도 받았습니다."

"흠."

빌리 헤이든이 머리를 갸웃하다가 승합차의 반대편 조수석 쪽에서 양태형과 대화를 나누고 있는 에릭 존슨을 바라보았다.

"에릭, 이자들은 그냥 단순하게 장비의 도착위치만 확인하려고 했다는데? 도중에 곤란하면 돌아와도 된다고 했어. 그자도 마찬가지야?"

에릭 존슨이 고개를 끄덕였다.

"이자도 마찬가지야. 장비의 도착지만 확인하려고 해다는 군. 내용물의 확인 같은 지시는 받지 않은 것 같아."

에릭존슨의 말에 빌리 헤이든이 최인섭을 바라보며 씨익 웃었다.

"당신이 나에게 거짓말을 한 것은 아닌 것 같군."

최인섭이 눈을 껌벅였다. 한눈에 보아도 두려움이 느껴질 정도로 위압적인 체구의 빌리 헤이든이었다.

더구나 어깨동무를 하고 있는 그의 팔에서 느껴지는 압도적인 완력은 그가 자신의 목을 감아쥐면 단번에 목이 부러질 것처럼 우악스러웠다.

"그럼 이곳을 확인했으니 돌아가면 이곳의 위치를 보고하겠군?"

최인섭은 아무 말도 하지 못했다. 빌리 헤이든이 너무나 당연한 것을 묻는다고 생각했기 때문이었다. 최인섭이 말을 하지 않자 빌리 헤이든이 빙그레 웃었다.

"뭐 돌아가서 이곳의 위치를 보고해도 좋아. 단 그런 일이 벌어질 경우 꽤 재미있는 일이 생길거야. 확인시켜주지."

말을 마친 빌리 헤이든이 품속에서 작은 플래시처럼 생긴 것을 끄집어냈다.

그가 위쪽의 버튼을 누르며 입을 열었다.

"메리, 우리 위치 확인했어?"

빌리 헤이든의 말이 떨어지는 순간 작은 플래시처럼 생긴 원통의 위쪽에서 낮은 목소리가 울렸다.

─계속 주시 중이야. 실버가 기다리니 서둘러 처리하고 돌아와. 선명한 여자의 목소리였다.

"조사를 했지만 이자들은 그렇게 신경 쓸 만한 가치가 없는 사람들이야. 우리가 누군지도 모르는 사람들 같고 말이야. 뭐 동신에서 누군가 우리 화물이 궁금했던 것인지 트럭을 추적해 하역위치만 확인하려고 했던 사람들이었어. 그래서 위험등급 최하로 판정하고 돌려보낼 생각이다. 괜히 한국에서 프라하 상황과 같은 시끄러운 일을 만들고 싶지 않아. 더구나 여기 일대는 귀찮을 정도로 CCTV카메라가 많아. 대신 하나만 처리해줘."

레인폭스로 인해서 체코의 프라하에서 벌어진 소동은 외신을 타고 전 세계로 타전될 정도로 엄청난 이슈를 끌었다. 그 때문에 레인폭스의 존재가 드러날 수도 있었기에 진행 중이었던 작전이 잠시 중지된 적이 있었다는 것을 머릿속이 근육뿐일 것이라고 생각되는 빌리 헤이든도 알고 있었다. 빌리 헤이든의 말이 끝나자 다시 여자의 목소리가 들렸다.

─실버의 계획에 차질이 생기지 않는다고 생각하면 그렇게 처리해. 대신 일이 틀어지면 빌리 네가 모든 책임을 지게 될 거야. 그리고 내가 해 줄 것이 뭐지?

원통형의 무전기는 무척 성능이 좋아 마치 옆에서 대화를 하고 있는 것처럼 목소리가 선명했다. 무전기를 통해 빌리 헤이든이 나누는 대화는 조수석에서 양태형을 잡고 있는 에릭 존슨의 무전기를 통해서도 들렸기에 에릭 존슨도 모든 대화를 듣고 있었다. 빌리 헤이든이 굳은 얼굴로 자신을 바라

보고 있는 최인섭을 보았다.

"물론이야. 내가 책임지지."

말을 마친 빌리 헤이든이 최인섭을 향해 웃으면서 한쪽 눈을 찡긋 깜박였다. 그의 그런 표정을 보는 순간 최인섭의 몸이 딱딱하게 경직되었다.

빌리 헤이든이 최인섭을 보며 입을 열었다.

"당신 매우 운이 좋다고 생각해야 할 거야. 조금 전까지 레테의 강을 절반쯤 건너다가 돌아왔으니까 말이야."

레테의 강은 일명 망각의 강으로, 죽은 자가 저승에 이를 때 마지막으로 건너는 강이다. 망자가 레테의 강물을 들이켜면 이승에서 가진 기억을 모두 잊는다고 하여 망각의 강으로 불리기도 하지만 빌리 헤이든이 말한 레테의 강은 최인섭에게는 죽음을 의미했다.

최인섭도 그것을 모를 리가 없었다.

빌리 헤이든이 최인섭의 어깨를 안은 손에 힘을 주며 한 손으로 승합차의 뒤쪽으로 30m 정도 떨어진 곳에 세워진 가로등을 가리켰다. 가로등은 이미 불이 환하게 들어와 있었고 가로등의 아래쪽에 검은 원형의 캡슐에 감추어진 CCTV의 카메라가 매달려 있었다. 빌리 헤이든이 최인섭의 목을 강제로 돌리며 입을 열었다.

"저길 잘 봐. 카메라가 보이지?"

빌리 헤이든의 손가락이 카메라를 가리키자 최인섭이 눈을 껌벅이며 방범용 CCTV 카메라를 바라보았다. 조수석 방향에 서 있는 에릭 존슨과 양태형도 빌리 헤이든이 가리킨 가로등 아래의 방범카메라로 시선을 옮겼다.

빌리 헤이든이 씨익 웃으면서 다시 무전기를 향해 낮게 입을 열었다.

"경고용 메시지를 남겨줘 메리. 표적은 어딘지 알겠지? 귀찮게 우릴 지켜보는 눈이야."

빌리 헤이든이 방향을 가리키며 말하자 여자의 목소리가 다시 들렸다.

―표적확인.

"부탁해."

말을 마친 빌리 헤이든이 최인섭을 보며 입을 열었다.

"함부로 입을 열어 우리들을 만난 위치를 말해서 귀찮게 할 경우 저런 일이 벌어질 거야. 미스터."

빌리 헤이든의 말은 몹시도 차분했다.

최인섭이 눈을 껌벅이는 바로 그 순간이었다.

퍼억―

한순간에 가로등 아래의 CCTV 카메라에서 섬광이 튀더니 그야말로 산산조각으로 부서지며 아래로 떨어졌다.

후드드득.

"뭐야?"

"저게 왜 갑자기 부서져?"

"뭐 고장이 난 건가?"

근처를 지나던 한국 사람들이 갑자기 섬광이 튀며 부서져 내린 CCTV 카메라를 보며 놀란 듯 걸음을 멈추었다. 빌리 헤이든이 최인섭의 어깨를 두른 손에 또다시 힘을 주며 입을

110

열었다.

"자, 이제 당신이 돌아가서 이곳의 위치를 밝히면 어떻게 될 것인지 짐작이 가지? 그 입을 여는 그 순간 당신과 당신의 동료 머리가 푸확!"

빌리 헤이든이 손으로 화산이 터진다는 표현으로 위쪽으로 손바닥을 보이며 가볍게 접었다 폈다.

최인섭의 얼굴이 하얗게 굳어졌다. 빌리 헤이든이 최인섭의 표정을 확인하며 빙그레 웃었다.

"우린 귀찮긴 하지만 당신들이 궁금해 하는 것에 대해 별로 신경을 쓰지 않아. 우리들만의 해결방식으로 처리하면 그만이니까 말이야."

최인섭의 등에 소름이 돋았다. 조수석에서 에릭 존슨과 함께 CCTV의 카메라가 산산조각으로 부서지는 것을 본 양태형도 놀란 얼굴로 입을 벌리고 있었다. 빌리 헤이든이 미소 띤 채로 최인섭의 어깨를 툭툭 쳤다.

"며칠만 참으면 될 거야. 우린 곧 돌아갈 것이니까 그때까지만 입을 조심해줘. 우리가 돌아가면 당신이 뭐라고 보고를 하든 상관하지 않겠어. 이미 그때는 우리가 이곳에 없을 테니 마음대로 해도 좋다는 말이지. 어때?"

빌리 헤이든의 말에 최인섭이 마른침을 꿀꺽 삼켰다.

"마, 말하지 않겠습니다."

최인섭은 자신도 모르게 빌리 헤이든에게 말을 하지 않는다고 털어놓았다.

그것은 동료인 양태형도 마찬가지였다.

툭툭—

"조금 전 레테의 강을 건널 뻔했다는 내 말을 잊지 않도록 해. 미스터."

말을 마친 빌리 헤이든이 한쪽 눈을 찡긋하며 최인섭의 어깨를 감싸고 있던 팔을 풀었다. 순간 최인섭은 자신도 모르게 몸이 휘청이는 것을 느꼈다.

"돌아가. 그리고 가능하면 여기서 있었던 일과 내 얼굴까지 잊어야 해. 날 다시 보게 되는 순간 당신에게는 결코 좋은 일이 생기지 않을 것이니까."

최인섭은 아무 말도 할 수가 없었다. 어깨를 감싸고 있던 최인섭을 풀어준 빌리 헤이든이 조수석에서 양태형과 대화를 나누고 있는 에릭 존슨을 불렀다.

"에릭, 돌아가자."

"그래."

에릭 존슨도 양태형에게 똑같은 말을 남겼는지 양태형의 얼굴은 울상으로 변했다. 이내 최인섭과 양태형이 타고 있던 승합차의 앞을 막고 있던 흰색의 국산 SUV에 다시 시동이 걸리고 차가 승합차의 앞을 떠났다. 최인섭이나 양태형은 SUV을 추적할 생각은 전혀 없었다.

SUV이 사라지자 최인섭과 양태형이 추적했던 4208트럭도 하역을 마친 것인지 이미 사라져 있었다.

최인섭과 양태형은 마치 귀신에 홀린 것 같은 표정으로 한동안 그들이 서 있던 곳에서 떠나지 못하고 멍한 표정을 짓고 있었다. 두 사람 모두 죽을 뻔했다는 공포로 인해 다리가

후들거려 도저히 자신들이 타고 온 승합차를 운전할 자신이 없었기 때문이다. 서울의 저녁거리는 밤이 되면 화려한 빛의 요정이 잠에서 깨어나 세상을 밝히는 것 같다고 찬탄을 터트리던 어느 외국인의 탄성처럼 서울의 밤은 화려하게 깨어나고 있었다.

* * *

"허허 내가 누굴 이렇게 기다려보긴 처음이군 그래."

두툼한 자신의 팔목에 채워진 롤렉스시계로 시간을 확인한 박기출 회장이 테이블 위에 놓인 찻잔을 들어 입속을 적셨다.

부영그룹의 회장인 해진이 찾아와 깜짝 놀랄 제안을 한 것도 놀라웠지만, 해진이 돌아간 이후 비서실을 통해 또다시 자신을 찾아온 손님이 있다는 것에 별 생각 없이 손님을 맞이한 박기출은 그야말로 머릿속이 뻥 뚫리는 기막힌 소식을 들어야 했다. 자신이 운영하는 태명그룹이나 해진이 회장의 자리에 있는 부영그룹과 같은 체계와 구색만 갖춘 채 명색만 그룹으로 불리는 기업과는 달리 명실공히 대한민국 재계서열 10위권에 드는 글로벌 기업이라고 할 수 있는 동신그룹의 기획조정실장이 자신과 단독으로 면담을 원한다는 소식이었다.

박기출로서는 심장이 떨릴 정도로 놀랐다.

동신그룹은 자신의 태명그룹이라는 기업이 존재하는 것조차 모를 정도로 거대한 기업이다. 그런 대기업의 최고 실세가 자신을 만나기를 원한다는 것에 박기출은 마치 꿈을 꾸고 있는 기분이 들었다. 더구나 낮에 해진이 찾아와 언급했던 강남 서초동 일대를 무대로 영역을 넓혀가던 뉴월드파의 양재득이 차린 한신용역이라는 사설 용역업체가 동신그룹이라는 거대한 대기업의 외주하청에 관여되어 있었다는 것을 알고 있었던 터였다.

그러니 박기출로서는 부영그룹의 회장인 해진이 미리 이런 일이 생길 것을 미리 알고 사라진 양재득 사장의 일을 자신에게 맡으라고 제안한 것 같은 느낌이 들었다.

"참으로 공교롭군. 부영의 천회장이 그런 제안을 하자마자 동신그룹에서 나를 만나기를 원한다니 이것 참. 이제 나도 제대로 사업 운이 트이는 것인 것 같네 허허."

이미 식은 차를 마시는 박기출이 다시 손목시계를 들여다보았다. 동신그룹의 기획조정실장이 30대 중반의 젊은 사내라는 것은 알고 있었다. 하지만 직접적으로 만난 적은 없었기에 약속시간이 되어가자 자신도 모르게 마음이 조급해졌다. 비록 30대 중반의 나이에 중책을 맡은 젊은 기획실장이었지만 60대의 박기출이 긴장할 만큼 중요한 사람이었다.

동신그룹과 같은 대기업에서 흘러나오는 소식은 곧잘 언론을 통해서도 공개적으로 보도된다. 그 때문에 박기출도 동신그룹의 기획재정실장인 박영진이라는 30대의 남자가 차기 동신그룹의 회장으로 언급될 정도로 엄청난 영향을 가진 사람이라는 것은 이미 훤히 알고 있었다.

그런 사람이 자신을 만나자고 하는 것은 훗날 태명그룹이

동신그룹에 의해 상당한 도움을 얻을 수 있는 구명끈이 될 수 있을 것이라고 판단했다.

박기출은 10분밖에 남지 않은 약속시간이 이렇게 더디게 가는 것이 답답했다. 동신그룹의 젊은 기획실장과 만날 시간은 오후 7시 30분이었다. 다른 곳도 아닌 자신의 집무실에서 만나자는 제의는 박기출에게도 너무나 가슴이 두근거리는 제안이었다. 소파에 앉아 있던 박기출이 자신도 모르게 자리에서 일어섰다. 뒷짐을 진 채 넓은 집무실을 이리저리 옮기며 연신 문 쪽을 힐끔거렸다. 문 밖에는 아직 퇴근하지 않은 자신 때문에 비서들도 자리를 지키고 있을 것이다. 문을 열어 비서들을 확인하고 싶었지만 하는 자신의 모습이 왠지 궁색해 보일 것 같아서 열어볼 자신이 없었다. 지금까지 나름 태명그룹의 회장이라는 위치로 인해 자연스럽게 쌓인 관록이 우스워 보일 수도 있었기 때문이다. 초조해 하는 박기출의 안달 속에서 영원히 올 것 같지 않은 7시 30분이 막 지났다.

그 순간 집무실 책상 위에 올려놓은 인터폰이 울렸다.

삐익—

순간 박기출은 가슴이 철렁하는 느낌을 받았다.

재빨리 책상으로 다가선 박기출이 인터폰을 눌렀다.

"뭐야?"

—기다리시던 손님이 오셨습니다 회장님.

여비서의 목소리를 들은 박기출의 얼굴이 잠시 달아올랐다. 자신의 아들 또래의 손님을 기다리며 이렇게 안달을 하게 될 것이라곤 전혀 예측하지 못했던 상황이었다.

　박기출이 가볍게 헛기침을 했다.

　"허험. 안으로 모셔."

　—네.

　여비서의 또랑또랑한 목소리가 들리며 이내 인터폰이 꺼졌다. 잠시 후.

　똑똑.

　문에서 노크소리가 들리며 이내 문이 열렸다.

　열린 문 밖에는 깔끔한 정장을 입은 30대의 은테안경을 쓴 남자와 아까 낮에 찾아왔던 동신그룹의 직원이 서 있었다. 박동진은 문의 안쪽에 서 있는 태명그룹 박기출 회장을 보며 가볍게 머리를 숙였다.

　"동신의 박영진입니다."

　박기출이 약간 상기된 얼굴로 입을 열었다.

　"허허 어서 오시오. 누추하지만 안으로 들어오시구려."

　"감사합니다."

　누추하다고 하지만 박기출은 자신의 집무실을 대한민국 최고의 대기업 회장의 집무실도 부럽지 않을 정도로 화려하게 꾸며놓았다. 책상이며 테이블 그리고 자신이 이곳저곳에서 받은 상패와 감사패 등을 전시해 놓은 전시장은 호화롭기 그지없을 정도로 휘황찬란했다.

　또한 태명그룹이라는 그룹의 휘장이 수실로 수놓아진 그룹 깃발은 마치 대통령의 집무실 뒤에 세워놓은 봉황기처럼 웅장한 느낌까지 안겨주었다.

박영진은 박기출 회장이 안쪽으로 들어올 것을 권하자 천천히 방으로 들어섰다. 방안에는 구둣발이 거의 덮일 듯한 폭신한 카펫이 깔려 있었고 한쪽에는 골퍼의 퍼팅을 연습할 수 있는 간이퍼팅 장비가 마치 장식물처럼 놓여 있었다. 집무실의 소파도 물소의 가죽을 가공해 씌워놓은 소파였고 매일 비서들이 손질해 놓은 탓에 윤기가 사라지지 않고 번들거렸다. 이 정도의 장식이라면 자신의 할아버지인 박강희 회장의 집무실보다 화려한 느낌이 들 정도였다. 박영진이 살짝 주변을 둘러보며 입을 열었다.

　"무척 아늑한 느낌이 드는 집무실이군요."

　단순한 인삿말이었지만 박기출은 동신그룹의 젊은 경영자가 자신이 집무실을 칭찬하자 입이 벌쭉 벌어졌다.

　"허허 어디 동신그룹의 박강희 회장님 집무실만 하겠소? 그저 조용한 게 좋아 이것저것 구색 갖춰 꾸며 놓았을 뿐입니다."

　박기출은 박강희 회장의 집무실을 단 한 번도 본 적이 없지만 그보다 못하지는 않을 것이라 자부하고 있던 터였다. 박영진이 살짝 입술을 비틀었다.

　할아버지 박강희 회장은 이런 쓸데없는 장식이나 외부에 과시하려는 가구는 질색을 하는 사람이었다.

　박강희 회장의 집무실에는 회장의 지시가 떨어지면 언제든 프레젠테이션을 할 장비들이 거의 집무실 절반을 차지하고 있다. 그 외 회장단을 포함한 임원진들과 그룹 계열사 사장단 회의를 할 수 있는 테이블 등이 회장실 옆쪽의 부속실과 연결되어 있었다.

단 하나 이곳과 다른 것이 있다면, 오수를 즐기는 박강희 회장의 요청으로 책상 옆에 간이 침실이 마련되어 있다는 것과 그것을 둘러싼 파티션이 있다는 것뿐이다.

방 안을 둘러본 박영진이 이내 박기출이 권하는 소파에 앉았다. 박영진의 옆자리에 그를 이곳으로 안내해 왔던 정인학 대리가 조심스런 얼굴로 나란히 앉았다.

박기출이 박영진을 바라보며 입을 열었다.

"근데 이 친구는⋯⋯."

박기출은 박영진과 단출하게 대화를 나누고 싶었던 상황에서 정인학 대리가 끼어들자 약간 조심스러워 했다.

박영진이 싱긋 웃었다.

"이 친구 덕분에 박회장님과 이렇게 마주앉을 기회를 얻었습니다. 저를 수행하는 직원이고 입이 무거운 친구라 신경 쓰지 않아도 될 겁니다."

박영진의 말에 박기출이 입맛을 다셨다.

이럴 줄 알았다면 자신도 비서를 대동하는 게 좋았겠다는 생각이 머리를 스쳐갔다. 왠지 박영진과 자신이 차이가 나는 것 같은 생각이 들었기 때문이다. 하지만 그렇다고 지금 수행원을 들어오라고 할 수는 없는 일이었다.

"알겠습니다."

박기출이 머리를 끄덕이며 정색을 한 표정으로 박영진을 바라보았다.

"저쪽 비서 분을 통해 나를 만나자고 하신다는 말은 들었습

118

니다. 저로서는 동신 같은 거대한 기업에서 나 같은 사람을 만나자고 한 이유를 모르겠습니다."

정인학 대리가 찾아와 태명그룹의 회장과 만남을 원한다는 전갈을 들었던 박기출로서는 동신그룹의 실세라고 할 수 있는 박영진의 의도를 확실하게 짐작하진 못했다.

다만 어렴풋이 어쩌면 동신그룹과 끈이 닿아 있었던 한신용역의 뉴월드파 양재득 사장이 갑자기 사라진 것과 연관이 있으리라고 짐작할 뿐이었다.

박영진이 입을 열었다.

"뭐 듣던 대로 박회장님께서는 구질구질하게 예의나 격식을 따지지 않는 호탕한 분이시군요. 좋습니다. 그럼 바로 본론으로 들어가는 것이 좋을 것 같군요."

박영진의 말이 칭찬인지 빈정대는 것인지 판단이 잘 서지 않기에 박기출이 약간 어리둥절한 표정을 지었다가 곧 입에 환한 미소를 머금었다.

"하하 제가 좀 직선적인 성격입니다. 그 때문에 좀 과격하다는 말을 듣지요."

잠시 눈을 감았다 뜬 박영진이 입을 열었다.

"혹시 이곳 태명그룹의 박회장님께서도 아시고 계실지 모르겠지만 우리 동신에서 외주용역을 주로 맡았던 한신용역이라는 곳이 있었습니다."

박영진의 말에 박기출의 눈이 살짝 치켜떠졌다.

역시 자신이 짐작한 대로 뉴월드파의 양재득 사장과 연관된 일이라는 것을 단숨에 파악했다.

"허허 그런가요? 한신용역이라… 어디서 들어본 것 같긴 합니다만."

박기출은 자신이 전혀 양재득 사장과 관련이 없다는 것을 넌지시 표현하고 있었다.

"뭐 박회장님께서 알고 계셨든 모르고 계셨든 그건 상관이 없습니다. 다만 우리 동신에서 업무상 외부에 용역을 맡겨야 할 일이 생기면 그 일을 처리해주는 곳이 바로 그 한신용역이라는 곳이었지요."

"그러실 겁니다. 동신 같은 대한민국 최고라고 할 수 있는 거대한 그룹에서 직접이건 간접이건 업무와 연관된 일을 처리하기에는 동신그룹 자체의 그룹이미지나 명성 때문에라도 손대기 껄끄러운 일이 있을 테니 충분히 그럴 수가 있지요. 뭐 우리 태명에서도 그룹자체에서 처리하기 곤란하거나 기업이미지에 타격이 있는 일들은 외부에 용역을 주기도 합니다. 하하 기업을 경영하다 보면 어쩔 수 없는 일이지요."

박기출이 입가에 푸근해 보이는 미소를 머금었다.

박영진이 빙긋 웃었다.

박기출이 경영하는 태명그룹은 자체내부에 용역팀을 직접 운영하고 있다는 것을 박영진은 이미 알고 있었다.

바로 태명실업이라는 곳이었다.

겉으로는 태명그룹 내부에서 발생하는 운송물량을 처리하는 물류업체로 알려져 있지만 실상은 박기출의 직속 하청업체였다. 경기도 일대의 조직들과 인천지역의 조직들을 통합한 박기출의 은밀한 지시를 받고 움직이는 조직단체라고 할 수가

있었다. 강남과 서초동 일대를 영역으로 활동하던 양재득의 뉴월드파와 같은 일을 하는 곳이 바로 태명실업인 것이다.

"뭐 박회장님께서도 우리 동신그룹과 같은 고충이 있으시 겠지요."

박영진은 태명실업의 존재를 모른 척 하는 박기출의 의도 를 짐작한 듯 굳이 태명실업에 대해 언급하지는 않았다. 박 영진이 힐끗 박기출의 얼굴을 바라보았다.

"근데 얼마 전에 우리 동신의 외주용역을 전담해서 처리해 주던 한신용역이라는 곳이 한순간에 회사를 닫아버렸더군 요."

"어이구 그런 일이……."

박기출이 처음 듣는다는 듯이 눈을 크게 떴다.

이미 모든 것을 다 알고 있는 박기출로서는 속에 능구렁이 가 백 마리쯤 들어 있을 듯한 능청스러운 연기였다.

박영진이 입맛을 다시며 입을 열었다.

"나름대로 알아보니 한신용역이라는 곳의 사장과 임원들 이 한날한시에 종적을 감추는 바람에 그리 되었다고 들었습 니다."

"허허 안타깝군요. 동신그룹 측에서도 꽤 놀라셨겠습니 다."

박기출이 머리를 끄덕이며 박영진의 얼굴을 물끄러미 바라 보았다. 하고 싶은 말을 빨리 말하라는 것 같은 눈빛이었다. 박영진이 다시 말을 이었다.

"박회장님의 말씀대로 우리 동신으로서도 한신용역이 사

라지며 조금 난처한 부분들이 발생하고 있습니다. 한신용역이 맡았던 일을 대신해 줄 곳을 찾을 수가 없었기 때문입니다."

"왜 그렇지 않겠습니까? 한신용역처럼 동신그룹의 외주용역을 전담했던 곳이 하루아침에 회사 문을 닫아버렸다면 새로 용역을 맡아줄 곳을 찾기도 꽤 난감했을 것입니다."

박기출의 말에 박영진이 그의 얼굴을 빤히 바라보았다.

"박회장님께서 직설적이고 호탕하신 분이라는 것을 확인했으니 저도 말을 돌려 말할 생각이 없습니다. 바로 단도직입적으로 말하지요. 한신에서 전담했던 우리 동신의 외주용역을 박회장님의 태명그룹에서 처리해 주시기를 바랍니다. 물론 그에 대한 우리 동신그룹의 지원은 최대한 태명그룹 측에서 제시하는 대로 이루어질 겁니다."

박영진의 제안에 박기출의 얼굴이 굳어졌다.

"무, 무슨 말씀이신지?"

박기출은 너무나 직설적인 박영진의 제안에 가슴이 벌떡거렸다. 이것은 말 그대로 동신그룹과 같은 거대한 대기업에서 그저 구멍가게와 같은 태명그룹에 합작을 제의하는 것과 같았기 때문이었다.

보통 이런 제안을 받는 경우는 이권이 걸려 있는 야합에 합의하거나 아니면 두 기업 사이에 정략결혼과 같은 은밀한 딜이 확정되면서 이루어지는 것이 보통이었다.

하지만 그 어떤 조건도 없었는데 이런 황금덩어리가 자신에게 떨어진 것이다. 더구나 한신용역처럼 동신그룹의 하청

으로 용역 일을 맡는 것이 아닌 정략적인 합작이라고 할 수 있을 엄청난 제안이었다.

박영진이 다시 입을 열었다.

"박회장님께서도 내심 짐작하셨겠지만 저는 태명그룹에 태명실업이라는 곳이 있다는 것을 알고 박회장님을 찾아왔습니다. 그리고 우리 동신의 용역을 맡았던 한신용역이 강남과 서초동 일대에 은밀하게 알려진 뉴월드파라는 조직세력이 운영하던 곳임을 박회장님도 이미 알고 있다는 것도 알고 있습니다. 저의 제안은 한 가지입니다. 태명에서 우리 동신그룹의 외주용역을 전담해 주신다면 동신에서도 태명의 사업에 상당한 이익을 안겨드리겠습니다."

박기출의 표정이 굳어지면서 가슴은 터질 듯 뛰었다. 잠시 박영진의 얼굴을 바라보던 박기출이 입을 열었다.

"제가 동신그룹의 외주용역을 책임진다면 저에게 무엇을 주시겠습니까?"

"태명과 동신은 이제 함께 갈 것입니다. 동신그룹이 진행하는 사업에 파트너가 필요할 경우 태명그룹에 충분한 기회를 드릴 겁니다. 또한 태명의 사업 확장이나 신사업 진출에도 우리 동신그룹에서 지원해 드리도록 하지요. 물론 태명에서 전담하는 우리 동신의 외주용역사업의 비용은 우리 동신에서 넉넉하게 결제한다는 것도 바뀌지 않습니다."

박영진의 말에 박기출이 자리에서 일어서며 이마를 꾸벅했다.

"우리 태명에 이런 기회를 주신 것에 진심으로 감사를 드립니다. 박실장님."

박기출은 차기의 동신그룹 회장에 박영진이 제 1순위라는 것을 잘 알고 있었다. 이런 식으로 박영진과 선을 이어놓을 경우 이제 태명은 동신그룹이 파산하기 전에는 절대로 무너질 일이 없을 것이다.

그리고 동신그룹이 파산한다는 것은 대한민국이 망하지 않는 이상 벌어지지 않을 것이라고 확신하고 있었다.

박영진이 빙긋 웃었다.

"박회장님께서 승낙해 주실 줄 알았습니다."

박기출이 이를 드러내며 환하게 웃으면서 대답했다.

"하하 확실히 동신그룹에서 차기 신임그룹 회장님으로 실장님을 지명하실 만하군요. 사업의 흐름을 보는 안목이 탁월하십니다."

아부치고는 과할 정도의 아부였지만 박영진은 전혀 싫은 표정이 아니었다. 그때 박영진이 입을 열었다.

"박회장님과 저의 오늘 만남에서 나눠진 대화와 합의사항은 공식적이 아닌 내부문서에만 존재할 것입니다. 태명과 우리 동신의 합작이 외부에 알려질 경우 원치 않는 귀찮은 일이 생길게 뻔하니까요."

박기출은 박영진이 무엇을 두고 신경 쓰는지 알고 있었다. 박기출 자신의 태명그룹에 대한 소문은 회장인 자신이 너무나 잘 알고 있었기 때문이다.

행여 이러한 사실이 외부에 흘러나갈 경우 동신그룹으로서도 상당히 곤란한 구설에 휘말릴 수가 있다.

박기출이 고개를 끄덕였다.

"물론입니다. 공식적으로 알려질 경우 귀찮은 일이 발생할
수가 있겠지요. 충분히 공감합니다."

"이해 해 주셔서 감사합니다. 다만 비공식적이라 해도 이
번 합의사항을 문서로 남겨 서명을 원하실 것 같아서 준비는
해왔습니다."

말을 마친 박영진이 머리를 돌려 정인학 대리를 바라보며
입을 열었다.

"정대리."

"예, 실장님."

재빨리 대답한 정인학 대리가 손에 들린 가방에서 무언가
를 꺼내어 들었다. 얇은 두 장의 서류였다. 좀 전에 박영진이
말한 모든 사안들이 차례로 기술되어 있었고 서명란만 비워
져 있었다. 정인학 대리가 한 장은 박영진의 앞에 놓았고 다
른 한 장은 박기출의 앞에 놓았다.

"읽어보시고 교차서명 하시면 합의는 이루어진 것이 됩니
다."

연관된 부서의 임원진들이나 배석자들이 없는 그야말로 은
밀한 내부합의나 마찬가지인 합의문 서명장면이었다.

박기출은 자신의 앞에 내밀어진 서류를 꼼꼼히 살폈다.

좀 전에 박영진이 말한 내용이 하나도 빠짐없이 기록되어
있었고 조건 또한 틀림없었다. 절로 어깨춤이 날 것 같은 노
다지가 담긴 합의문이었다.

박기출이 박영진을 보며 입을 열었다.

"제, 제가 먼저 서명을 하겠습니다."

박기출은 박영진의 마음이 바뀔 것을 염려한 듯 서둘러 서명했다. 박영진이 희미한 미소를 머금고 정인학 대리를 바라보자 정인학 대리가 품에서 자신의 펜을 꺼내어 박영진에게 내밀었다.

슥슥슥—

이름과 이름 옆에 날렵한 필체로 서명까지 마친 두 사람은 다시 서로의 서류를 교환하고 서명했다. 이것으로 박영진은 태명의 박기출을 자신의 심복세력으로 끌어들이게 되었다. 서명을 마친 서류를 든 박기출의 얼굴은 벌겋게 상기되어 있었다. 박영진은 서명을 마친 서류를 다시 정인학 대리에게 건넸고 박기출은 아주 소중한 황금문서를 받은 듯 자신의 책상 위에 곱게 올려놓았다. 아마 이 서류는 박기출이 죽을 때까지 그의 금고 속에서 영원히 소중하게 보관될 것이다.

"하하 이것 참, 너무 큰 선물을 얻은 것 같습니다."

박기출이 입가에 함박미소를 머금고 박영진을 바라보았다. 박영진이 빙긋 웃었다.

"좋아해 주시니 감사드립니다."

"하하 저야 춤을 추고 싶을 정도로 좋습니다 실장님."

박기출의 가슴은 이제 터질 듯이 뛰고 있었다.

호랑이의 등에 날개를 단 것 같다는 말이 어떤 의미인지 온몸으로 체감하고 있었다. 박기출이 입을 열었다.

"자, 이렇게 먼 길을 찾아오셔서 저에게 큰 선물을 주셨는데 저도 보답을 해드려야지요. 지금 동신에서 가장 외주용역

으로 급한 일이 있으시면 말씀을 해주시면 처리해 드리겠습니다. 그것도 최우선으로 제가 직접 지휘해서 처리해 드리지요."

박기출은 자신을 찾아와 이런 제안을 할 정도면 동신그룹에서 시간을 다툴 만큼 급한 일이 있을 것이라고 짐작했다. 인천과 경기지역의 조직세력을 통합하여 자신의 휘하에 넣을 정도로 영악한 늙은 능구렁이가 바로 박기출이었다. 박영진이 그런 박기출의 얼굴을 물끄러미 바라보았다.

"그렇게 말씀해 주시니 한 가지만 급하게 부탁을 드리고 싶습니다."

"하하 말씀만 하십시오. 제 밑에 있는 놈들이라면 농이지만 용왕님 불알이라도 가져오라고 하면 가져다 줄 놈들입니다 허허허."

박기출의 자신만만한 허세를 보며 박영진이 빙긋 웃었다.

"감사합니다."

"무슨 일인지 말씀만 하십시오. 내일 안으로 모두 처리해 드리겠습니다. 아, 이번 일은 오늘 저와 실장님의 합의에 대한 축하의 의미에서 무보수로 처리해 드리도록 하겠습니다."

박기출은 자신의 태명그룹이 동신그룹의 등에 올라탈 수 있다는 것에 흥분했는지 무보수로 박영진의 일을 해결해 줄 생각이었다.

"정대리."

박영진이 머리를 돌리지도 않고 정인학 대리를 불렀다.

정인학 대리가 머리를 숙였다.

"예, 실장님."

정인학 대리의 대답을 들은 박영진이 무표정한 얼굴로 입을 열었다.

"현재 두 사람의 위치를 알아봐. 그리고 준비해온 것을 박 회장님께 보여드려."

박영진이 말하는 두 사람이 누굴 말하는 것인지 잘 알고 있는 정인학 대리였다.

"알겠습니다 실장님."

대답을 한 정인학 대리가 다시 가방에서 두 장의 사진과 한 장의 종이를 꺼냈다. 두 장의 사진과 한 장의 종이를 테이블 위에 올려놓은 정인학 대리가 급하게 자리에서 일어섰다. 박영진이 지시한 것을 이행하기 위해서였다. 전화기를 든 정인학 대리가 조심스럽게 박기출 회장의 집무실 한쪽으로 걸음을 옮겼다.

그 모습을 박기출이 멍한 얼굴로 바라보고 있었다.

"잠시 이것을 확인해 보시겠습니까?"

박영진이 두 장의 사진과 종이를 박기출의 앞으로 밀었다. 박기출이 두 장의 사진을 훑었다.

"이건……."

박기출의 앞에 놓인 사진은 김동하와 한서영의 얼굴을 찍은 사진이었다. 백화점에서 쇼핑을 하는 것으로 보이는 사진은 무척 선명하게 찍혀 있었다.

박영진이 입을 열었다.

128

"여자는 한서영이라는 사람입니다. 얼마 전까지 세영대학병원에서 인턴으로 근무하던 의사지요. 그리고 남자는 김동하라는 이름을 가진 사람입니다. 바로 한서영씨의… 동거인으로 직업을 가지고 있지 않습니다."

박영진은 김동하를 한서영의 약혼자라고 말하고 싶지 않아 그냥 동거인이라고 말했다. 박기출의 시선이 사진의 옆에 놓인 종이의 위에 머물렀다. 종이에는 한서영의 인적사항과 김동하에 대해 조사한 내용이 적혀 있었다.

또한 두 사람이 현재 살고 있는 위치의 주소와 정인학 대리가 용역을 통해 알아낸 한서영의 전화번호와 김동하의 전화번호까지 꼼꼼하게 기록되어 있었다.

박기출이 머리를 들어 박영진을 바라보았다.

"한서영이라는 여자 의사가 상당히 미인이군요?"

사진에 찍힌 한서영의 얼굴은 누가 보아도 입이 벌어질 정도로 아름다웠다. 젊은 시절 여성편력이 화려한 박기출은 자신의 여자 비서진들도 미모를 보고 선발할 정도로 여자의 미모에 특별한 눈썰미였다. 대신 남자라면 아무리 잘생겨도 별다른 감흥이나 흥미를 느끼지 못했다.

박영진이 씁쓸한 표정으로 웃었다.

"제 아내가 될 여잡니다."

순간 박기출의 얼굴이 굳어졌다.

"예? 이…이분이 실장님의 아내라면…….."

좀 전에 한서영의 사진 옆에 찍힌 남자를 두고 한서영과 동거하는 남자라고 들었던 것이 잘못 들은 건가 하는 생각에 놀란 얼굴로 박영진을 바라보았다.

박영진이 씁쓸하게 웃으며 입을 열었다.

"현재 한서영씨는 내가 아닌 다른 사람과 동거를 하고 있는 중입니다. 바로 김동하라는 남자가 그 남자입니다."

"아."

박기출의 입이 벌어지고 있었다.

박영진의 말이 이어졌다.

"난 내 아내를 다시 되찾아오고 싶습니다. 그 일을 박회장께서 처리해 주시기를 바랍니다."

박영진은 이제 한서영이 자신의 아내라고 생각하고 있었다. 편집증치고는 미련할 정도로 한쪽으로만 기울어진 박영진의 지독한 아집은 그의 정신까지 뒤틀리게 만들어 놓았다. 정익학 대리가 그런 박영진의 얼굴을 우울한 표정으로 바라보고 있었다. 동신의 얼음황태자라는 별명을 가질 정도로 냉혹하고 차가운 이성을 가진 남자가 바로 박영진이었다. 그런데 한번 한서영에게 집착하는 마음이 생긴 이후 그런 그의 모습은 이제 더 이상 볼 수가 없게 된 것이 정인학 대리로서는 안타까웠다.

"그럼 이 남자를⋯⋯."

박기출이 눈을 껌뻑이며 자신의 앞에 놓인 김동하의 사진을 손가락으로 짚었다.

박영진이 무표정한 얼굴로 입을 열었다.

"그 남자를 한서영씨의 옆에서 영원히 떨어지게 해주십시오. 그리고 한서영씨를 나에게 데려다 주십시오."

박기출의 표정이 굳어졌다.

"영원히라는 말씀은?"

"생각하시는 대로입니다. 나는 영원히 그자의 얼굴을 보고 싶지 않습니다."

박영진의 대답을 들은 박기출이 잠시 얼굴을 굳혔다가 입을 열었다.

"죽이라는 뜻으로 들어도 되겠습니까?"

박영진이 잠시 멈칫했다가 어금니를 깨물며 대답했다.

"그렇습니다."

박영진은 김동하가 죽지 않고 불구나 폐인이 된다고 해도 한서영은 어쩌면 그 곁에서 떨어지지 않을 것이라고 생각했다. 그 때문에 완벽하게 김동하라는 존재가 그의 곁에서 사라지게 만들고 싶었다.

박기출이 머리를 끄덕였다.

"그것이라면 어렵지 않을 것입니다. 제가 지시하면 오늘밤이라도 실장님의 뜻대로 될 테니까요."

박기출은 자신의 부하들 중에 칼 쓰는 놈들 몇 명을 골라 일을 시키면 박영진의 요구대로 될 것이라 자신했다. 그렇지 않아도 부영회의 해진과 권휘 때문에 위축되어 힘도 쓰지 못하고 숨을 죽이고 있던 부하들이 분풀이를 할 대상을 찾고 있다는 것을 알고 있었기 때문이었다.

박영진이 차갑게 웃었다.

"시간은 빠를수록 좋겠지요."

박영진의 차가운 미소를 본 박기출이 벌쭉 웃었다.

"허허 오늘밤으로 좋은 소식을 들려드릴 수 있을 것입니다."

박기출은 살인을 청부하는 박영진의 요구를 들어주면 결정적인 그의 약점을 잡을 수 있을 것이라고 생각했다.

이곳 자신의 집무실에서 일어나는 모든 대화는 문 밖 비서실 뒤쪽에 마련된 녹음실에서 모두 녹음되고 있었다.

박영진이 박기출을 바라보며 입을 열었다.

"일을 깔끔하게 처리해 주시는 사람에겐 보상으로 5억원을 현찰로 드리도록 하지요."

박영진의 말에 박기출이 머리를 흔들었다.

"허허 군이 그럴 필요는 없습니다. 그깟 5억원이라면 제가 부담하지요."

박영진은 아무 말도 하지 않았다.

그때 전화기를 든 정인학 대리가 박영진이 시킨 일을 알아봤는지 두 사람의 곁으로 다시 돌아왔다.

정인학 대리가 힐끗 박기출의 얼굴을 본 후에 박영진의 귓가에 속삭이듯 말했다.

"곧 소식이 올 것입니다. 현재 한서영씨의 본가 쪽에서 그들을 기다리고 있다고 합니다. 한서영씨의 차가 본가 쪽에 주차되어 있는 것을 확인했는데 그것으로 보아 차를 몰고 나간 것 같지는 않은 것 같습니다."

한서영과 김동하는 유선하의 생일파티에 참석하기 위해서 외출했기에 당연히 술을 마실 것이라고 예상했다.

그 때문에 차를 두고 택시를 이용해서 유선하를 찾아갔다

는 것은 박영진도 모르고 있었다.

박영진이 머리를 끄덕였다.

"소식이 오면 박회장님께 위치를 전달해 줘."

"알겠습니다."

대답을 한 정인학 대리가 자리에 앉았다.

박영진이 박기출을 바라보며 입을 열었다.

"현재 두 사람이 외출을 한 모양인데 두 사람이 있는 곳의 위치를 확인하고 있다고 하는군요. 내 아내의 위치가 알려지면 회장님께도 전해드리지요."

박기출이 빙긋 웃었다.

"하하 그렇게 해주신다면 더욱 쉬운 일이 될 겁니다."

얼굴에 미소를 머금은 박기출이 입을 열었다.

"아마 내일 아침 실장님께서 침대에서 일어나시기 전에 일이 끝나 있을 것입니다. 그리고 부인이신 한서영씨는 손가락 하나 건드리지 않고 곱게 실장님께 돌려드리도록 하지요."

"고맙습니다."

박영진이 살짝 머리를 숙인 후 이내 몸을 일으켰다.

"그럼 회장님께서 이번 일을 해결해 주실 것이라 믿고 돌아가겠습니다."

"허허 걱정하지 마시고 편히 주무십시오. 내일 아침에는 실장님의 부인을 집으로 모셔 가실 수 있을 것입니다. 아무리 늦어도 내일이 지나기 전에는 실장님이 원하시는 결과를 얻게 될 겁니다. 물론 후환이 남거나 경찰이 개입하는 일은 절대로 없을 것입니다. 실장님의 신경을 거슬린 김동하라는 이 남자는 그냥 재수 없이 사고를 당해 불행한 일을 겪게 될 테니까 말입니다 허허허."

박기출은 자신의 부하들이라면 김동하를 처리하는 것에 전혀 어려움이 없을 것이라고 생각했다.

그런 쪽으로 도가 트였을 것이라고 믿었기 때문이었다.

박기출의 자신만만한 모습을 본 박영진이 자리에서 일어섰다. 그의 옆에서 정인학 대리가 급하게 가방을 챙겨 일어났다. 박영진이 박기출을 향해 손을 내밀자 박기출이 웃으면서 박영진의 손을 잡았다.

두 사람이 악수를 나누고 몸을 돌렸다. 태명그룹의 박기출 회장과 박영진의 만남은 시간으로 따지면 20분이 넘지 않았다. 그 짧은 시간에 박기출과 박영진은 누구도 내릴 수 없는 한배를 타게 되었다.

그것이 한 여자에 대한 한 남자의 집요한 욕심과 버려지지 않는 사악한 이기심 때문이라는 것을 알고 있는 것은 정인학 대리뿐이었다. 악수를 나누고 있는 박영진의 뒷모습을 보면서 정인학 대리는 자신이 상사로 모시고 있는 박영진이 동신그룹의 혈통에서는 절대로 태어나서는 안 될 사악한 심성을 가진 악마의 나쁜 피가 흐르고 있는 것처럼 생각이 들었다. 박영진과 정인학 대리의 인천 태명그룹 방문은 그렇게 끝이나고 있었다.

서울로 다시 돌아가는 박영진과 정인학 대리는 박기출 회장과의 만남에서 있었던 일을 단 한마디도 언급하지 않았다.

검은 밤

"어머님이 계신 동하루를 먼저 들렀다 안동을 거쳐 아래쪽
으로 내려가는 게 좋겠어. 시어머님과 시누의 산소에 들러
인사를 드려야 할 것 같아."

한서영이 바람결에 살짝 흐트러지는 머리칼을 손가락으로
정리하며 입을 열었다. 김동하가 부드럽게 웃었다.

"누님이 좋을 대로 하지요."

김동하의 대답을 들은 한서영이 김동하를 올려다보았다.
자신도 여자치고는 꽤 큰 키였지만 자신보다 반 뼘쯤은 더
큰 김동하가 너무나 듬직하게 보였다.

"앞으로는 그 누님이라는 소리도 더 이상 들을 수 없겠네."

말을 하는 한서영의 얼굴이 살짝 달아올랐다. 새로 인연을
맺은 유선하의 가게를 찾아가 유선하의 임신한 모습과 일가
족이 보기 좋게 오순도순 살아가는 것을 본 한서영은 자신도
김동하와 서둘러 결혼하고 싶어졌다.

이미 결혼을 허락받은 사이지만 누군가 행복하게 살아가는
것을 보자 마음이 다급해진 것이다.

유선하의 가게에서 생일파티 겸 식사를 겸해 몇 잔의 술을
마신 한서영의 얼굴은 보기 좋게 달아올라 있었다.

한서영은 기분 좋게 취한 이 저녁 김동하와 나란히 한강변
을 거닐며 데이트를 즐기고 있었다. 동생인 유선하에게 나름
큰 선물을 해 준 것 같아서 마음까지 흡족했다.

그런 한서영의 술이 약간 취해 발갛게 달아올라 귀여워 보
이는 모습에 그녀의 손을 잡고 한강변을 거니는 김동하의 얼
굴에도 기분 좋아 보이는 미소가 떠올랐다.

한서영이 입을 삐죽거렸다.

"결혼을 하면 동하를 당신이나 여보라고 불러야 하는데 그
게 쉽게 불러질 것 같지는 않아. 아마 오랫동안 시간이 흘러
도 익숙해지지 않고 어색할 것 같아."

한서영의 얼굴은 무척이나 행복해 보였다. 이제 김동하와
결혼을 하면 정식으로 부부가 되어 호칭을 바꿔야 할 텐데,
한서영은 자신이 쉽게 그 호칭에 익숙해지지 않을 것 같아
약간 부담스러워진 모양이었다.

김동하가 빙긋 웃었다.

"난 익숙해질 것 같은데요."

김동하의 말에 한서영이 다시 김동하를 올려다보았다.

한서영의 눈꼬리가 살짝 좁혀졌다.

"혹시 천공불진에 들기 전에 한번 결혼한 거 아니야? 예전 조선시대에는 코흘리개 어린 꼬맹이도 가문의 혈통을 잇기 위해 조혼이라는 것을 했다고 들었는데?"

김동하가 웃었다.

"그렇게 보이십니까?"

"동하가 쉽게 여보, 당신이라는 말을 입에 담는다는 게 이상해."

살짝 눈을 흘기는 한서영의 얼굴이 소녀처럼 귀여워서 김동하의 입이 벌어졌다. 낮에 사해련의 련주 창여걸이 쏜 총에 자신이 죽었다가 살아났다는 것은 까마득히 잊은 표정이었다.

실상 한서영은 자신이 죽었을 때의 감각을 실감하지 못했다. 총탄에 맞은 느낌도 없이 가슴에 충격을 받는 순간 단번에 숨이 멎었기에 고통도 느끼지 못했고 아픔을 자각할 기회도 없었다. 그랬기에 천명을 돌려받아 부활한 이후 쉽게 당시의 상황을 잊을 수가 있었던 것이었다.

"어렵긴 하지만 선하가 재부랑 시동생들과 어울려 그렇게 다정하게 살아가는 모습을 보자 나도 동하랑 그렇게 살고 싶어졌어."

한서영의 눈이 반짝이고 있었다. 김동하의 입가에 부드러운 미소가 흘렀다. 자신 역시 한서영의 남편이 되어 오붓하게 살아가고 싶은 마음은 같았기 때문이다.

아마 어머니와 아버지 그리고 동생이나 스승님이 이런 한서영을 보았다면 무척이나 예뻐했을 것 같았다.

"왜 웃어?"

한서영은 허공을 보며 빙긋 웃는 김동하를 보며 눈을 동그랗게 떴다.

김동하가 한서영을 내려다보며 입을 열었다.

"아버지와 어머니 그리고 동생과 스승님을 생각했습니다. 그분들이 누님을 본다면 무척 좋아하셨을 것이라고 생각하니 웃게 됩니다."

"그래?"

한서영의 표정이 밝아지며 김동하의 팔에 매달리듯 품에 꽉 안아버렸다.

"호호 그 말 들으니 너무 기분이 좋아."

시부모님과 시누이 그리고 남편의 스승이 자신을 좋아했을 것이라고 하니 기분이 좋아진 한서영이었다. 다정하게 한강변을 거니는 한서영과 김동하의 모습을 본 사람들이 한서영의 너무나 출중한 미모를 힐끔거리면서 지나갔다. 그런 그녀가 김동하의 팔을 꽉 껴안고 있는 모습은 괜히 젊은 남자들의 질투심을 불러일으킬 정도였다.

한서영과 같은 미모의 여인을 곁에 두지 못한 사람들은 한서영의 사랑을 이렇게 노골적으로 받고 있는 김동하가 전생에 나라를 두 번쯤 구한 운을 가진 사람쯤으로 보일 것이었다. 가을이 깊어가면서 저녁의 한강변은 무척이나 선선했다. 한서영은 유선하의 생일파티에서 마신 약간의 술기운으

로 무척 즐거웠다. 자신의 옆에 사랑하는 약혼자 김동하가 있고 그와 곧 결혼을 앞둔 것도 그녀를 설레게 만들었다.

"나 술 좀 더 마시고 싶어."

한서영이 마치 나이 많은 오빠에게 애교를 부리듯 김동하의 팔에 매달렸다. 김동하가 빙긋 웃었다.

"누님이 술을 좋아하실 줄은 몰랐습니다."

김동하의 말에 한서영이 웃었다.

"아니. 잘 마시진 못해. 근데 이렇게 동하랑 있으니까 기분이 좋아져. 호호."

한서영이 살짝 붉어진 얼굴로 김동하의 팔을 더욱 힘차게 끌어안았다.

"전 잘 마실 줄 모르지만 누님이 마시고 싶다고 하시면 곁에 있어 드리지요."

김동하는 술을 좋아하지도 않지만 그렇다고 싫어하지도 않았다. 다만 어릴 때 궁에서 퇴청하신 아버지가 대청에 앉아 어머니가 정성스럽게 차려준 주안상을 놓고 술을 마시는 것을 기억하고 있었다. 술을 마시면서 푸근하게 있던 아버지의 모습이 좋아 보이던 기억을 가지고 있었기에 술을 싫어하지 않았을 뿐이었다. 이내 한서영과 김동하가 한강변을 떠나 빠르게 술을 마실 수 있는 곳으로 이동했다.

강남구 논현동.

서울지하철 7호선 반포역과 논현역 사이에 있는 아리스 호텔의 뒤편으로 돌아가면 직장인들이나 20대와 30대의 젊은 이들 사이에서 제법 많이 알려진 음식점들이 즐비했다. 골목으로 들어서는 순간 고기 굽는 냄새와 술집에서 흘러나오는 각종 음식냄새들이 허기진 사람들의 식욕을 자극하는 곳이었다. 늘 이곳은 사람들로 붐볐고 직장인들의 회식이나 젊은이들의 데이트 장소로도 유명했다. 골목 안 우연(牛戀)이라는 가게는 저녁시간임에도 거의 좌석이 꽉 찰 정도로 손님이 많았다.

가게 이름처럼 소고기 전문점인 우연은 강남에서도 꽤 알아줄 정도로 고기 맛이 좋은 식당이었다.

우연의 안으로 두 명의 남녀가 들어섰다. 한서영과 김동하였다. 내일이면 한서영과 김동하의 신접살림을 시작할 집이자 처가의 식구들이 모두 함께 살게 될 서초동의 저택을 보러가는 약속이 잡혀 있었다. 한서영은 어머니 이은숙의 성화에 하루 종일 결혼준비에 정신이 없게 될 것임을 알고 있었기에 오늘이 마지막인 것처럼 오랜만에 김동하와 함께 느긋한 데이트를 즐기고 싶었다.

안으로 들어선 한서영은 80평이 훨씬 넘어 보이는 우연의 가게 안이 거의 빈자리가 없을 정도로 가득 찬 것에 살짝 놀랐다. 그것은 김동하도 마찬가지였다.

가게 안에 이렇게 많은 손님들이 식사를 하거나 술을 마시고 있을 것이라곤 생각조차 하지 못한 김동하였다.

"손님이 많은데… 딴 곳으로 갈까요?"

김동하가 한서영을 바라보며 묻자 한서영이 머리를 끄덕였다.

"그래야 할 것 같아."

한서영도 이렇게 손님이 많은 것이 약간 거북했다.

두 사람이 몸을 돌리려던 순간이었다.

"야, 한서영."

한서영의 등 뒤에서 약간 놀란 듯한 뾰족한 여자의 목소리가 들려왔다. 뒤를 돌아본 순간 한서영의 눈이 커졌다. 한서영을 놀란 눈으로 바라보고 있는 사람은 그녀의 의대동문인 손지혜라는 여자였다.

손지혜 역시 현재 인턴으로 청성대학병원에서 인턴생활을 하고 있는 중이었다. 각자 대학병원의 인턴이라는 신분이라 무척이나 바빴고, 서로가 서로의 사정을 잘 알고 있었기에 근래에 내왕조차 잘 하지 못하고 있었던 참이었다.

"지혜야."

한서영이 놀란 눈으로 손지혜를 바라보았다.

손지혜가 김동하와 한서영의 얼굴을 번갈아 보며 눈을 동그랗게 떴다.

"너 여기 어쩐 일이야?"

손지혜의 말에 한서영이 되물었다.

"그렇게 말하는 넌 여기 웬일이야? 이렇게 술 마실 시간이 있어?"

한서영은 병원을 그만두었기에 이렇게 김동하와 오붓한 데이트를 즐길 시간이 있었다.

그러나 손지혜는 아직도 냄새나는 양말을 갈아 신지도 못할 정도로 바쁜 인턴과정이라는 것을 한서영이 짚었다.

손지혜가 히죽 웃었다.

"오늘 쉬는 날이야. 너 병원 그만두었다는 소식 들었어."

"그거 아무한테도 말 안 했는데…….."

한서영은 자신이 세영대학병원을 그만두었다는 것을 손지혜가 알자 놀라는 표정을 지었다. 손지혜가 웃었다.

"호호 여기 지금 누가 와 있는 줄 알아?"

"뭐?

한서영이 눈을 동그랗게 떴다. 그때였다.

"한서영. 여기로 와."

한서영과 조금 떨어진 식탁에서 누군가 손을 번쩍 들어올렸다. 한서영의 시선이 손을 든 사람에게로 향했다.

"어?"

한서영의 입에서 짧은 탄성이 흘렀다. 한서영의 눈에 들어온 것은 세영대학병원의 레지던트 선배 최태영이었다. 최태영의 옆에는 한서영의 동기인 류상태와 송유진까지 함께 앉아 있었다. 최태영이 한서영과 김동하를 보며 이를 드러내며 웃었다.

"여기로 와."

최태영의 말에 한서영이 손지혜를 바라보았다.

"최선배랑 같이 있었어?"

"낮에 오늘 비번이라고 최선배에게 전화를 했더니 최선배도 같은 비번이라고 하더라. 그래서 오랜만에 술이나 한잔 하자고 만나게 된 거야. 뭐 그 때문에 우연히 의대 동문회를 여기서 하게 된 거야 호호."

"그래?"

한서영이 눈을 껌벅이며 다시 한번 최태영을 바라보는 순간 언제 다가왔는지 의대동기 류상태가 한서영이 앞에 서 있었다. 류상태가 한서영을 보며 입을 열었다.

"병원에 왔었다는 소식을 들었어. 그래도 병원에 왔으면 얼굴이라도 한번 보여주고 가지 그냥 돌아가냐? 의리 없이."

류상태가 힐끗 한서영의 곁에 서 있는 김동하를 보며 살짝 이마를 숙였다.

"서영이의 동문 류상탭니다. 전에 병원에서 한번 뵌 적이 있었지요?"

류상태는 한서영이 병원 주차장에서 김동하와 함께 다정한 모습으로 서 있던 것을 기억하고, 또 한 번은 김동하와 짧은 대화까지 나눈 적이 있었다.

김동하가 살짝 이마를 숙였다.

"오랜만입니다."

김동하도 류상태를 기억했다.

류상태가 빙그레 웃으며 입을 열었다.

"서영이가 결혼 때문에 병원 그만두었다는 것도 들었습니다. 일단 축하드립니다."

류상태가 깍듯한 표정으로 다시 인사를 했다.

"감사합니다."

류상태가 김동하와 한서영을 번갈아 보며 입을 열었다.

"여기서 이렇게 아니라 함께 합석하시지요. 뭐 서로 얼굴

을 모르는 사이도 아니고 서영이랑은 그래도 한솥밥을 먹었
던 처지인데… 가자, 서영아."

말을 하던 류상태가 한서영의 손을 잡고 와락 이끌었다.

"어머."

한서영이 살짝 놀라며 김동하를 돌아보았다가 싫지 않은
표정으로 류상태를 따라 걸음을 옮겼다.

그런 모습을 본 손지혜가 김동하를 보며 입을 열었다.

"함께 합석해요."

손지혜는 한서영이 결혼 때문에 병원을 그만두었다는 사실
을 처음 의대선배 최태영에게 들었을 때 무척 놀랐다. 아름
다운 미모와는 달리 공부에 대한 집착이 남달랐던 한서영의
결혼상대가 눈앞에 서 있는 어려 보이는 김동하라는 사실이
너무나 생경했다.

한서영은 남에게 뒤처지는 것을 죽을 만큼 싫어했다.

그 때문에 당시 한서영은 의대천체수석을 단 한 번도 놓지
않았을 정도로 여우처럼 영리한 동기였다.

그로 인해 의대시절 학교에서 한서영을 아내로 데려갈 사
람은 대한민국 최고의 재벌가문이거나 아니면 대한민국 사
람이라면 누구나 알 만큼 유명한 사람쯤 되어야 할 거라는
말까지 돌았다. 그런 한서영을 결국 아내로 맞이할 사람이
눈앞에 서 있는 김동하라는 사실에 손지혜가 호기심이 가득
찬 시선으로 바라보았다.

잘생기고 건장하며 듬직해 보였지만 손지혜가 알기로 김동
하는 유명한 사람도 아니었고 재벌가의 후예로도 보이지 않

앗다. 그런 김동하가 한서영의 남편이 될 사람이라는 것이
놀랄 만큼 신기했다.

"사양하지 말고 함께 합석해요. 전 서영이의 대학동기인
손지혜라고 해요."

손지혜가 호기심이 가득한 얼굴에 미소를 머금고 말했다.
김동하가 부드럽게 웃었다.

"김동하라고 합니다."

"호호 이렇게 서영이의 남편 될 분을 만나게 될 줄은 몰랐
네요."

손지혜가 앞장서서 김동하를 일행이 기다리고 있는 테이블
로 안내했다. 손지혜가 김동하를 데리고 테이블로 돌아오자
일행 중 한 명이 급하게 일어서서 한서영의 옆에 김동하의
자리를 만들어 주었다.

테이블에는 한서영의 선배인 최태영을 비롯해 한서영의 동
기인 류상태, 같은 병원동기인 송유진과 손지혜 그리고 한서
영이 모르는 20대 후반으로 보이는 젊은 사내 두 명이 함께
앉아서 식사를 하고 있었다.

한서영과 김동하가 마련된 자리에 앉자 최태영이 한서영이
알지 못하는 두 명의 사내를 보며 입을 열었다.

"김선생, 임선생. 여기는 아까 내가 잠시 지혜에게 말했던
내 대학후배인 한서영이야. 아까 말한 대로 얼마 전까지 우
리 세영대학병원에 인턴으로 있었는데 결혼 때문에 그만두
었다고 한 그 사람이지. 그리고 이분은 한서영씨의 남편 되
실 분이신데 서영이에게 듣기로는 연기자라고 들었어."

최태영은 한서영과 김동하를 만나기 전에 한서영에 대한 언급을 잠시 했었던 모양이었다. 그 때문에 두 사내는 한서영의 존재에 대해 알고 있었다.

다른 병원의 인턴에 대해 궁금해 할 필요가 없었던 두 사내도 최태영이 손지혜에게 설명하는 한서영에 대해서 손지혜가 그렇게 놀랐던 이유가 이제야 이해되었다.

최태영은 김동하를 처음 보았던 날 한서영이 김동하를 배우로 소개했던 것을 기억하고 있었다.

최태영이 김동하와 한서영을 소개하자 두 명의 젊은 사내가 자리에서 일어나 머리를 숙였다.

"청성대학병원 레지던트 2년차 김영식입니다."

"같은 병원 임동재라고 합니다."

두 사람은 한서영의 대학동기인 손지혜가 데리고 온 같은 병원의 선배들이었다. 한서영이 머리를 숙였다.

"한서영이에요."

김동하도 얼떨결에 인사를 했다.

"김동합니다."

청성대학병원의 레지던트 김영식과 임동재는 한서영이 결혼한다고 하자 손지혜가 왜 그렇게 놀란 것인지 충분히 이해가 되었다.

한순간에 좌석이 환하게 빛을 발산하는 느낌까지 들 정도로 한서영의 미모는 너무나 출중했기 때문이었다.

임동재가 한서영을 보며 눈을 껌벅이며 입을 열었다.

"최선배가 지혜에게 설명할 때는 영문을 몰랐는데 이렇게

보니 왜 그렇게 지혜가 놀랐는지 이해가 되는군요."

임동재는 한서영의 미모를 보는 순간 가슴이 덜컥 내려앉는 느낌까지 들었다. 그것은 김영식도 마찬가지였다.

김영식의 시선은 한서영의 얼굴에서 떨어지지 못하고 있었다.

"호호 두 선배의 얼굴이 마치 귀신을 본 것 같은 얼굴이에요."

손지혜의 놀리는 말에 김영식과 임동재가 얼굴을 붉히며 돌렸다. 손지혜가 웃으면서 입을 열었다.

"서영이 쟤는 대학시절에도 세영대학교 여신으로 손꼽을 정도로 예뻤던 아이예요. 서영이가 시집가면 자살할 남자가 한강에 번호표 받고 대기할 정도로 많을 것이라는 농담도 있었고요. 근데 이렇게 돌연하게 시집가게 될 줄은 몰랐네요 호호."

손지혜가 다시 한서영이 과거에 어떤 소문의 주인이었는지 설명하자 한서영의 얼굴이 붉어졌다.

하지만 손지혜의 설명이 거짓이 아닐 정도로 한서영의 미모는 특별했다. 그것을 증명하듯 8명이 식사를 하는 주변의 테이블에서 한서영의 미모를 힐끗거리며 바라보는 사람들이 늘어나고 있었다.

"뭐야, 난 영화배운 줄 알았어."

"나도 무슨 여자 아이돌인 줄 알았는데……."

주변에서 수군거리는 소리가 한서영과 김동하의 귀에도 들어왔다. 한서영의 얼굴이 발갛게 달아오르는 것을 본 최태영이 쓸쓸하게 웃었다.

한때는 자신의 아내로 맞이하고 싶었던 욕망을 품었던 한서영이었다. 일부러 못살게 굴었고 한서영과 티격태격 싸우기도 했다. 그런 한서영이 이제 얼마 후면 지금 곁에 있는 무명의 단역배우와 결혼한다는 것이 최태영을 허탈하게 만들었다. 그때 류상태가 물었다.

"근데 결혼을 하면 하는 거지 왜 병원까지 그만둔 거야? 너 그만두었다는 소식이 병원 전체에 퍼져 한동안 병원이 어수선했어."

류상태의 말에 한서영이 빙긋 웃었다.

"나 같은 게 뭐라고 병원이 어수선해?"

"세영대학병원의 이미지모델이 사라졌는데 잠잠할 리 있겠어? 나중에 들었는데 원장님도 서영이 네가 진짜 결혼 때문에 그만두었는지 물어보셨다고 하더라."

"그래."

한서영이 담담한 얼굴로 머리를 끄덕였다.

병원을 그만 두었지만 병원에 미련 같은 것은 없었다.

최태영이 물었다.

"근데 결혼식은 언제 할 거야?"

최태영은 한서영이 김동하와 결혼을 한다면 하객으로 한서영의 결혼을 진심으로 축하해 주고 싶었다.

"내일 신혼집을 알아보고 나서 바로 하게 될 거예요."

한서영은 내일 엄마와 함께 서초동의 저택을 돌아보고 매입이 결정되면 바로 저택에서 결혼식을 할 생각이었다.

하객은 필요 없고 아빠와 엄마의 친척과 반드시 초대하고 싶은 몇몇의 지인들에게만 초대장을 보낼 심산이었다. 손지혜가 물었다.

"아직 신혼집 안 구했어? 너 반포의 아파트 있잖아? 그곳에서 살면 되지."

손지혜는 한서영이 반포의 아파트에서 혼자 살고 있었다는 것도 알고 있는 사이였다.

한서영이 웃으면서 머리를 흔들었다.

"아니. 그 아파트는 처분하기로 했어. 그냥 큰집에서 우리 식구들이랑 이 사람이랑 함께 살 거야."

"그, 그래."

손지혜가 놀란 얼굴로 한서영의 얼굴을 바라보았다.

한서영의 아버지가 사업을 하고 있지만 사업의 규모가 그렇게 크지 않고 자금력도 영세한 편이었기에 한서영의 집안이 그렇게 큰 부자는 아니라고 알고 있었기 때문이다. 손지혜가 다시 물었다.

"그럼 너네 식구들 모두 한 집에서 함께 산다는 거야? 서울에 그렇게 큰 집이 있을까? 경기도로 나갈 생각이니?"

결혼할 딸자식 내외와 부모들을 비롯해 결혼을 하지 않은 형제들까지 함께 일반 아파트에서 살기는 무척이나 난감할 것이다. 오붓하게 신혼을 만끽해야 할 신혼부부의 프라이버시도 그렇지만 결혼을 하지 않은 자식들까지 있다면 숨 쉬는 것조차 불편할 것은 당연한 일이었다.

그렇다면 규모가 큰 일반 주택이 필요할 텐데, 서울에서 그런 집을 구하기는 하늘의 별따기에 버금갈 정도로 힘들 것이다. 더구나 한서영처럼 손에 물 한 방울 안 묻히고 살 것처럼 보이는 여우가 그런 불편을 감수할 것 같지는 않았다. 그 때문에 손지혜는 한서영이 서울을 떠날지 물어본 것이다. 한서영이 머리를 흔들었다.

"아니 서울에 있을 거야."

"그, 그래?"

손지혜는 한서영이 담담하게 서울에서 살 것이라고 말하자 놀란 눈으로 눈을 껌벅였다.

그때였다. 한서영과 김동하의 일행이 앉은 테이블과는 한 개의 테이블을 사이에 둔 뒤쪽의 테이블에 검정색 양복의 사내와 몸에 꽉 들러붙은 반팔 차림의 티셔츠를 걸친 남자들이 자리를 차지했다. 양복차림의 사내들 3명과 반팔차림의 사내 2명이 일행의 전부였다.

비록 겨울은 아니지만 반팔이라는 옷차림은 살짝 몸을 움츠리게 만들 정도로 쌀쌀한 날씨였음에도 사내들은 전혀 개의치 않은 모습이었다. 반팔 차림의 사내들은 주변에서 위압감을 느낄 정도로 우람한 덩치였고 옷 아래로 드러난 팔에는 선명한 문신이 그려져 있었다. 그들이 들어서자 주변의 손님들이 확연히 그들을 경계했다. 한눈에 보아도 평범해 보이지 않는 모습 때문이었다.

자리에 앉아 주문을 하는 검은 양복차림의 사내 한 명이 주문을 마친 후 힐끗 시선을 돌려 김동하와 한서영이 앉은 테이블을 바라보았다. 스쳐가는 시선이었지만 사내의 두 눈빛

은 마치 표적을 앞둔 사냥꾼의 눈처럼 매서웠다. 사내의 눈이 옆얼굴을 보이고 있는 한서영의 얼굴을 유심히 바라보았고 등을 돌리고 있는 김동하의 넓은 등판을 훑듯이 보며 시선을 돌렸다.

그런 사내의 두 눈은 독사의 눈처럼 사악해 보였다.

시선을 돌린 사내가 반팔차림에 머리칼이 짧은 목이 굵은 사내를 보며 입을 열었다.

"잘해. 실수하면 죽여버릴 거야."

그의 말에 반팔차림의 사내가 빙긋 웃었다.

"걱정하지 마십시오 형님. 들어올 때 얼굴 확인했고 용식이와 말도 맞춰놓았습니다."

반팔차림의 사내가 자신 있다는 얼굴로 검은 양복차림의 사내를 바라보았다. 검은 양복의 사내가 천천히 머리를 끄덕이며 다시 시선을 돌려 한서영의 옆얼굴을 유심히 바라보았다. 한서영과 김동하는 그들의 시선을 전혀 느끼지 못한 것인지 얼굴을 돌리지도 않고 있었다.

"결혼을 하면 어떻게 살지 결정은 한 거야?"

최태영이 한서영의 얼굴을 보며 물었다.

무명단역배우 출신의 남편과 결혼하기 위해서 전문의의 길을 포기한 한서영이 안타까웠다.

"당분간 이 사람의 내조만 하면서 살 생각이에요. 의사는 뭐 나중에 내 개인병원을 개업해도 되니까 나중에 생각하기로 하고요."

최태영이 머리를 갸웃했다.

"그게 서영이가 생각하는 미래라면 재고를 해보라고 하고 싶은데."

무명배우의 뒷바라지라는 게 어떤 것인지 최태영은 짐작이 가지 않았다. 단역으로 대학로의 연극무대에 서서 연극배우로 고생하다가 운이 좋게 좋은 배역을 따내어 연기자로서 성공한다는 케이스는 말 그대로 하늘에서 돈이 떨어지기를 기다리는 막연함과 비슷할 것이라고 생각했다. 사람은 남녀 간의 사랑만으로 이 세상을 살아가는 존재가 아니었다. 먹고 자고 입는 단순한 이 세 가지는 반드시 충족이 되어야 겨우 살아갈 만한 조건이 갖추어 지기 때문이다. 하지만 지금의 한서영은 김동하에 대한 맹목적인 사랑이라는 감정만으로 스스로의 길을 포기하려 하는 것이라고 생각했다.

한서영 같은 출중한 미모와 명석한 두뇌까지 갖춘 여자가 그런 암울한 선택을 하는 것이 안타까운 최태영이었다. 한서영이 최태영을 바라보며 입을 열었다.

"재고라니요?"

최태영이 힐끗 김동하를 바라보며 입을 열었다.

"김동하씨에게는 미안한 일이지만 결혼은 나중에 선택해도 돼. 아니 결혼을 한다고 해도 전문의의 길을 포기하지 말라고 하고 싶어. 지금은 힘들겠지만 조금만 버티면 서영이에게도 충분히 좋은 기회가 올 거야. 사표문제는 김교수님께 반려해 달라고 내가 부탁해 볼 테니 서영이는 다시 병원으로 돌아오는 것이 어때?"

최태영의 말에 한서영이 웃었다.

"호호 선배가 걱정해 주는 것은 고맙지만 사양할게요. 그리고 난 내가 선택한 것에 절대로 후회하는 일은 하지 않아요."

최태영은 한서영의 고집이 세다는 것을 알고 있었지만 이렇게 결혼을 강하게 고집하고 있을 것이라곤 생각하지 못했다.

와장창.

그때 일행이 앉아 있는 테이블의 뒤쪽에서 무언가 부서지는 소리가 가게 안을 쩌렁 울렸다.

"이게 고기야 뭐야? 지금 장난하는 거야? 이 자식아."

쫘악.

콰장창.

퍼버벅—

누군가를 때리는 둔탁한 소리와 함께 갑자기 테이블이 엎어지며 테이블 위에 올려놓았던 술잔과 수저들 그리고 음식 재료들이 바닥으로 떨어지며 깨어지고 있었다.

한순간에 벌어진 일이었기에 가게 안이 조용해졌다.

"야, 종훈아 참아."

누군가 말리는 소리가 들렸다. 한서영과 김동하가 머리를 돌려 소란이 벌어지는 곳을 바라보았다.

거구의 반팔차림 사내가 화난 얼굴로 일어서 있었고 그의 앞에는 가게에서 서빙을 하는 20대의 젊은 청년이 하얗게 질린 얼굴로 주저앉아 있었다.

서빙하는 청년의 얼굴은 시뻘겋게 변해 있었고 입가에는

핏물이 주르륵 흘러나와 앞섶을 적시고 있었다.

주저앉은 청년의 주변으로 깨진 유리잔의 파편과 어지럽게 흩어진 고기살점들이 떨어져 있었다. 고기와 함께 나온 양념들이 청년의 옷에 튀어 흘러내리고 있었다.

말 그대로 아수라장이었다.

반팔차림의 거구의 사내가 바닥에 주저앉은 청년을 보며 으르렁거렸다.

"내가 흘린 고기 주워 먹는 개새끼냐? 엉? 이 자식아. 무슨 고기를 이딴 식으로 가져와? 내가 누군지 알려줄까?"

반팔차림의 사내가 바닥에 주저앉아 있는 청년의 얼굴을 후려칠 듯 쏘아보았다. 청년은 삽시간에 벌어진 일에 어쩔 줄 몰라 하며 잔뜩 겁에 질린 모습이었다. 반팔차림의 사내는 누가 보아도 뒷골목의 건달패로 보였다.

그때 같은 일행으로 보이는 다른 반팔차림의 사내가 화를 내고 있는 사내를 말렸다.

"종훈아, 참아, 형님들 모시고 식사하는 자리에서 이게 무슨 일이냐?"

그가 마치 말리는 듯이 종훈이라 불리는 사내를 뒤로 밀어냈다.

"놔봐. 이 자식아. 오늘 여기 사장 얼굴 한번 까봐야 할 것 같아."

같은 일행에 의해 종훈이라 불린 반팔차림의 사내가 뒤로 밀려나고 있었다.

그때 사색이 된 얼굴의 40대 남자가 급하게 다가왔다.

"손님. 무슨 일이십니까? 마음에 들지 않는 일이 있으시면……."

아무래도 급하게 달려온 40대의 사내는 이곳 우연의 가게 주인인 듯했다. 사장이 나타나자 종현이라는 사내가 더욱 드세게 반응했다.

"가게 주인이슈?"

"그, 그렇습니다."

40대의 사내가 절절 매는 얼굴로 종훈이라는 거구의 사내를 바라보았다.

종훈이라는 사내의 얼굴이 일그러졌다.

"시발, 이걸 음식이라고 내놓은 거야? 내가 길거리 개야? 이것들을 그냥 콱."

종훈이라는 사내가 뒤쪽에서 식사를 하고 있던 다른 테이블에서 고기를 자르기 위해 올려놓은 가위를 집어 들었다. 순식간 벌어진 일이었다.

종훈이라는 사내가 가위를 들자 말리던 일행인 또 다른 반팔 차림의 사내가 가위를 든 그의 가슴을 강하게 밀었다.

"인마, 참으라고."

와락.

그러자 종훈이라는 사내가 그대로 김동하가 서 있는 방향으로 몸을 틀었다. 누가 보아도 밀려서 넘어지는 형태였다. 종훈이라는 사내가 잠깐 사이에 김동하와 시선이 마주쳤다. 김동하로서도 의외의 순간이었다. 그때였다.

서걱—

푸욱―

같은 동료에게 가슴이 밀린 종훈이라는 사내가 그대로 김동하의 가슴으로 파고들며 손에 든 가위를 김동하의 가슴에 강하게 찔러 넣었다.

가위는 손잡이 부위만 남고 20cm가 넘는 날 부분이 그대로 김동하의 가슴으로 파고들었다.

일순 김동하의 표정이 굳어졌다.

그때 김동하의 가슴으로 넘어졌던 종훈이라는 사내가 표정이 굳은 김동하의 귓전에 나직이 말했다.

"시발놈아. 재수 없었다고 생각하고 잘 가라."

오직 김동하만 들을 수 있는 말이었다.

종훈이라는 사내가 김동하의 몸과 부딪치고 떨어지는 순간 사방에서 비명소리가 들려왔다.

"꺅."

"엄마!"

"어머나 저걸 어째."

"살인이다."

사람들의 눈에는 조금 전까지 종훈이라는 반팔차림의 사내 손에 들린 가위가 김동하의 가슴에 깊숙하게 박혀 있는 것이 들어왔다. 손잡이만 남고 날 부분이 완전히 가슴속으로 사라졌으니 절대로 살아날 수 없을 정도로 치명상이라는 것을 누구라도 짐작할 수가 있었다.

한서영의 입이 벌어졌다.

"도, 동하."

최태영도 놀란 얼굴로 김동하를 바라보고 있었다.

"이, 일일구를 불러. 어서."

최태영도 김동하의 가슴에 박힌 가위를 보는 순간 김동하는 절대로 살아날 수 없을 정도로 치명상을 입었다는 것을 직감했다. 더구나 가위가 찔린 부분이 왼쪽 가슴 중앙 심장이 있는 부위였기에 더더욱 살아남을 수 없을 것이었다.

그때였다. 김동하가 물끄러미 자신의 가슴에 박힌 가위의 손잡이를 바라보았다.

종훈이라는 사내가 뒤로 물러서며 더듬거렸다.

"이, 이건 실수야."

종훈이라는 사내가 조금 전에 김동하의 귓전에 말했던 것과는 전혀 다른 표정을 짓고 있었다.

김동하가 종훈이라는 반팔사내의 뒤편에 서 있는 검은 양복차림의 사내들과 같은 일행인 반팔차림의 사내를 보며 이마를 찌푸렸다.

"들어올 때 거슬리는 느낌을 가지긴 했지만 나에게 이럴 줄은 몰랐는데……."

한서영이 김동하에게 다가왔다.

한서영의 두 눈은 찢어질 듯 부릅떠져 있었다.

삽시간에 한서영의 얼굴은 땀으로 범벅이 되었고 두 눈에는 눈물이 가득하게 고여 있었다. 한서영은 눈앞이 하얗게 보이는 느낌이었다. 그 어떤 것도 생각나지 않았고 지금 무엇을 해야 할지 판단도 서지 않았다.

한서영이 더듬거렸다.

"괘, 괜찮아?"

한서영은 김동하의 가슴에 박힌 가위를 뽑아낼 엄두도 내지 못했다. 심장에 칼이 박힌 사람은 칼을 뽑는 즉시 사망한다는 것을 잘 알고 있는 한서영이었다.

비록 영원히 죽지 않을 불사의 권능인 천명을 가지고 있는 김동하였지만 가슴에 가위가 박힌 모습은 한서영에게도 충격이었다. 김동하가 한서영을 바라보았다.

"날 노리고 찾아온 것 같습니다."

"뭐?"

한서영의 표정이 굳어졌다.

김동하가 뒤로 물러서고 있는 종훈이라는 사내의 얼굴을 차가운 시선으로 바라보다가 입을 열었다.

"찌르려고 했으면 잘 찔러야지."

말을 마친 김동하가 자신의 옷깃으로 가위를 가리고 몸을 한번 살짝 돌렸다. 최태영이 바라보고 있는 방향이었다. 최태영은 김동하가 가슴에 박힌 가위를 옷으로 가리고 있었던 탓에 정확하게 김동하가 어떤 행동을 하는지 알지 못했다.

하지만 다시 몸을 돌린 김동하의 손에는 조금 전까지 김동하의 심장에 깊숙이 박혀 있던 가위가 들려 있었다. 뒤로 물러서던 종훈이라는 사내가 얼굴을 굳히고 있었다.

"어, 어떻게……."

주변에서 웅성거리는 소리가 들렸다.

"뭐야. 잘못 찌른 거야."

"어? 분명히 가슴에 완전히 박혔던 것 같았는데……."

"저게 어떻게 된 일이지?"

"뭐야. 옷에만 살짝 핏자국이 묻었을 뿐 멀쩡한데?"

사람들은 조금 전까지 김동하의 심장에 박혔다고 생각했던 가위가 김동하의 옷과 살에 조금 상처를 냈을 뿐 멀쩡한 것을 보자 놀란 듯 김동하를 바라보았다.

종훈이라는 반팔차림의 사내의 눈이 커졌다.

분명히 자신의 손에 들린 가위가 김동하의 심장에 깊숙이 박혀들던 감각이 아직도 생생하게 그의 손에 남아 있었다. 그런데 김동하는 전혀 이상이 없이 멀쩡한 모습이었다.

"부, 분명히 찔렀는데……."

종훈이라는 사내가 더듬거리며 중얼거렸다. 그때였다.

"뭐야? 별로 다친 것 같지 않은데 왜 이렇게 시끄러워?"

종훈이라는 사내의 일행인 검은 양복차림의 사내가 김동하의 앞으로 걸어왔다. 그가 김동하의 손에 들린 가위와 김동하의 앞가슴에 난 찢어진 옷과 옷 위로 작게 흘러나온 핏자국을 바라보며 살짝 아쉬워하는 표정을 지었다. 검은 양복의 사내가 김동하를 바라보며 입을 열었다.

"크게 다친 것 같지는 않은데… 저놈이 워낙 다혈질이라 실수한 모양이야. 그러니 재수가 없었다고 생각하고 옷이나 새 옷으로 한 벌 사 입어."

검은양복의 사내가 품에서 지갑을 꺼내 5만원권 두 장을 김동하에게 내밀었다. 김동하가 물끄러미 그런 사내를 바라보았다. 검은 양복차림의 사내는 김동하가 돈을 받지 않자 김동하를 바라보았다. 매서운 눈빛이었다.

김동하는 사내의 눈을 바라보는 순간 눈앞의 검은 양복차림이 사내가 사람을 죽여 본 경험이 있다는 것을 알 수가 있었다. 김동하가 사내가 내민 돈을 바라보다 머리를 들어 사내의 얼굴을 바라보았다.

　"누가 시켰지?"

　김동하의 입에서 나직한 목소리가 흘러나왔다.

　검은 양복을 입은 사내가 얼굴을 굳혔다.

　"뭐라고?"

　김동하가 다시 입을 열었다.

　"장난치면서 일부러 날 찌른 것 알아. 누가 시켰는지 말해 보겠나?"

　김동하의 말에 검은 차림의 사내가 얼굴을 찌푸렸다.

　"무슨 말이야? 이런 어린놈의 새끼가……."

　검은 양복차림의 사내가 김동하의 얼굴을 후려치려는 듯이 손을 들어올렸다. 순간 김동하가 검은 양복차림의 사내 손목을 가볍게 잡아챘다.

　턱—

　김동하가 자신의 손을 잡자 양복 차림의 사내가 얼굴을 굳혔다.

　"어? 이 새끼가……."

　양복차림의 사내는 종훈이라는 사내가 실패를 했다는 것이 짜증났고 이번에는 김동하에게 자신의 손까지 잡히자 어이가 없다는 표정으로 김동하를 바라보았다.

　부하들에게 월미도 작두라는 별명으로 불리는 그로서는 이

런 적은 처음이었다. 김동하가 빙긋 웃었다.

"작정하고 날 찾아온 모양인데 누가 시켰는지 듣고 싶어. 내 생각엔 나한테 이런 짓을 할 만큼 내가 원한을 맺은 사람은 없단 말이지. 그러니까 순순히 말해주면 좋겠는데."

김동하의 말에 월미도 작두라는 별명으로 불리던 최은석이 이를 드러내고 웃었다.

"너 내가 누군지 아냐?"

최은석이 이를 드러내며 웃자 좀 전에 김동하의 가슴을 찔렀던 종훈이라는 반팔사내가 다가왔다.

"인마. 와, 시발, 찔리지도 않았는데 존나 놀라게 만들어. 그리고 그 손 놔. 우리 형님이 누군데 손을 막아? 이 새끼가 뒈질 뻔하다가 살아나더니 눈에 뵈는 게 없어? 엉?"

종훈이라는 발팔 사내는 자신의 손에 남아 있던 감각이 착각이라고 생각했다. 우연을 가장해 김동하를 죽일 생각이었지만 그것이 실패하자 자신이 오늘 재수가 없었다는 생각이 들어 약이 올랐다. 최은석이 종훈이라는 사내를 힐끗 돌아보며 나직하게 중얼거렸다.

"멍청한 새끼. 이런 일 하나 제대로 처리하지 못하고……."

나직한 목소리였지만 김동하는 모두 듣고 있었다.

그때였다.

"경찰이다."

"경찰이 왔어."

가게의 손님들이 가게의 문 앞에 막 도착해서 경광등을 번

쩍이는 경찰차를 보며 안도의 한숨을 내뱉었다.

가게에서 소란이 일어나고 김동하가 가위에 가슴을 찔리는 순간 누군가 경찰에 신고를 한 모양이었다. 이내 제복차림의 경찰들이 급하게 가게 안으로 들어섰다. 김동하에게 손을 잡힌 최은석이 김동하를 보며 차갑게 웃었다.

"재수 좋은 새끼. 네 계집 간수 잘 해야 할 거다. 알겠냐? 크 큭."

말을 하는 최은석의 눈이 번들거렸다.

탁—

최은석이 김동하에게 잡힌 손을 털어내듯 튕기며 빠져나갔다. 최은석은 자신이 손을 빼냈다고 생각했지, 김동하가 그냥 놓아준 것이라곤 생각조차 하지 못하고 있었다. 김동하가 작심을 하고 최은석의 손을 잡고 있었다면 손을 잘라내기 전에는 김동하의 아귀를 빠져나갈 수 없다는 것은 그로서는 꿈에도 짐작하지 못했다.

이내 경찰이 다가왔다.

"무슨 일이십니까?"

경찰은 김동하와 최은석을 번갈아 바라보았다.

최은석이 입을 열었다.

"아, 아닙니다. 동생들이랑 오랜만에 여기서 식사를 하려 했는데 가게에서 작은 오해가 있어 소동이 벌어졌습니다. 식사는 하지 않았지만 식대를 정식으로 지불하고 부서진 집기에 대해서 배상하고 돌아가겠습니다."

최은석의 말에 경찰이 김동하를 바라보았다.

"다친 곳 없으십니까?"

김동하가 머리를 흔들었다.

"없습니다."

"그래요?"

경찰이 유심히 주변을 살펴보다가 최은석을 보며 입을 열었다.

"뭐 피해가 없다고 하니 돌아가겠지만 요즘 거리에서 싸움하는 일들이 빈번하게 일어나니 주의해 주셔야 합니다. 한 번만 더 신고가 들어오면 연행할 것이니까 조심해 주십시오."

말을 마친 경찰이 경례를 하고 굳은 표정으로 바라보고 있는 가게주인과 무언과 대화를 나누고 이내 가게를 빠져나갔다. 최은석 일행은 자신들 때문에 가게가 엉망진창으로 변했다는 것을 느낀 듯 식사도 하지 않고 그대로 가게를 떠났다.

최은석은 가게를 빠져나가면서 자신을 지켜보는 김동하를 향해 하얀 이를 드러내며 웃었다.

김동하의 눈빛이 반짝이고 있었다.

이내 주변이 안정되자 한서영이 굳은 얼굴로 김동하를 보며 물었다.

"왜 그냥 보냈어?"

한서영은 김동하가 그 돼지같은 반팔차림의 사내를 그냥 보낸 것이 이해가 되지 않았다.

김동하의 성격이라면 그 자리에서 그 비계덩어리를 묵사발을 만들어 놓아도 이상할 것이 없었기 때문이었다.

김동하가 웃으면서 입을 열었다.

"또 만나게 될 겁니다."

"뭐?"

한서영의 눈이 커졌다.

김동하가 입을 열었다.

"검은 양복을 입은 사람의 몸에 무량기를 심어놓았습니다. 어디에 있든 찾을 수 있지만 그럴 필요가 없을 것 같습니다. 아마 우리를 기다리고 있을 것 같으니까요."

"그, 그래?"

한서영의 눈빛이 살짝 흔들리고 있었다.

그때 최태영이 급하게 물었다.

"김동하씨, 정말 괜찮으십니까?"

최태영은 자신의 눈으로 김동하의 왼쪽 가슴 깊숙하게 가위가 박혀 있었던 것을 목격했다. 그럼에도 이렇게 하나도 다치지 않은 멀쩡한 모습으로 돌아온 것을 보며 이해가 되지 않은 얼굴로 김동하를 바라보고 있었다.

김동하가 머리를 끄덕였다.

"전 괜찮습니다."

한서영이 끼어들었다.

"아무래도 오늘은 우리가 함께 식사를 하기에는 좀 분위기가 그런 것 같아. 다음에 다시 만나서 식사하는 게 좋겠어."

한서영이 친구인 손지혜를 보며 입을 열었다.

"지혜야. 내가 또 연락할게. 오늘은 이만 돌아가 봐야 할 것 같아."

손지혜가 얼떨결에 머리를 끄덕였다.

"그, 그래."

가게에서 생각지도 않은 싸움이 일어났고 얼떨결에 아무런 연관이 없는 한서영과 김동하 커플에게 불똥이 튄 상황이었다. 이런 상황에서 다시 한가하게 식사를 하는 것은 무리라고 생각한 손지혜였다.

한서영과 김동하가 합석했던 사람들에게 인사를 하고 이내 가게를 나섰다. 김동하와 한서영이 떠나자 최태영이 자리에 앉으며 주변을 살펴보았다.

가게는 조금 전의 싸움의 흔적을 모두 치우고 있었고 곧 빈 자리에는 다시 손님들이 들어차기 시작했다.

류상태가 최태영을 보며 입을 열었다.

"선배님, 근데 서영이 남편 될 사람 김동하씨 말입니다. 정말 대범한데요?"

"뭐?"

"그 와중에 전혀 놀라지도 않더란 말입니다. 너무나 침착했어요."

"……."

"난 그 가위가 손잡이만 남고 김동하씨의 가슴에 박힌 것을 보고 기절할 뻔했는데 정작 김동하씨는 전혀 놀라지도 않더라고요. 허허 이것 참, 진짜로 그런 사람 처음 보았습니다."

류상태의 말에 최태영은 자신이 본 것이 결코 헛것을 본 것이 아님을 다시 확인하고 있었다.

청성대학병원 출신의 레지던트 김영식과 임동재도 놀란 얼굴로 머리를 끄덕였다.

"확실히 좀 놀랄 만한 사람이더군요."

김영식이 중얼거리자 임동재도 거들었다.

"난 그 김동하라는 사람이 부럽습니다. 한서영씨 같은 여자를 아내로 맞이하다니… 허허 난 이참에 죽어서 나라를 두어 번쯤 구하는 생으로 다시 태어나고 싶네요."

여섯 사람의 술자리는 이미 흥이 깨어져 버렸다.

그들의 머릿속에는 온통 김동하와 한서영의 잔영이 남아서 여운처럼 흐르고 있을 뿐이었다.

김동하와 한서영이 가게에서 나와 아리스 호텔의 뒤쪽 공영주차장으로 걸음을 옮기고 있었다. 김동하는 조금 전에 자신과 접촉했던 최은석의 몸에 무량기를 심어두었기에 그가 어디에 있든 단번에 종적을 찾을 수가 있었다.

최은석의 몸에 심어놓은 무량기는 가게 옆쪽의 골목길을 따라 아리스 호텔의 뒤쪽으로 이어졌다.

그 때문에 일부러 그쪽으로 방향을 잡았다.

김동하는 최은석이 그다지 멀지 않은 곳에 있다는 것을 직감했다. 작심을 하고 자신과 한서영을 찾아왔다면 이대로 허무하게 돌아가지는 않을 것이라 생각됐기 때문이었다. 그런 김동하의 직감은 틀리지 않았다.

"어이. 이봐."

김동하와 한서영이 호텔 뒤의 공영주차장 쪽으로 걸음을 옮기고 있던 중 뒤에서 낮은 목소리가 울렸다.

머리를 돌리자 아까 우연을 가장해서 김동하의 가슴을 가위로 찌른 비대한 덩치의 반팔 사내와 또 다른 반팔차림의 사내가 모습을 드러냈다.

두 사내 모두 120kg이 넘어가는 체격이지만 그다지 키가 크지 않았기에 마치 살찐 돼지를 보는 듯했다.

하지만 일반인이 본다면 위압적인 체구와 험악해 보이는 얼굴에 위축될 수밖에 없을 외모였다.

사내의 팔엔 무거워 보이는 금팔찌가 둘러져 있었고 목에도 마치 사슬 같은 금목걸이가 채워져 있었다.

김동하와 한서영이 몸을 돌리자 김동하를 불러 세운 반팔차림의 사내가 누런 이를 드러내며 웃었다.

"쿡, 곧바로 나올 줄 알았지. 가게에서 그런 일이 생겼는데 한가하게 고기나 구워먹고 있을 간덩이를 가진 놈들은 거의 없으니까 말이야. 그나저나 확실하게 하기 위해 하나만 물어보지. 네가 김동하라는 놈이고 저 계집이 한서영이라는 계집이지?"

빈정거리듯 말을 하던 사내들이 천천히 김동하의 앞으로 다가왔다. 주변을 지나는 사람들이 위압적인 두 사내의 모습을 보며 한쪽으로 붙어 서서 재빨리 지나갔다.

일반 행인들이 보기에도 반팔차림의 두 사내가 뒷골목 패거리라는 단번에 알 수 있었다.

김동하의 가슴을 가위로 찌른 반팔차림의 사내가 김동하의 앞에 섰다. 사내의 쭉 찢어진 세모꼴의 눈이 번들거렸다.

"뭐 대답 안 해도 좋아. 두 사람이 여기 있다는 것을 알려준 사람들로부터 너하고 저 계집이 김동하와 한서영이 맞다는 것을 확인까지 해주었으니까 말이야. 근데 아까 가게에서 어떻게 피했는지 모르겠지만 넌 오늘 존나게 운이 없네. 왜냐하면 두 번이나 여기를 찔리게 될 테니까."

쿡—

사내의 두툼한 손가락이 김동하의 가슴을 손으로 쿡 찔렀다.

순간 사내의 얼굴이 살짝 굳어졌다. 가슴을 손가락으로 찔렀는데도 마치 딱딱한 바위덩어리를 찌른 느낌이었기 때문이다. 김동하가 종훈이라 불린 사내를 보며 물었다.

"가게 밖에서 기다리고 있었을 거란 건 이미 알고 있었어. 누가 시켰지?"

종훈이라는 사내가 이마를 찌푸렸다.

"이 새끼가 지금 상황이 어떤 상황인지 이해를 하지 못하네? 너 이제 곧 뒈져. 겁나지 않냐?"

박종훈은 눈앞에 서 있는 김동하가 전혀 겁을 먹거나 두려워하지 않자 어이가 없다는 얼굴로 올려다보았다.

자신보다 머리 하나는 더 키가 컸기에 그의 살찐 턱이 번쩍들릴 정도였다.

그러고 보니 김동하의 옆에 서있는 한서영도 전혀 겁을 먹은 얼굴이 아니었다. 보통 이 정도로 위협적인 태도를 보이면 누구라도 겁을 먹고 움츠러들기 마련이지만, 김동하와 한서영은 마치 산책이라도 나온 것 같은 담담한 얼굴이었다. 아니 김동하와 달리 한서영은 매서운 눈길로 그를 쏘아보았다.

168

박종훈은 김동하가 침착한 태도를 보이자 머리를 갸웃거리며 주변을 둘러보았다. 혹시나 김동하의 주변에 일행이 있는지 확인하려는 것이었다.

그때 박종훈의 옆에 서 있던 또 다른 반팔사내인 이문식이 박종훈을 보며 입을 열었다.

"야, 시간 없어. 작두형님이 기다리고 계시니까 이 새끼 빨리 처리하고 가자."

친구인 이문식의 말에 박종훈이 힐끗 한서영을 바라보았다.

"어이, 아가씨, 겁먹지 말아. 단번에 끝내줄 테니까 말이야."

말을 마친 박종훈이 허리춤에 찔러 넣은 신문지 뭉치를 끄집어냈다.

박종훈이 히죽 웃으며 김동하를 바라보았다.

"시발, 아까 가게 안에서 그냥 뒈겼으면 이런 귀찮은 일 두 번 안 해도 됐을 거잖아. 아프진 않을 거다. 단박에 숨통이 끊어질 테니 말이야."

말을 마친 박종훈이 신문지 뭉치를 살짝 벗겨냈다. 보기만 해도 몸이 굳어질 것 같은 날카로운 은빛의 칼이 나타났다. 칼날의 길이가 30cm를 넘는 폭이 좁은 회칼이었다. 신문지로 감싸진 칼의 손잡이에는 붕대로 보이는 헝겊이 감겨 있었기에 칼을 찌를 때 실수를 하거나 칼이 부러져 손을 다칠 위험도 적었다.

칼날이 보이자 대범한 모습을 보이던 한서영이 흠칫 몸을 떨었다. 본능적으로 위험에 대한 방어태세였다.

이내 김동하의 팔을 잡고 싸늘한 표정으로 박종훈을 바라보았다. 아리스 호텔의 뒤쪽 공용주차장으로 이어진 골목길은 상가가 없었기에 주변을 지나다니는 행인들의 숫자가 그다지 많지 않았다. 그럼에도 골목을 오가는 사람들이 아주 없는 것은 아니었기에 주변의 시선이 몰리기 전에 빨리 일을 끝내야 했다. 지금도 연인으로 보이는 젊은 남녀가 곁을 스쳐가던 중 기묘한 상황을 느꼈는지 멀찌감치 떨어져 벽에 붙어서 재빨리 스쳐갔다.

여자가 재촉하는 것인지 연인들의 걸음이 빨라졌다. 칼을 고쳐 쥔 박종훈이 김동하의 앞으로 성큼 다가왔다.

박종훈이 히죽 웃었다.

"이번에도 운이 좋은지 한번 보자."

칼날을 아래로 내려 허벅지 쪽에 댄 박종훈이 김동하를 쏘아보았다. 박종훈은 김동하가 가게에서 기막힌 행운으로 자신이 찌른 가위를 피했다고 여겼다. 이번에는 아예 작심하고 찌를 자신의 칼을 피할 수 있을지 확인할 생각이었다. 그때였다.

부우우우우우웅.

공영주차장에서 검은색의 승합차가 빠져나오며 이쪽으로 다가왔다. 골목 안은 승합차에서 쏟아지는 헤드라이트 불빛으로 가득했다. 김동하는 아무 말도 없이 빠르게 다가오는 승합차를 바라보고 있을 뿐이었다.

막 칼을 찌르려던 박종훈이 멈칫했다. 박종훈의 옆에서 김

동하와 한서영이 도망을 가지 못하게 막고 있던 이문식도 얼굴을 찌푸리며 승합차를 바라보았다. 승합차는 김동하와 한서영이 서 있는 좌측에서 멈추었다.

끼익—

드르르르륵—

멈춰선 승합차의 옆쪽 문이 열리며 누군가 얼굴을 내밀었다. 김동하와 가게에서 충돌했던 월미도 작두라는 별명을 가진 최은석이었다.

"뭐해? 종훈이 넌 계획대로 일을 마무리 하고 문식이는 그 여자 차에 태워."

"예, 형님."

"알겠습니다."

박종훈과 이문식이 허리를 숙였다.

두 사내에게 지시를 내린 최은석이 싸늘한 시선으로 김동하를 바라보다가 입술 끝을 말아올리며 웃었다.

김동하와는 대화조차 하지 않으려는 듯한 얼굴이었다.

이문식이 한서영에게 다가갔다.

"넌 이리 와."

이문식이 한서영을 향해 손을 내미는 순간 박종훈이 김동하의 가슴을 향해 빠르게 다가섰다.

"잘 가라."

박종훈이 어금니를 깨물며 김동하의 가슴을 향해 손에 들린 칼을 힘껏 찔러 넣었다. 아예 김동하의 가슴이 관통이 되어버릴 듯한 강한 힘이었다. 30cm가 넘는 칼날이었으니 칼이 부러지지 않는다면 칼끝이 등으로 빠져나올 수도 있다.

꽉—

박종훈은 자신의 칼날 끝이 사람의 몸속을 파고들어가는 감각을 머릿속으로 떠올렸다.

한두 번 경험한 감각이 아니었다.

차가운 칼날이 사람의 살을 가르고 파고 들어가는 그 사각거리는 느낌과 칼끝에 뼈가 걸리는 둔탁한 느낌까지 생생하게 기억하고 있는 박종훈이었다.

이번에도 그럴 것이라고 기대하며 손끝에서 느껴질 그 미묘한 감각을 즐길 생각이었다.

하지만 그런 박종훈의 기대는 한순간에 끝났다.

"어?"

박종훈이 눈을 동그랗게 뜨는 순간 옆에서 한서영에게 손을 내밀던 이문식의 입에서 비명이 터져나왔다.

"끄억."

김동하의 오른손이 박종훈이 찔러온 칼의 칼날을 맨손으로 움켜쥐고 있었고 왼손은 한서영에게 손을 내밀던 이문식의 손목을 낚아챈 것이다. 거구의 이문식이 손바닥을 위로 향한 채 김동하의 왼손에 잡혀 입을 벌리고 있었다. 김동하가 이문식의 손을 잡아 비틀면서 위쪽으로 들어올렸기에 이문식은 팔이 부러질 것 같은 통증에 자신도 모르게 발끝을 세우고 비명을 터트렸다.

"이, 이거 안 놔?"

박종훈은 자신의 칼날을 잡고 있는 김동하의 손에서 칼을

비틀면서 칼날을 뽑아내려 힘을 주었다.

콱.

콱.

순간적으로 힘을 주어 칼날을 뽑아내기만 한다면 칼날을 잡고 있는 김동하의 손가락이 모두 잘려날 것이라고 생각한 박종훈이었다.

하지만 그의 생각과는 달리 김동하의 손에 잡힌 칼날은 수천 년동안 땅에 뿌리를 내린 거목처럼 전혀 움직이지 않았다. 차가운 표정으로 두 사내를 바라보던 김동하가 입을 열었다.

"몸에 생선의 비린내처럼 혈향이 배어 있는 놈들이구나. 오늘 이후 평생 사람구실 하며 살기는 어려울 것이다."

말을 마친 김동하가 이문식의 팔목을 잡고 있던 왼손을 위로 들어올렸다.

빠지직.

콰직.

이문식이 팔이 기묘한 방향으로 꺾이며 그의 오른손 팔뚝 관절이 부러져 나가는 섬뜩한 소리가 들렸다. 동시에 그의 부러진 팔의 뼛조각이 관절을 뚫고 위쪽으로 튀어나왔다. 피부를 뚫고 튀어나온 뼛조각은 새빨간 선혈이 묻은 살점이 붙어 있었지만 하얗게 빛나고 있었다.

"어, 어어어어."

이문식은 자신의 팔이 부러져 뼈가 튀어나오자 너무나 놀라서 입만 벌리고 몸을 떨었다.

김동하가 너무나 놀란 탓에 채 비명조차 지르지 못하고 있는 이문식의 목 아래를 손가락으로 눌러버렸다.

목의 혈을 제압하여 아예 비명을 지를 수도 없게 만들어 버린 것이다.

이문식의 팔을 부러트리고 아혈까지 제압한 김동하는 자신의 손에 잡힌 칼날을 빼기 위해 이마에 힘줄을 세우고 용을 쓰고 있는 박종훈을 내려다보았다.

박종훈의 시선이 김동하의 시선과 마주쳤다.

"어?"

박종훈의 입에서 살짝 놀라는 듯한 탄성이 흘렀다.

그 순간 김동하의 왼손이 그대로 박종훈의 정수리에 떨어졌다.

빠악—

콰직—

"캑."

순간 김동하의 왼손에 의해 박종훈의 두툼한 머리통이 목 아래로 푹 들어가는 느낌이 들었다.

원래 두툼했던 박종훈의 머리통과 목이 아예 그 경계가 없어진 듯 붙어버린 듯한 모양이었다. 김동하가 얼음장같이 차가운 시선으로 박종훈을 훑어보았다.

"천명을 회수하고 싶으나 네놈의 몸에 물든 혈향이 더러워 손을 대는 것도 싫구나."

말을 마친 김동하가 손에 잡힌 박종훈의 칼날을 와락 움켜쥐었다.

콰지지직—

김동하의 손에서 마치 비스킷이 부러지는 것 같은 소리가 들렸다. 동시에 잘게 부서진 박종훈의 칼이 은빛의 파편이 되어 아래로 떨어졌다. 박종훈은 김동하가 내려친 왼손에 의해 목의 뼈가 부러진 상태로 늘어져 있었다.

죽지는 않겠지만 두 번 다시 자신의 힘으로 손가락 하나 움직이기 힘들 것이다.

한편 승합차의 문을 열어놓고 한서영을 태우기를 기다리고 있던 월미도 작두라는 별명을 가진 최은석의 얼굴이 굳어졌다.

"이게 무슨⋯⋯."

최은석은 순식간에 벌어진 상황에 어리둥절한 표정으로 눈을 껌벅이고 있었다.

김동하가 그런 최은석의 앞으로 성큼 다가섰다.

"멀리 갔으면 귀찮을 뻔했는데 멀리가지 않아 다행이구나."

말을 마친 김동하가 최은석의 멱살을 거머쥐었다.

콰악—

최은석은 자신의 숨통이 콱 막히는 것 같은 기분을 느꼈다.

"커억."

최은석은 갑자기 벌어진 상황에 머리끝이 쭈뼛 섰다.

가게에서 김동하에게 손이 잡혔던 것과는 전혀 다른 느낌이었다. 김동하가 와락 최은석을 차 밖으로 당겼다.

콰직.

"크윽."

김동하가 최은석을 당기는 순간 최은석이 차 밖으로 딸려 나오며 그의 이마가 승합차의 윗부분에 부딪쳤다.

단번에 최은석의 이마가 찢어지며 그의 얼굴이 일그러졌다.

"끄응."

최은석은 강력한 김동하의 완력에 자신도 모르게 앓는 소리를 흘렸다.

"형님."

"혀, 형님."

최은석이 타고 있던 차 안에서 다급해 하는 일행들의 목소리가 들렸다.

자신들이 알고 있는 월미도 작두 최은석이 이렇게 누군가에게 한순간에 당할 사람이 아니었기 때문이다.

최은석을 차에서 끄집어낸 김동하가 버둥거리는 최은석의 얼굴을 코앞으로 당겼다.

"딱 한 번만 묻는다. 대답하지 않아도 좋아. 다른 자들의 입을 통해서 들어도 되니까 말이야."

차갑게 말하는 김동하의 눈이 시퍼렇게 타오르고 있었다. 최은석은 김동하의 시선과 마주치는 순간 온몸에 소름이 돋았다. 자신이 본 것은 사람의 눈이 아니라는 것을 직감했기 때문이었다.

"끄, 끄극."

최은석의 입에서 신음소리가 흘렀다.

이마가 찢어진 통증 때문도 아니었고 너무나 강한 완력에 멱살이 잡혀서도 아닌 죽음 앞에서 살아나기 위한 인간의 본능적인 신음소리였다.

그때 차에서 두 명의 양복차림의 사내들이 뛰어나왔다.

아까 가게에서 본 최은석의 일행들이었다.

"야, 그 손 못 놔?"

"이 새끼가 감히 누구를……."

사내들이 빠르게 김동하에게 다가왔다.

그때였다. 최은석은 자신의 몸이 그대로 헝겊인형처럼 들려지는 것을 느꼈다.

최은석은 178cm의 키에 체중이 80kg이 넘는 건장한 체격을 가지고 있었는데 그런 그의 몸이 마치 장난감 인형처럼 너무나 가볍게 들려버린 것이다.

최은석을 들어올린 김동하가 그의 몸을 가볍게 흔들었다. 순간 최은석의 몸이 허공에서 흔들리며 막 차에서 내려 다가오던 두 명의 양복차림 사내를 그대로 후려쳤다.

뻐버벅.

뻐벅.

"콰직."

털썩.

김동하의 손에 흔들린 최은석의 두 다리가 달려들던 부하들의 턱을 후려치면서 빙글 돌았다.

달려들던 두 사내는 최은석의 구둣발에 턱을 맞고 마치 헝겊조각처럼 그 자리에서 구겨졌다. 두 눈까지 하얗게 까뒤집고 있는 것으로 보아 엄청난 충격에 잠시 정신을 잃어버린 듯했다. 김동하의 완력이 얼마나 강했는지 휘둘렸던 최은석의 다리는 차에 맞아서 부러졌다. 최은석은 다리에서 느껴지는 지독한 통증에 몸을 떨었다.

"캑, 캑. 사, 살려⋯⋯."

최은석은 자신도 모르게 입으로 살려달라는 목소리를 뱉어냈다.

김동하가 최은석을 다시 자신의 앞으로 당겼다.

"좀 전에 말했던 대로 딱 한 번만 묻는다. 굳이 당신의 입을 통해서 듣고 싶은 생각도 없으니 말하지 않아도 좋아. 누가 시켰지?"

"끄으으응."

최은석의 입에서 대답 대신 신음소리가 흘러나왔다.

김동하가 머리를 끄덕였다.

"말하지 않겠다는 뜻으로 듣지. 당신은 남은 생을 벌레처럼 살게 될 거야. 두 다리와 두 손을 모두 쓸 수 없게 될 것이니까 말이야."

말을 마친 김동하가 손을 들어올렸다.

또다시 최은석의 몸이 지푸라기처럼 가볍게 들렸다.

그때였다. 최은석이 하얗게 질린 얼굴로 입을 열었다.

"이, 인천 태명회 박기출⋯ 회장이 지시한 일⋯입니다."

최은석은 김동하의 야수와 같은 눈빛을 보며 말하지 않는다면 자신이 죽을 수도 있음을 직감했다.

김동하의 미간이 좁혀졌다.

"박기출? 그가 누구지?"

김동하로서는 처음으로 듣는 이름이었다.

최은석이 대답했다.

"이, 인천 태명그룹 회장이 박기출입니다."

온몸이 땀으로 범벅이 된 최은석은 무서운 김동하의 손에서 벗어날 수만 있다면 뭐든지 대답할 심산이었다.

그때였다.

"뭐야? 싸움난 거야?"

"그, 그런 것 같은데?"

골목 안에서 벌어지고 있는 광경에 사람들이 멀찌감치 떨어져 술렁이는 소리가 김동하의 귓속으로 들어왔다.

김동하의 미간이 좁혀졌다.

"나머지 이야기는 잠시 후에 듣지."

말을 마친 김동하가 마치 걸레를 던지듯 최은석을 열린 승합차의 문 안쪽으로 집어던졌다.

휙.

콰당탕—

차 안으로 구겨지듯 처박힌 최은석의 입에서 앓는 소리가 흘러나왔다.

"끄으응."

이후 김동하는 나머지 사내들도 가볍게 들어서 차 안으로 던져 넣었다. 짐짝처럼 실린 사내들은 아예 미동도 하지 못하고 있었다.

김동하는 쓰러진 사내들 중 최은석의 발에 채여 정신을 잃은 사내 한 명을 깨웠다. 사내의 정수리를 가볍게 후려치자 사내는 마치 졸다가 잠에서 깬 것 같은 얼굴로 눈을 껌벅이며 깨어났다.

김동하가 사내를 보며 입을 열었다.

"인천으로 갈 것이니 안내해."

눈을 뜬 사내는 눈을 껌벅이며 주변상황을 파악하고 하얗게 질린 얼굴로 김동하를 바라보았다.

김동하가 입을 열었다.

"허튼수작 부리지 않는 게 좋을 거야. 운전을 대신할 자들은 또 있으니까 말이야."

김동하의 싸늘한 말투에 사내가 최은석의 발길에 걷어차여 얼얼한 자신의 턱을 손으로 만지며 더듬거리며 대답했다.

"아, 알겠습니다."

사내는 김동하가 그 무섭던 월미도 작두라는 최은석을 마치 장난감인형처럼 휘두르던 장면을 생생하게 기억하고 있었다. 사내가 운전을 하기 위해 차의 운전석으로 향하자 김동하가 한서영과 함께 승합차에 올랐다.

한서영은 아무 말도 하지 않았다.

단지 김동하가 무척 화가 났다는 것만 느끼고 있었다.

한서영과 함께 차에 오른 김동하는 구겨진 사내들로 인해 차 안이 협소하다는 것을 느끼며 이마를 찌푸렸다.

김동하가 잠시 구겨진 모습으로 차 안에 널브러진 사내들을 바라보다 이내 사내들을 들어서 차의 뒤쪽으로 던졌다.

사람의 목숨을 장난감처럼 취급하던 사내들이었기에 정상

적으로 대접할 생각이 없어진 김동하였다. 사내들은 마치 짐
짝처럼 승합차의 뒤쪽에 구겨진 채 포개어졌다.

김동하를 칼로 찔러 살해하려 했던 박종훈과 한서영을 강
제로 차에 태우려던 이문식을 비롯해 정신이 든 사내는 단
한 명도 없었다. 오직하나 월미도 작두 최은석만이 하얗게
질린 얼굴로 괴물같은 괴력을 보여주고 있는 김동하를 바라
볼 뿐이었다. 저런 괴물을 죽이려 했던 자신의 계획이 황당
하게 느껴질 정도였다.

차 안을 정리한 김동하가 한서영과 함께 나란히 앉았다. 운
전석에 앉은 사내가 겁에 질린 얼굴로 머리를 돌리며 입을
열었다.

"자, 작두 형님. 인천으로 돌아가도 되겠습니까?"

그래도 명색이 오늘 계획한 일을 주도했던 사람이 바로 월
미도 작두 최은석이었기에 그에게 묻는 것이었다.

최은석이 더듬거리며 대답했다.

"이, 이분이 시키는 대로 해."

"아, 알겠습니다."

부릉—

이내 시동이 다시 걸리면서 차가 출발했다. 승합차의 바닥
에 구겨진 모습으로 널브러져 있던 최은석은 일어날 힘도 없
었다. 김동하가 자신을 들어올려 휘두른 탓에 다리가 부러져
제대로 몸을 일으킬 수도 없는 상황이었고 차 안으로 던져지
며 팔이 단단한 차체와 부딪친 탓인지 팔도 쓸 수 없었다. 김
동하가 일으켜 세워 앉혀주면 좋겠지만 김동하에게 그런 부

탁을 할 담력도 없었다. 김동하 역시 최은석을 일으켜 세울 생각을 하지 않았다.

김동하가 바닥에 구겨진 채로 널브러진 최은석을 내려다보며 입을 열었다.

"자, 다시 묻는다. 이번에도 잘 대답해 주기를 바란."

"아, 알겠습니다."

최은석이 하얗게 질린 얼굴로 대답했다.

김동하가 물었다.

"당신이 말한 그 박기출이라는 자가 뭘 지시한 것이지?"

"박기출 회장의 지시는 두 가지였습니다. 끄응……."

말을 하려던 최은석이 자세가 불편했는지 몸을 비틀며 낮게 신음소리를 흘렸다. 그 모습을 바라보던 김동하가 최은석의 멱살을 잡고 당겨 올렸다.

순간 최은석은 또다시 자신의 몸이 장난감처럼 쉽게 김동하의 손에 의해 들리는 것을 느꼈다. 철이 들면서 30년 넘게 인천지역에서 건달생활로 잔뼈가 굵어진 최은석이었다. 그런 최은석이 처음으로 누군가에게 두려움을 갖기 시작했다.

그것도 단순한 두려움이 아닌 원초적인 본능까지 움츠러들게 만들 정도로 지독한 공포를 동반한 두려움이었다.

김동하가 최은석을 들어올려 그를 맞은편 좌석에 던지듯 앉혀놓았다.

"이 정도면 버틸 만할 거야."

"고, 고맙습니다."

최은석의 입에서 자신도 모르게 고맙다는 말이 흘러나왔

다. 운전을 하던 사내가 힐끗 백미러를 보며 뒤쪽의 상황을 살폈다. 그는 최은석의 심복으로 망치라는 별명을 가진 정일영이라는 사내였다.

정일영은 보스로 모시고 있는 월미도 작두 최은석이 지금과 같은 모습을 보이는 것은 처음으로 목격했다. 정일영이 마른침을 꿀꺽 삼키며 가만히 한숨을 불어냈다.

뒷좌석에 정신을 잃은 채 구겨진 동료들의 모습을 보며 하마터면 자신도 저 꼴이 될 뻔했다는 것에 전신에 오한이 느껴질 정도였다.

특히 머리가 목 아래로 함몰된 것 같은 모습으로 눈을 까뒤집고 있는 박종훈의 모습을 보며 자신이 마치 시체를 싣고 인천으로 돌아가는 듯한 느낌이 들 정도였다.

김동하는 불편한 자세로 인해 고통스러워하던 최은석을 바로 앉힌 후 다시 물었다.

"그 두 가지 지시가 뭔지 말해봐."

최은석이 대답했다.

"첫 번째는 김동하…….."

김동하의 이름을 언급하던 최은석이 힐끗 그의 표정을 살폈다. 최은석은 눈앞의 괴력의 사내가 김동하라는 것을 이미 알고 있었기에 김동하라는 이름을 언급하기가 약간 두려워진 것이다.

하지만 김동하는 전혀 표정의 변화가 없었다.

김동하가 담담한 얼굴로 입을 열었다.

"맞아, 내가 김동하라는 사람이야. 이미 알고 있다고 들었는데 괜찮으니 편하게 말해."

김동하의 눈치를 살피던 최은석이 다시 입을 열었다.

"첫 번째는 오늘밤 안으로 김동하라는 이름의 남자를 죽이라는 것이었습니다. 방법은 상관이 없다고 했습니다. 그래서 아까 가게에서 그런 식으로 일을 벌인 것이었습니다. 저놈이……."

최은석이 머리가 목 아래로 푹 들어간 채 정신을 잃은 박종훈을 떨리는 손으로 가리켰다.

"저놈이 우연히 가게에서 벌어진 소동을 이용해서 얼떨결에 그쪽을 살해하면 그 자리에서 자수해서 사건을 단순 과실치사로 몰고 갈 생각이었습니다. 저놈이 자수하면 박기출 회장이 변호사를 고용해서 집행유예를 받거나 그것이 여의치 않으면 최소한의 형량을 받기로 했습니다."

김동하가 다시 물었다.

"두 번째는?"

"그쪽을 살해하면 한서영이라는 여자를 데려오라고 했습니다. 털끝 하나 건드리지 말고 온전하게 데려오라고 하더군요."

그때 듣고 있던 한서영이 물었다.

"왜 나와 이 사람이 표적이 된 것이죠?"

"그게 박기출 회장이 누군가에게 청부를 받았다고 알고 있습니다."

최은석은 자신이 알고 있는 정보를 모두 털어놓았다.

한서영의 미간이 좁혀졌다.

"누군가 청부를 했다고요?"

최은석이 머리를 갸웃거리며 입을 열었다.

"저도 자세히는 알지 못하지만 동신그룹에서 누군가 박기출 회장을 찾아온 이후 곧장 박기출 회장이 태명회 조직을 소집했다고 들었습니다. 태명회는 박기출 회장이 개인적으로 운영하는 태명그룹 계열사 태명실업을 말하는 것입니다. 저도 태명실업의 영업부장으로 몸담고 있습니다."

한번 털어놓기로 작정한 최은석은 굳이 말하지 않아도 될 것까지 전부 털어놓고 있었다.

그는 두 번 다시 김동하의 질문을 받기 싫었기에 나중에 물어볼지도 모를 것까지 모두 털어놓을 생각이었다.

순간 한서영의 얼굴이 굳어졌다. 동신그룹이라면 한서영에게는 오직 한 명의 이름만 머릿속에 떠오를 뿐이었다. 세영대학병원의 선배인 최태영에게 들었던 동신그룹 기획조정실장 박영진이었다.

그가 자신에게 관심을 가지고 있다는 것은 최태영을 통해 들었지만 자신은 전혀 관심도 없었다. 하지만 박영진이 이 일을 사주했다고는 믿어지지 않았다.

한서영이 최은석을 보며 물었다.

"그 동신그룹에서 찾아온 사람이 누군지는 모르나요?"

최은석이 대답했다.

"젊은 사람이고 동신그룹에서 높은 자리에 있는 사람이라고만 들었습니다."

김동하가 한서영을 보며 물었다.

"뭔가 짚이는 것이 있습니까?"

김동하는 한서영이 동신그룹이라는 말에 반응하자 한서영의 얼굴을 바라보았다.

"아까 가게에서 만났던 병원의 최선배에게 들었던 것이 있어."

"그게 뭡니까?"

"동신그룹의 기획조정실장이라는 사람이 나에게 관심을 가지고 있다고 들었어. 그 사람과는 예전에 병원에서 환자와 의사로 한번 만났을 뿐이야."

"그래요?"

김동하는 몰랐던 것을 알았다는 얼굴로 한서영을 바라보았다. 자신의 아내가 될 한서영을 다른 누군가가 좋아하고 있었다는 것이 묘한 느낌으로 다가왔다.

한서영이 김동하를 보며 입을 열었다.

"그 사람이 누군지 동하도 알 거야."

한서영의 말에 김동하의 표정이 굳어졌다.

전혀 영문을 모르는 말이었기 때문이었다.

"제가 알고 있는 사람이란 말입니까?"

"전에 우리가 토마스 레이얼 회장을 치료하기 위해 미국으로 떠날 때 공항에서 윤태성 회장과 말다툼을 벌렸던 사람이 바로 그 사람이야. 그때 쌍둥이들과 함께 미국까지 동행했던 윤소정씨의 전남편이 바로 그 사람이지."

"아!"

김동하의 입이 살짝 벌어졌다.

그제야 김동하의 머릿속에 그날 공항에서 만났던 박영진이 얼굴이 떠올랐다. 입술이 얇아 냉혹하고 눈빛이 매섭게 느껴지던 인상의 사내였다. 그런 사내가 아내가 될 한서영에게 관심을 가지고 있었다는 것이 우습게 느껴졌다. 그것을 이유로 이런 일을 사주했을 것이라고는 생각되지 않았다.

모든 것은 이번 일을 지시한 태명그룹의 박기출 회장이라는 사람을 만나면 알 수 있을 것이라고 생각했다.

김동하가 최은석을 바라보며 물었다.

"그럼 그 박기출이라는 사람이 지금 인천에서 당신이 한서영씨를 데려오길 기다리고 있겠군?"

"그렇습니다."

"그럼 그자가 있는 곳으로 가는 것이 순서겠지?"

최은석이 머리를 끄덕였다.

"제가 모셔다 드리도록 하겠습니다."

최은석은 김동하를 박기출 회장의 앞에 데려다 주고 자신은 아예 인천을 떠날 생각이었다. 두 번 다시 김동하라는 괴물과 마주치기 싫었기 때문이었다.

김동하가 최은석을 바라보며 입을 열었다.

"당신은 아마 이제 다시는 그 다리로 멀쩡하게 걷기는 힘들 거야. 고쳐줄 수도 있지만 지금까지 당신이 지은 죄의 삯이라고 생각하고 죗값을 치러. 애초에 마음먹은 대로라면 당신도 저자들과 같은 꼴로 만들어 놓아야 하지만 사실대로 말해 준 것에 대한 보답으로 이 정도로 그치지."

최은석이 머리를 숙였다.

"감사합니다. 몸을 추스르는 대로 조직을 떠날 생각입니다."

최은석은 김동하가 자신을 살려주는 것만으로도 너무나 감사한 마음이었다. 그는 고향인 월미도로 돌아가 아예 작은 가게를 열고 장사나 하면서 살 생각이었다. 몸이 불편해도 좋고 불구여도 좋지만 죽는다면 그 모든 것이 허사가 되기 때문이었다.

부우우우우웅――

차는 빠르게 인천으로 향하고 있었고 차 안에는 냉랭한 한기가 돌았다. 이내 차가 인천으로 접어들었다.

운전석 앞쪽에서 깜박이고 있는 시계의 디지털 숫자가 막 9시 40분을 넘어갔다.

춘몽(春夢)

"좀 더 힘 있게 주물러 보거라."

약간 쉰 듯한 목소리가 울리는 방 안은 미묘한 열기가 흐르고 있었다. 가슴골이 훤히 드러난 민망한 옷을 입은 젊은 여인이 머리를 들어 푹신한 안락의자에 몸을 뉘고 있는 초로의 남자를 바라보았다.

"알겠습니다."

짧게 대답하는 여자의 얼굴에 약간 피곤해 하는 표정이 떠올라 있었다. 긴 머리칼이 귀 옆으로 흘러내려 여자의 얼굴을 살짝 가렸다

여자의 코끝엔 땀방울이 송골송골 맺혀 있었다. 그때 문이

열리며 양복차림의 건장한 사내가 방으로 들어섰다.

"최부장으로부터 곧 도착할 것이라는 연락이 왔습니다."

사내의 말에 안락의자에 몸을 뉘고 있던 사내가 눈을 떴다. 태명그룹의 회장 박기출이었다.

박기출은 자신의 지시로 서울로 향했던 태명실업 영업부장 최은석과 부하들이 김동하를 처리하고 한서영을 데리고 돌아오기를 기다리고 있는 중이었다.

편하게 안락의자에 누워 젊은 여자의 안마를 받던 박기출이 방금 방으로 들어온 사내를 올려다 보았다.

"그 한서영이라는 여자는 어찌 되었느냐?"

박기출은 김동하라는 이름은 묻지도 않았다.

최은석이 돌아온다면 이미 모든 상황은 자신이 예측한 대로 끝났다는 것을 의미하기 때문이다.

사내가 대답했다.

"같이 오고 있는 중이라고 했습니다."

"그래."

여자의 안마를 받던 박기출이 몸을 일으켰다. 그제야 안마를 하던 젊은 여자가 몸을 일으키며 뒤로 물러섰다.

젊은 여자가 입고 있는 옷은 전형적인 한국의 여자들이 입는 옷과는 약간 달랐다.

하반신의 절반이 그대로 드러나는 중국풍의 치파오와 비슷한 옷을 입고 있었다.

정려화라는 이름을 가진 여자는 몇 달 전 중국에서 한국으로 입국한 조선족 여인이었다. 그런 그녀가 이곳에 머물게

된 것은 박기출이 태명회의 간부들과 회식을 하기 위해 우연하게 들렀던 술집에서 그의 눈에 띄었기 때문이었다. 60대의 나이가 무색할 정도로 여색을 좋아하는 박기출은 자신의 술시중을 들기 위해 들어온 여자가 마음에 들었는지 술집에서 빼내어 여자를 아예 이곳에 머물게 만들었다.

여자로서는 술집에서 일하는 것보다는 이곳에서 박기출의 시중을 들며 생활하는 것이 훨씬 편하고 수입도 많았기에 마다하지 않았다.

중국에서 가난하게 살고 있는 남편과 자식들에게 돈을 보내주기 위해 한국으로 왔지만 매일 술에 취해서 집으로 돌아가야 하는 일상이 힘들었던 탓도 있었다.

박기출이 정려화를 보며 입을 열었다.

"곧 박부장이 손님과 함께 올게다. 려화 넌 나가서 손님방을 치워 놓거라."

박기출의 말에 정려화가 머리를 숙였다.

"네, 회장님."

머리를 살짝 숙인 정려화가 이내 한쪽에 벗어놓은 자신의 윗옷을 챙겨서 방을 나갔다.

속눈썹이 긴 정려화의 눈에 이제야 고역에서 벗어났다는 안도 섞인 표정이 떠올랐다 지워졌다.

박기출이 안락의자에서 몸을 일으키며 입을 열었다.

"박부장은 지금 어디라고 하더냐?"

"인천으로 들어왔다고 했습니다, 곧 도착할 겁니다."

"그래."

박기출이 흡족한 표정을 지었다. 말 그대로 모든 것이 자신이 원하는 뜻대로 되고 있었기에 무척이나 흡족한 기분이었다. 박영진의 제의를 받고 수락한 뒤에 박기출은 자신과 태명그룹에게 엄청난 행운이 넝쿨째 떨어진 그 기분을 잊지 못해 이곳으로 태명회의 간부들 전원을 소집했다. 이제 태명그룹은 더 이상 인천을 기반으로 한 작은 기업이 아니다.

대한민국 재계서열 10위권에 드는 동신그룹과 손을 잡고 전국구 기반의 대기업으로 성장할 수 있는 발판을 만든 것이나 마찬가지다. 더구나 자신으로서는 호되게 당한 기억 탓에 기를 펴지 못했던 부산의 부영회 회장 해진으로부터 뉴월드파의 양재득 사장이 운영하던 한신용역이 차지하고 있던 권리까지 넘겨받았다. 그야말로 모든 행운이 한꺼번에 자신에게 몰리는 것 같은 느낌까지 들었다.

그러던 차에 동신그룹의 실세 중의 실세인 박영진까지 찾아와 같은 제의를 했으니 박기출은 하늘이 자신을 보살펴 준다고 여겼다.

평소에 언론과 방송에서 언급되는 대한민국 대기업 총수들의 근황을 보며 나름 부러워하던 박기출은 자신도 그들과 같은 반열에 오를 수 있는 기반이 만들어진 것 같아 흥분된 마음을 가라앉히지 못할 정도였다. 그 때문에 아예 이곳 연수동 안가에서 태명회의 간부들과 자축을 하려고 회합을 명령한 것이었다.

이제 곧 태명실업의 최은석 부장이 한서영을 데리고 도착한다면 모든 것은 끝이 난다고 생각했기에 저절로 기분이 좋

아졌다. 박기출이 흡족한 표정으로 문 밖을 턱으로 가리키며
물었다.

"밖에는 뭣들 하고 있나?"

사내가 싱긋 웃었다.

"모두 아까 회장님께서 말씀해 주신 것 때문에 신이 났습니
다."

"허허 그래."

박기출이 메기처럼 두툼한 입술을 벌쭉 벌리며 웃었다.

동신그룹의 박영진 실장과의 합의가 제대로 이행된다면 태
명그룹은 자연스럽게 서울지역으로 진출하게 될 것이다. 그
럴 경우 태명회의 간부들 모두를 승진시켜 명실공히 대기업
의 중역이 되리라 장담되었다.

태명실업이라는 작은 규모의 용역전문 회사에서 명색이 회
사원이라는 이름만 걸고 있었던 태명회의 간부들에겐 엄청
난 희소식이 아닐 수가 없었다. 그들로서는 처음으로 밤의
세상에서 낮의 세상으로 나가는 기회를 얻는 것이기 때문이
었다.

인천과 경기지역에 흩어져 나름 자신들의 세력을 만들어
생활해 오던 태명회의 간부들과는 달리 뒷골목 기반이라고
는 단 1%도 없었다고 할 수 있는 박기출이 이합집산처럼 흩
어져 있던 세력을 하나로 모을 수 있었던 것은 그가 가진 자
금력 덕분이었다.

그런 박기출이 또다시 엄청난 당근을 안겨주자 태명회의
간부들은 박기출이 죽으라고 지시하면 죽는 시늉까지 할 정

도로 심복이 되어 버렸다.

"우전무도 이젠 전무에서 승진해 사장이 되어야 할 때가 되었지?"

박기출이 자신의 앞에 서 있는 사내를 올려다보며 부드럽게 웃었다. 우전무라고 불린 사내는 태명실업을 실질적으로 관리하는 우한섭이라는 사내였다.

태명실업의 대표이사는 박기출의 아들인 박강식으로 등재되어 있지만 실제로 박강식이 태명실업의 모든 업무를 관장하지 않았다. 말 그대로 이름만 태명실업의 대표이사로 등재되어 있을 뿐인 허수아비 사장이었다.

나름 태명그룹의 그룹편재를 수월하게 하기 위해 자신의 아들을 대표이사로 선임해 놓은 박기출이었다.

우한섭이 머리를 숙였다.

"최선을 다해 회장님을 모시겠습니다."

"허허 그래."

박기출이 의자에서 몸을 일으켰다. 170cm가 되지 않는 작은 키에 비대할 정도로 몸집이 큰 박기출은 바늘로 콕 찌르면 터질 것 같은 풍선 같은 체형을 지니고 있었다.

박기출이 몸을 일으키자 우한섭이 한쪽으로 비켜섰다.

"나가지."

"예."

박기출이 문 쪽으로 걸음을 옮겼다.

문을 열고 밖으로 나가자 술자리가 한창이었다.

거실에 놓인 넓은 테이블에는 양주를 비롯해 각종 술이 있

었고 푸짐하게 안주까지 만들어져 있었다.

테이블 주변으로 약 20여 명의 양복차림의 사내들이 환한 얼굴로 술을 마시며 대화를 나누었다.

모두의 얼굴이 술을 마신 탓에 조금 붉어져 있었다.

몇 명의 사내들은 와이셔츠차림으로 안주를 날랐다.

테이블에 놓인 안주는 안가의 근처 상가 야식코너에서 주문한 게 대부분이었다.

방에서 안마를 받고 있었던 박기출은 문 밖에 이런 상황이 벌어지고 있다는 것을 알고 있었다. 하지만 자신이 있으면 술자리에 방해가 될 뿐이기에 전혀 술자리에 관여하지 않았다. 더구나 기쁜 소식을 전해주었고 사내들에게 이런 자리를 베풀어 줄 정도로 자신의 대범함을 과시하고 싶은 생각도 있었다. 그런 박기출의 마음을 이미 짐작하고 있었는지 술을 마시는 사내들도 과하게 떠들거나 소란을 피우지 않고 조용히 술만 마시고 있었을 뿐이었다. 박기출이 우한섭과 함께 방에서 나서자 술을 마시고 있던 사내들이 모두 급하게 자리에서 일어섰다.

"회장님 나오셨습니까?"

"회장님."

사내들은 거실이 쩌렁할 정도로 인사를 했다.

박기출이 머리를 끄덕이며 웃었다.

"허허 기분들이 좋은 모양이군?"

박기출은 태명회의 간부들이 자신을 깍듯하게 보스로 모시는 것이 기분 좋았다. 박기출이 테이블의 상좌에 비워진 의

자로 다가가자 우한섭에 재빨리 의자를 뒤로 빼내었다. 비대한 체격의 박기출이 의자에 앉자 우한섭이 의자를 밀어놓고 박기출의 옆자리에 앉았다.

박기출이 테이블 위를 바라보며 입을 열었다.

"쯧, 오랜만에 태명회 전체 간부회합인데 안주가 이게 뭔가?"

옆자리에 앉은 우한섭이 살짝 이마를 숙였다.

"이것만으로도 충분합니다 회장님."

"돈 걱정은 하지 말고 먹고 싶은 것이 있으면 얼마든지 시켜서 먹게. 이제 앞으로 우리 태명그룹의 중역들이 될 사람들인데 이런 것으로 양이 차겠나?"

박기출의 말에 우한섭이 웃었다.

"그렇지 않아도 수산시장의 최사장에게 부탁해서 회를 가져오라고 부탁했습니다. 곧 도착할 것입니다."

박기출이 머리를 끄덕였다.

"그래 그렇게라도 해서 오늘밤은 실컷 한잔하는 게 좋겠지."

그때 박기출의 왼편에 앉아 있던 건장한 체격의 사내가 약간 허리를 굽히고 잔 하나를 앞으로 내밀었다.

"회장님, 제가 술 한잔 권해 올리겠습니다."

박기출이 건장한 체격의 사내를 바라보았다.

"오, 장부장인가?"

"예, 회장님."

박기출에게 술을 권하는 사내는 태명실업의 진행부장 장웅

이었다. 장웅은 태명실업에서 추진하는 업무의 설계를 전담하는 자였다. 프로젝트가 주어지면 어떻게 일을 시작하고 어떻게 마무리 하는 것인지를 전체적으로 설계하여 직원들에게 분담시키는 역할이었다.

박기출이 흐뭇한 표정으로 그가 건네는 술잔을 받았다.

쪼르르르르.

술잔에 갈색의 액체가 채워지고 있었다. 술잔에 잔을 채운 장웅이 술병을 내려놓자 박기출이 입을 열었다.

"이제 장부장도 이사나 상무로 승진해야 하겠지? 만년 부장만 할 수는 없을 테니까 말이야, 허허."

장웅이 싱긋 웃었다.

"감사합니다 회장님."

"허허 그래."

쭈욱—

박기출이 단숨에 술을 마시고 자신이 마신 잔을 그대로 장웅에게 건넸다.

"자, 받게."

"예, 회장님."

장웅이 두 손으로 박기출이 건네는 잔을 받아 들었다.

쪼르르르르르.

또다시 빈 잔에 갈색의 액체가 채워졌다.

박기출은 태명회의 간부들이 순서대로 돌아와 건네는 술잔을 마다하지 않고 받았다.

이렇게 기분 좋은 술자리는 처음인 것처럼 호탕한 웃음과

덕담으로 술자리의 화기애애한 분위기를 이끌었다.

기분 좋은 술자리가 이어지고 있었다.

부우우우우웅—

연수동의 좁은 골목길로 들어선 검은 승합차가 검은색의 쇠창살로 입구가 막힌 저택 앞에 멈춰 섰다.

"여깁니다."

최은석이 이마에 식은땀을 흘리며 굳게 닫힌 철문을 가리켰다. 안쪽을 훤히 살필 수 있는 쇠창살로 막힌 저택은 상당히 넓었다. 어둠 속이지만 환하게 불이 밝혀진 저택 안쪽의 정원이 보였고 정원의 한쪽에 십여 대의 승용차들이 세워져 있었다. 한눈에 보아도 평범한 사람이라면 엄두도 나지 않을 것 같은 대저택이었다. 300평이 넘을 것 같은 넓은 마당에는 잔디가 보였고 잔디의 한가운데 저택으로 이어진 돌 디딤판이 놓여 있었다.

김동하와 한서영이 저택의 안쪽을 살펴보았다. 어둠 속에서 환하게 불이 밝혀져 있는 저택에서 웃음소리가 흘러나왔다.

"여기에 그자가 있단 말이지?"

김동하가 물었다. 최은석이 대답했다.

"예, 이곳은 태명회의 간부들이 모임을 하거나 아니면 박기출 회장이 중요한 손님들을 데려와 회합을 하는 곳입니다."

한서영이 물었다.

"이곳이 그 박기출 회장이라는 사람의 집이 아닌가요?"

최은석이 머리를 흔들었다.

"집은 아닙니다. 이곳에 상주하는 사람이 있긴 하지만 박기출 회장은 여기에 살지 않습니다."

"그래요?"

한서영은 이런 대저택이 박기출 회장의 집이 아니라는 것에 살짝 놀라는 표정을 지었다. 이 정도 집이라면 한눈에 보아도 수십억원이 넘을 것 같은 대저택이다.

이런 집이 본가가 아니라 하니 박기출 회장이라는 사람이 무엇을 하는 사람인지 알고 싶어졌다.

최은석이 입을 열었다.

"박기출 회장은 선천적으로 겁이 많은 사람입니다. 이런 노출된 대저택은 박기출 회장에겐 오히려 불안한 곳이라고 할 수 있습니다. 상주하는 경비원을 둔다고 해도 주변의 눈이 있으니 오히려 박기출 회장에겐 부담이 되니까요."

"이곳이 왜 불안한 곳이죠?"

한서영은 박기출이 불안해서 이곳에서 살지 않는다는 말에 어리둥절한 표정을 지었다.

"박기출 회장에겐 이해관계가 얽힌 사람들이 많습니다. 태명회의 일도 그렇지만 태명그룹의 비즈니스에도 고약한 일을 많이 저질러 박기출 회장에게 원한을 품은 사람들이 많습니다. 그 때문에 이렇게 노출된 저택은 그의 신변보안상 불안한 요소가 많은 곳이라고 할 수 있습니다."

한서영이 이마를 찌푸렸다.

"평소에 얼마나 다른 사람들에게 해코지를 많이 했으면 발 뻗고 편하게 쉴 수 있는 집도 불안해야 하나요?"

한서영의 말에 최은석이 씁쓸하게 웃었다.

최은석은 김동하가 자신을 들어 휘두른 탓에 두 다리와 팔이 부러져 꼼짝을 할 수가 없는 상황이었다.

김동하가 최은석을 보며 입을 열었다.

"그럼 안으로 들어가지."

"알겠습니다."

최은석이 대답을 하곤 운전석에 앉은 정일영을 바라보며 입을 열었다.

"안에 연락해."

"예, 형님."

정일영이 머리를 숙인 후 품에서 전화기를 꺼내어 들었다. 이내 누군가와 몇 마디 통화를 하고 전화를 끊는 순간 닫혀 있던 철문의 잠금장치가 풀어지며 문이 열리기 시작했다.

덜컹—

끼이이이이—

문이 열리자 승합차가 천천히 저택으로 들어섰다.

차가 완전히 안으로 들어서자 다시 철문이 닫혔다.

저택으로 들어선 승합차는 천천히 움직이며 한쪽에 주차되어 있는 승용차들이 있는 곳으로 굴러갔다.

이내 차가 저택 주차장 한쪽에 완전히 멈추어 섰다.

끼익.

차가 멈추자 운전을 해 왔던 정일영이 뒤를 돌아보았다. 정

일영이 창백한 얼굴로 눈을 감고 있는 최은석을 바라보다가 다시 김동하에게 시선을 던졌다.

이제 어떻게 해야 할지를 묻는 시선이었다.

김동하는 최은석을 바라보다 입맛을 다셨다.

자신과 한서영을 저택 안으로 안내해야 할 최은석이 두 다리를 움직이지 못하고 어깨까지 박살 난 상황이었기에 최은석 없이 들어가야 할 판이었다.

김동하가 정일영을 바라보며 입을 열었다.

"당신이 안으로 안내해."

김동하의 말에 정일영이 굳은 얼굴로 대답했다.

"아, 알겠습니다."

"우리 두 사람을 그 박기출이라는 자에게 안내만 해주면 돼. 나머지는 우리가 알아서 할 것이니까."

"예."

정일영은 나이도 어려보이는 김동하가 마치 귀신을 대하는 것처럼 두렵기만 했다. 그의 손에 거구의 최은석이 마치 헝겊인형처럼 흔들리는 것을 두 눈으로 지켜보았다.

이때까지 뒷골목 건달로 살아왔던 정일영에게는 너무나 무섭고 두려운 장면이었다.

정일영이 먼저 차에서 내리고 이어 김동하와 한서영도 차에서 내려섰다. 세 사람이 차에서 내리자 저택의 현관 쪽에서 누군가 걸어 나왔다.

"최부장님, 회장님께서 기다리시니까 빨리 데려오라고 합니다."

저택에서 최은석보다 직위가 낮은 누군가 심부름을 나온 모양이었다. 정일영이 김동하와 한서영을 돌아보며 머리를 끄덕였다.

"안에서는 김동하씨를 형님, 아니 최부장님으로 오해를 하고 있는 것 같습니다."

김동하가 머리를 끄덕였다.

"갑시다."

"예."

김동하가 처음으로 정일영에게 말을 높이자 정일영이 눈을 껌벅이다 황급히 머리를 숙였다. 세 사람이 저택의 문 쪽으로 향했다. 문 앞에 나와 소리친 사람은 할 일을 마친 것인지 이내 안으로 들어가 버렸다.

정일영을 앞세운 김동하와 한서영이 저택의 문 앞에 도착했다. 안쪽에서 희미하게 누군가 호탕하게 웃는 소리가 들렸다. 뒤이어 왁자지껄한 웃음소리가 이어졌다.

"재미있는 일이 있는 모양이군."

나직한 김동하의 중얼거림은 엄동의 날씨처럼 차갑게 가라앉아 있었다.

"도착했습니다. 곧 최부장님이 데리고 들어올 겁니다."

조금 전에 밖으로 나갔다가 들어온 사내가 박기출의 앞에서 머리를 숙이며 입을 열었다.

박기출이 싱긋 웃었다.

"허허 역시 최부장은 일 하나는 깔끔하게 처리한단 말이

야. 마음에 들어."

박기출은 자신이 시킨 일이라며 언제든 깔끔하게 처리해 왔던 최은석이 마음에 들었다.

우한섭이 박기출을 바라보며 입을 열었다.

"동신그룹의 그 젊은 실장이라는 사람이 회장님께 그런 조건까지 걸면서 데려오라고 한 한서영이라는 여자가 도대체 어떤 여자인지 궁금합니다."

우한섭의 말에 박기출이 웃었다.

"나도 궁금해. 근데 사진을 보니까 정말 예쁘게 생겼더군."

박기출은 회사의 자신의 집무실 책상 서랍 속에 넣어 두었던 한서영의 사진이 다시 머리에 떠올랐다.

김동하의 얼굴은 기억도 나지 않을 정도로 쉽게 잊어버렸지만 한서영은 기억 속에 또렷하게 남아 있었다.

우한섭이 물었다.

"정말 그렇게 예뻤습니까?"

박기출이 씨익 웃었다.

"허허 우전무도 많이 궁금한가 보군?"

"동신이라는 초거대 기업의 실력자가 회장님께 그런 제안을 하면서까지 데려오라고 한 것을 보면 궁금하지 않을 수가 없지요."

"하긴. 나도 실물로 보진 못했지만 동신의 차기 후계자가 그런 제안을 할 정도로 소중하게 생각하는 여자라면 보통은 아닐 거라고 생각해."

그때였다.

철컥.

현관에서 문이 열리는 소리와 함께 정일영이 먼저 안으로 들어섰다. 뒤이어 늘씬한 체구의 여자와 함께 단단해 보이는 체격의 남자가 함께 안으로 들어서고 있었다.

"허허 최부장 수고했… 응?"

얼굴에 가득 미소를 머금고 말을 하던 박기출의 얼굴이 굳어졌다. 그의 눈에 처음 보는 사내와 여인이 서 있는 것이 들어왔다.

박기출이 눈을 껌벅이며 김동하와 한서영을 바라보다가 먼저 들어온 정일영을 보며 물었다.

"최부장은 어디 있나? 왜 안 들어와?"

정일영이 힐끔 김동하의 눈치를 살피다 입을 열었다.

"최부장님은 차에 있습니다. 들어올 상황이 아니라서……."

"뭐?"

박기출의 얼굴이 굳어졌다.

"무슨 소리야? 왜 들어올 상황이 아니라는 거지? 회장님이 기다리고 계시는 것 안 보여?"

우한섭이 미간을 찌푸리며 말했다.

정일영이 더듬거리며 대답했다.

"지, 지금 최부장님이 좀 다치셔가지고 걷지를 못하십니다."

"뭐야?"

벌떡.

우한섭이 자리에서 벌떡 일어섰다.

그때 박기출이 손을 내밀며 우한섭을 말렸다.

"우전무. 잠깐 기다려봐."

"예, 회장님."

우한섭이 머리를 숙이며 다시 의자에 앉았다.

박기출이 거실의 말석에 앉은 태명회의 간부를 보며 입을 열었다.

"몇 명이 나가서 최부장 데리고 들어와."

"예."

"예."

세 명의 사내들이 뒷자리에서 일어나 급하게 거실을 빠져나갔다. 김동하는 사내들이 자신의 등 뒤로 돌아서 밖으로 나가는 것을 전혀 말리지 않았다. 자신의 지시로 사내들이 밖으로 나가자 박기출이 머리만 돌려 김동하와 한서영을 바라보다가 그의 눈이 한서영의 얼굴에 빤히 고정되었다.

"그쪽이 한서영이라는 아가씬가?"

한서영이 차가운 시선으로 박기출을 바라보며 입을 열었다.

"누가 나를 이곳으로 데려오라고 했는지 알고 싶어서 여기까지 찾아왔어요. 그 사람 이름을 말해주세요."

한서영의 말에 박기출이 입을 벌렸다.

"허허 참 대담한 아가씨군 그래. 그리고 확실히 놀라워."

박기출은 한서영의 너무나 아름다운 미모를 보며 동신그룹의 박영진이 자신에게 그런 제안을 할 만했다는 생각이 들었

다. 우한섭 역시 놀란 얼굴로 한서영을 바라보고 있었다. 그
역시 지금까지 살아오면서 한서영과 같은 아름다운 미모의
여인은 처음이었다. 밤거리의 술집에서 수없이 보아왔던 여
자들과는 달리 한서영은 미모와 함께 단아하면서 고아한 분
위기까지 풍기고 있었다.

"기가 막히는군."

박기출은 한서영과 함께 서 있는 김동하를 보며 이마를 찌
푸렸다.

"자넨 누군가? 최부장이 새로 뽑은 신입직원인가?"

한눈에 보아도 건장한 체격에 다부진 몸집을 가지고 있는
김동하였다. 박기출은 한서영과 함께 서 있는 김동하가 자신
이 최은석에게 죽이라고 지시했던 김동하라는 것을 짐작조
차 하지 못했다. 한서영을 데려왔다면 김동하는 죽었을 것이
뻔했기 때문이었다.

김동하가 박기출을 바라보며 입을 열었다.

"당신이 박기출이라는 사람인가 보군?"

"뭐?"

박기출은 어려 보이는 김동하가 대뜸 자신의 이름을 불러
대자 어이가 없다는 표정을 지었다.

"한쪽에 앉아 있던 우한섭이 눈을 매섭게 치켜떴다.

"너 누구냐? 누구 밑에서 일해?"

우한섭 역시 김동하가 최은석이 새로 뽑아서 데리고 있는
태명회의 신입직원이라고 생각했다.

위아래도 몰라볼 정도의 이런 애송이를 데려온 부하가 누

군지 알기만 하면 단번에 혼쭐낼 심산이었다.

우한섭의 눈빛이 날카롭게 변하자 김동하가 그를 물끄러미 바라보았다.

"뱀 같은 자로군?"

"뭐야? 뭐 이런 놈이 있어? 너 여기가 어딘 줄 알아?"

우한섭이 벌떡 일어섰다. 그때 박기출의 앞쪽 거실의 입구 부근 의자에 앉아 있던 사내가 벌떡 일어섰다.

"뭐 이런 놈이 다 있어?"

자리를 박차고 일어난 사내는 태명실업의 진행부장인 장웅이었다. 장웅은 박기출 회장과 전무인 우한섭에게 함부로 말하는 김동하를 단번에 박살내려는 듯 얼굴이 험악하게 일그러져 있었다.

김동하가 말없이 장웅을 바라보았다. 장웅은 윗도리를 벗은 와이셔츠 차림이었고 소매를 걷고 있어 팔에 새긴 그의 문신이 훤하게 드러났다. 그때였다.

와당탕.

현관의 문이 열리면서 세 명의 사내가 걸음을 걷지 못하는 최은석을 부축해서 안으로 들어섰다.

"회, 회장님."

최은석을 부축하고 있던 사내가 놀란 얼굴로 박기출을 바라보았다. 순간 박기출의 얼굴이 굳어졌다.

"이게 뭐냐?"

"최부장입니다. 회장님."

"뭐?"

박기출의 입이 벌어졌다.

　"최부장뿐만 아니라 차에 최부장이 데려간 직원들이 모두 팔다리가 부러진 채 실려 있습니다. 근데 상태가 모두 심각해 보입니다."

　사내의 말에 박기출이 멍한 얼굴로 눈을 꼭 감고 부축을 받은 채 서 있는 최은석을 바라보았다. 박기출이 김동하와 한서영을 데려온 정일영을 보며 물었다.

　"최부장이 왜 이렇게 되었어? 누가 이렇게 만든 거냐?"

　정일영이 힐끗 김동하를 바라보았다.

　김동하가 담담한 얼굴로 입을 열었다.

　"내가 그렇게 만들어 놓았지. 뭐 죽지는 않을 거야. 다만 다시는 예전처럼 살지는 못하겠지만."

　그 말에 박기출이 멍한 얼굴로 김동하를 바라보았다.

　"너 누구냐?"

　박기출은 이제야 김동하가 태명실업소속의 직원이 아니라는 것을 깨달았다.

　김동하가 힐끗 최은석을 바라보다 시선을 돌렸다.

　"당신이 저자를 시켜 나를 죽이라는 지시를 내렸다고 들었는데……."

　"뭐?"

　박기출의 입이 쩍 벌어졌다.

　우한섭도 놀란 얼굴로 김동하를 바라보았다.

　김동하에게 바짝 다가서 있던 장웅도 놀란 얼굴로 한걸음 물러서며 김동하를 다시 바라보았다. 박기출이 눈을 껌벅이

며 김동하를 바라보다 이내 머리를 끄덕였다.

"그렇군. 한서영이라는 아가씨와 함께 사진으로 보았던 김동하라는 놈이 자네군 그래."

"맞아, 내가 김동하라는 사람이야. 당신의 지시로 이자가 나를 죽이려 했다가 실패했는데, 난 날 죽이라고 지시한 사람이 누군지 궁금해서 직접 여길 찾아온 거야."

김동하의 말에 박기출이 잠시 멍한 표정으로 김동하를 바라보다가 이내 입을 쩍 벌리고 웃었다.

"하하하 내 살다살다 이렇게 간덩이가 큰 친구는 처음 보는군 그래. 호랑이 간을 삶아먹어도 너처럼 배짱이 좋은 놈은 처음 본다. 부탁만 아니라면 내 밑에서 키어 볼 놈 같은데 참 아깝게 되었네 허허허."

박기출은 호랑이 소굴 같은 이곳에 들어와서도 전혀 기가 죽지 않은 것 같은 김동하를 보며 자신도 모르게 웃음이 터졌다.

박기출이 우한섭을 바라보며 웃으면서 입을 열었다.

"하하 우전무. 이 친구 배짱한번 그럴듯하지 않나?"

박기출의 말에 우한섭도 어이가 없는 것인지 실소를 머금었다.

"허허 확실히 그렇긴 하네요. 어린놈인 것 같은데 배짱 하나는 정말 좋은 것 같습니다."

박기출 회장이 빙긋 웃으며 입을 열었다.

"이런 배짱을 가진 놈들이 내 밑에도 있었다면 정말 물건으로 한번 키워볼 수도 있었을 텐데 말이야. 하지만 애송이가 너무 철이 없는 것 같군 그래. 우전무, 이 친구를 지금 당장 내 눈앞에서 치우게."

박기출이 혀를 차며 살짝 머리를 흔들었다.

김동하가 빙긋 웃었다.

"쉽진 않을 거야. 특히 박기출 당신의 입을 통해 듣고 싶은 이야기가 많아."

김동하의 차가운 시선이 박기출의 얼굴을 쏘아보았다.

박기출이 피식 웃으며 머리를 돌렸다. 김동하의 입에서 또 다시 회장의 이름이 흘러나오자 우한섭이 어이가 없다는 표정으로 천천히 자리에서 일어섰다.

"허허 기가 막히네. 어디서 하룻강아지 한 마리가 뛰어 들어와서 회장님 앞에서 천방지축으로 날뛰는 꼴을 내 눈으로 보게 될 줄은 몰랐다."

우한섭이 김동하를 바라보며 얼굴에 묘한 미소를 머금고 물었다.

"너 여기가 어딘 줄 아냐?"

김동하가 피식 웃었다.

"곧 알게 되겠지."

김동하가 덤덤한 얼굴로 대꾸하자 우한섭이 어이가 없다는 듯이 웃다가 싸늘한 얼굴로 머리를 돌렸다.

"뭐해? 이 새끼들아, 여자는 놔두고 철따구니 없는 이 애송이새끼만 어디로 데려가 조용히 처리해. 확실하게 처리하란 말이다."

우한섭의 말이 끝나자 김동하와 제일 가까운 거리에 서 있

던 장웅이 김동하의 앞으로 머리를 들이밀었다.

"너 이제 뒈졌다 이새끼야."

마치 속삭이듯 말하는 장웅의 눈이 살기를 머금고 번들거렸다. 장웅이 김동하의 팔을 와락 잡았다.

"야, 이놈 데리고 나가, 우전무님 말대로 안 보이는 곳에서 확실하게 처리해. 아가씨는 이리 오고."

장웅이 다시 한서영의 팔을 잡으려는 듯이 손을 뻗으며 자신의 부하들에게 소리쳤다.

부하들이 급하게 대답했다.

"예."

"알겠습니다."

사내들이 김동하를 향해 다가서는 것을 본 박기출이 한서영을 보며 입을 열었다.

"그쪽 아가씨와는 상관없는 일이니 겁먹을 필요는 없어. 그냥 이쪽으로 와서 앉아."

툭툭.

박기출이 자신의 옆자리를 손바닥으로 툭툭 쳤다.

장웅이 한서영을 데려오면 자신의 옆자리에 앉힐 생각인 박기출이었다. 하지만 한서영은 싸늘한 얼굴로 박기출을 노려보기만 할 뿐 전혀 움직이지 않았다.

한서영으로서는 가장 안전한 김동하의 곁에서 절대로 떨어질 생각이 없었기 때문이었다.

그때였다. 부하들에게 김동하를 넘겨줄 생각으로 장웅은 강한 완력으로 김동하의 팔을 당겼지만 마치 거대한 암벽을 대하는 듯 미동도 하지 않았다.

"어?"

장웅이 약간 놀란 얼굴로 김동하를 바라보았다. 그 덕분에 한서영의 손을 잡으려고 뻗었던 손도 허공을 움켜쥔 상황으로 변했다. 김동하가 장웅을 바라보았다.

"내가 이곳을 혼자서 찾아왔다는 것이 어떤 의미인지 아나?"

싸늘한 김동하의 목소리였다.

장웅의 눈이 커졌다.

"이 새끼가 뭐라고 씨부리는……."

장웅의 말이 채 끝나기도 전에 무언가 부서지는 소리가 들렸다.

퍼억.

콰직.

"캑."

장웅은 자신의 입을 거대한 쇠망치로 때리는 것 같은 엄청난 충격을 받으며 뒤로 튕겨나갔다.

그의 입은 김동하의 손에 완전히 부서져 안쪽으로 함몰되어 아예 턱이 없어진 모습으로 변했다.

장웅의 몸이 뒤로 튕겨지며 막 다가서던 그의 부하들과 함께 휩쓸려 거실 식탁에 부딪쳤다.

와장창—

털푸덕.

식탁 위에 널브러진 장웅의 모습은 너무나 기괴했다.

입이 있었던 부근은 완전히 함몰되어 안으로 밀려들어갔고, 뭉개어진 그의 입 쪽에서 시뻘건 선혈과 함께 하얀 이빨 조각들이 끈끈한 피를 타고 흘러내리고 있었다.

너무나 강한 김동하의 주먹질이었다.

널브러진 장웅의 모습은 마치 도살장에 막 도축되어 진열되어 있는 가축의 살점처럼 섬뜩했다.

하얗게 눈을 까뒤집고 있는 것이 한눈에 보아도 생명이 위중해 보였다. 순식간에 벌어진 일이었다.

박기출은 한순간에 벌어진 일에 눈을 찢어질 듯 부릅떴다. 최은석을 부축해서 들어왔던 세 명의 부하들이 놀란 얼굴로 바라보고 있다가 이내 최은석을 놓고 그대로 김동하에게 달려들었다.

"이새끼가 여기가 어디라고."

"뭐 이런 놈이 다 있어?"

사내들이 마치 황소처럼 두 팔을 벌린 채 김동하를 부둥켜안을 듯이 달려들었다.

순간 김동하의 몸이 팽이처럼 빙글 돌았다.

패액—

한순간 몸을 돌리는 김동하의 오른쪽 다리가 두 팔을 벌리고 달려드는 세 명의 사내들 머리통을 그대로 후려 찼다.

뻐버벅—

콰드득—

"끅."

"캑."

세 명의 사내들은 김동하의 오른쪽 다리에 마치 자신들 스스로 관자놀이를 가져다 댄 것처럼 강하게 얻어맞았다. 김동하의 발에 얻어맞은 사내들이 축구공처럼 거실의 벽으로 튕겨져 나갔다.

콰자창—

콰직.

사내 한 명은 거실의 한쪽에 놓아둔 장식장에 부딪치며 그대로 무너져 내렸고 다른 사내 두 명은 벽에 몸을 부딪치며 구겨지듯 바닥으로 주저앉고 있었다.

두 번의 발길질도 아닌 오직 단 한 번의 발길질이었지만 세 명의 사내는 그대로 혼절한 듯 입에 피거품을 물고 정신을 잃었다. 너무나 순식간에 벌어진 일이었다.

박기출은 자신의 코앞에서 벌어진 김동하의 가공스런 괴력에 얼굴이 하얗게 질린 채 몸을 움직이지도 못하고 있었다. 우한섭 역시 마찬가지였다. 이곳에 모인 태명회의 간부들 중에서 자신과 비슷할 정도의 실력을 가진 부하가 태명실업 진행부장 장웅이었다. 그와 비슷한 실력의 상대가 김동하에게 먼저 당한 영업부장 최은석이라고 할 수가 있다. 하지만 장웅은 김동하의 단 한주먹에 푸줏간의 고깃덩이처럼 참혹한 모습으로 변해버렸다.

한순간에 대여섯 명의 사내들을 때려눕힌 김동하가 서늘한 표정으로 거실을 둘러보았다.

"한 놈도 여기서 나가지 못할 것이다."

얼음장처럼 차가운 김동하의 목소리였다. 우한섭이 멍한

얼굴로 김동하를 바라보다가 이를 악물었다.

"이 자식들아. 뭐해? 떼거리로 덤벼서라도 저놈 잡아."

우한섭은 김동하의 가공할 만한 몸놀림에 몸이 굳어버린 듯 움직이지 못하는 부하들을 보며 소리쳤다.

우한섭은 그제야 김동하가 혼자서 이곳을 찾아왔어도 전혀 겁을 먹거나 두려워하지 않은 이유를 알 것 같았다.

우한섭의 고함에 김동하의 가공스런 괴력을 보며 몸이 굳어 있던 부하들이 움직이기 시작했다.

"시발, 죽여."

"이 새끼가 여기가 어디라고."

"야, 아예 멱을 따버려."

사내들은 자신들이 잠시 주춤했던 사이 거실이 난장판으로 변하자 눈에 독기를 품고 달려들었다.

대부분의 사내들 손에는 천정에서 쏟아지는 전등의 불빛을 받아 날카롭게 번들거리는 칼들이 쥐어져 있었다.

몇 명의 사내가 조금 전까지 술을 마시던 술자리를 한쪽으로 밀어놓았다. 부하들이 움직이는 것을 본 우한섭이 재빨리 박기출의 옆으로 다가갔다. 박기출은 하얗게 질린 얼굴로 몸이 굳은 채 김동하를 바라보고 있었다.

어리고 조용하게 보이던 김동하가 한순간에 자신의 목을 죄어오는 사신의 모습처럼 보였다. 앉아 있는 의자를 손으로 꽉 움켜잡고 있는 박기출의 손이 바르르 떨리고 있었고 어금니는 부러질 듯 꽉 깨물렸다.

우한섭이 몸이 굳은 박기출의 손을 움켜잡았다.

"회장님, 일단 여기서 잠시 몸을 피하시는 것이……."

말을 하던 우한섭의 귀로 섬뜩한 파공성이 파고들었다.

파앙―

콰직.

"크악."

와당탕.

파공성과 함께 무언가 부서지는 소리가 들리면서 부하 한 명이 저택의 이층으로 올라가는 나무계단으로 튕겨나가며 거세게 부딪쳤다가 굴러 떨어졌다. 바닥으로 떨어진 부하는 하얗게 눈을 까뒤집고 몸뚱이는 마치 구겨놓은 휴지조각처럼 기괴한 모습으로 널브러져 있었다.

우한섭의 입이 쩍 벌어졌다.

김동하가 허공으로 뛰어 올랐다. 그 모습은 마치 야생늑대가 사냥감을 발견하고 덮치는 것 같았다.

김동하가 움직일 때마다 우한섭의 부하들은 구슬픈 비명을 지르며 바닥으로 주저앉고 있었다.

퍼버벅.

콰득.

"끄악, 내 다리."

"으악!"

"끙."

김동하의 손이 스쳐갈 때마다 부하들의 입에서는 비명소리가 터져 나왔다. 손에 칼이 들려 있다고 하지만 김동하의 몸을 스치지도 못했다.

이미 바닥에는 십여 명의 부하들이 쓰러져 있었고 남은 부하들은 김동하의 엄청난 괴력에 자신들도 모르게 거실의 구석으로 밀려났다. 한 명이 20명이 넘는 상대를 상대로 하면서 이렇게 일방적으로 몰아치는 광경은 두려운 광경이었다.

"오, 오지 마."

"시발."

쉬익—

스각—

사내들이 김동하가 자신들에게 접근하는 것을 막으려는 듯 허공을 향해 칼날을 휘둘렀다.

이제 남은 인원은 몇 명 되지도 않았다. 하지만 남아 있는 사내들은 싸움을 하려는 것이 아니라 자신의 몸을 보호하려는 듯 잔뜩 겁에 질린 얼굴이었다.

박기출이 만든 태명회의 조직원으로 살며 이렇게 두려운 광경은 예전 유한컨티넨털 호텔의 스카이라운지에서 부산의 부영회 사장 권휘와 대면한 이후 두 번째로 경험하고 있었다. 당시의 권휘는 주먹이나 발이 스치는 부하들마다 머리가 터지거나 팔다리가 잘려나가는 엄청난 괴력을 보여주었다. 그것이 박기출의 태명회가 부산의 부영회에 굴복하는 결과를 만들었다. 그리고 지금 또다시 그때의 광경과 흡사한 사태가 재현되고 있었다.

박기출을 비롯해 태명회의 식구들은 마치 악몽을 꾸는 것 같은 느낌이 들었다. 우한섭도 하얗게 질린 얼굴로 마치 고양이가 쥐를 궁지로 몰아넣는 것처럼 부하들을 몰아치는 김

동하를 바라보고 있었다. 결국 거실의 한쪽으로 몰리던 부하
들이 더 이상 피할 곳이 없다는 것을 느낀 것인지 김동하를
향해 반격을 시작했다.

"시발. 죽엇!"

"오지 마, 개자식아."

쉬익—

스각—

전등 빛에 번들거리는 칼날을 그대로 김동하를 향해 찔러
넣으며 사내들이 마지막 발악을 하기 시작했다.

하지만 그것은 말 그대로 마지막 발악일 뿐이었다.

콰득.

쩌억—

터엉—

김동하를 향해 달려들던 사내들은 김동하가 후려친 주먹에
머리를 벽에 부딪치며 비명조차 지르지 못하고 바닥으로 꺼
꾸러졌다.

거실의 벽에 머리를 부딪친 사내 중 몇 명은 머리가 터진 것
인지 거실의 벽이 온통 피로 범벅이 되었다.

"끄응."

"사, 살려……."

털썩.

사내들은 조금이라도 김동하에게 멀어지려 했지만 도망갈
곳이 없어진 그들에겐 절망적인 신음소리만 흘러나올 뿐이
었다. 김동하가 거실에 모여 있던 태명회의 간부진들을 모두

처리하는 것은 2분이 채 걸리지 않을 정도로 순식간에 모두를 바닥으로 거꾸러트렸다.

그동안 박기출과 우한섭은 조금도 움직이지 못했다.

박기출은 아예 몸이 굳어서 자리에서 일어설 엄두가 나지 않았고 우한섭은 눈앞에 벌어진 광경에 다리가 후들거려 서 있는 것도 힘들었다. 김동하는 이곳에 모여 있던 태명회의 간부들 중 용서를 받을 만한 사내들이 단 한 명도 없다는 것을 파악하고 손에 사정을 두지 않았다. 다른 것도 아니고 자신과 한서영을 노린 자들이니 아예 단호하게 처리할 생각이었다.

마지막 남은 사내가 슬픈 비명소리를 터트리며 바닥으로 주저앉자 김동하는 뒤를 돌아보지도 않고 몸을 돌렸다. 김동하의 얼굴은 얼음장처럼 차갑고 냉혹했다.

박기출은 예전에 보았던 권휘에 버금갈 정도로 김동하가 강하다는 것에 온몸이 떨리고 있었다.

그는 그런 권휘가 김동하의 일격조차 제대로 받을 수 없었다는 것은 꿈에도 상상하지 못했다.

순식간에 20명이 넘는 부하들을 처리한 김동하의 얼굴에는 땀방울 하나 흘러나오지 않았고 그의 옷이나 손에도 피 한 방울 묻어 있지 않고 깔끔했다.

저벅저벅.

김동하가 의자에 몸이 굳은 채 앉아 있는 박기출의 앞으로 걸어왔다. 저택의 거실로 들어설 때부터 신발을 벗지 않고 있었기에 김동하의 구둣발자국 소리가 거실에 나직하게 울렸다.

그때 우한섭이 몸을 떨다 벌떡 일어섰다.

거실 끝에서 다가오고 있는 김동하와는 달리 한서영은 박기출 회장이 앉아 있는 의자에서 두어 걸음 정도 떨어진 거리에 서 있다는 것을 깨달았기 때문이다.

우한섭이 재빨리 한서영의 앞으로 다가서며 한서영의 팔을 움켜쥐었다.

"이, 이리 와."

와락.

팔을 잡힌 한서영의 입에서 짧은 비명소리가 흘러나왔다.

"꺅!"

순간 박기출 회장을 향해 달려들던 김동하가 걸음을 멈추었다. 한서영의 팔을 움켜쥔 우한섭이 자신의 발아래 떨어져 굴러다니고 있던 술병을 집어 들었다. 술병을 집어든 우한섭이 자신의 머리에 술병을 내리쳤다.

퍼억—

콰직.

술병이 깨어지면서 날카로운 모서리가 드러났다. 또한 자신의 머리를 내려친 덕분에 머리가 찢어져 그의 얼굴을 타고 시뻘건 피가 한순간에 아래쪽으로 흘러내렸다.

순식간에 벌어진 상황이었다.

우한섭의 얼굴은 그가 흘리는 피로 범벅이 되어 버렸다. 우한섭은 누군가에게 협박을 하거나 위협을 가하려면 이런 원초적인 모습이 가장 효과가 좋다는 것을 몸으로 터득하고 있

었다. 자신의 머리가 찢어진 것은 병원에서 몇 바늘 꿰매면 그만이지만 상대방은 한순간에 자신의 생명을 염두에 두게 될 것이기 때문이다.

"끙."

우한섭의 입에서 앓는 소리가 흘러나왔다.

예전에도 몇 번 사용한 협박수법이지만 이번에는 너무나 촉박한 상황에서 벌어진 일이었다. 자신의 머리를 술병으로 때린 것이 조금 거칠어 예상보다 훨씬 많이 찢어진 듯했다. 얼굴이 피범벅으로 변한 우한섭이 깨어진 유리병의 날카로운 모서리를 한서영의 목 아래쪽에 대었다.

인천 연안부두 백상어라는 별명으로 불리던 그는 박기출의 회유로 태명실업의 전무로 변신하면서 몸에 칼을 지니지 않았던 것이 지금처럼 아쉬운 적이 없었다.

그가 깨어진 유리병을 한서영의 목 가까이 가져다 대면서 질린 얼굴로 입을 열었다.

"거기 서, 더 이상 가까이 오지 마. 가까이 오면 이년도 끝이야."

얼굴이 자신이 흘린 시뻘건 피로 뒤덮인 우한섭의 눈에 얼핏 광기와 같은 표독한 빛이 떠올랐다. 우한섭은 김동하가 자신의 가까이 오는 것이 너무나 두려웠다.

김동하의 미간이 좁혀졌다.

"쯧, 또 실수했군."

거실의 사내들을 처리하면서 한서영을 혼자 놓아둔 것이 또 이런 상황을 만들었다.

김동하의 입에서 혀를 차는 소리가 흘러나왔다.

정작 자신의 목 아래 날카로운 흉기가 놓여 있음에도 한서영의 표정은 전혀 변화가 없었다.

"아, 아파요. 이것 좀 놔요."

한서영은 자신의 팔을 움켜쥐고 있는 우한섭의 악력에 통증을 느꼈는지 불편한 표정을 지었다. 우한섭은 한서영이 전혀 겁을 먹지 않은 모습을 보며 어이가 없었다.

"뭐 이런……."

깨어진 유리병이 목을 찌를 수 있는 상황에서 겁을 먹지 않은 한서영이 너무나 이상했다.

한서영은 마치 목 아래 놓인 깨진 유리병이 자신과는 전혀 상관이 없다는 듯한 느낌을 보여 주었다.

그때 몸을 비틀거리며 박기출이 의자에서 일어섰다.

"우, 우전무. 그 계집을 절대 놓치면 안 돼. 그 년을 인질 삼아 이곳을 빠져나가야 해."

박기출은 한서영을 방패로 이곳을 빠져나갈 심산이었다. 김동하가 거실의 한가운데 서서 박기출을 바라보았다.

"날 죽이고 내 아내를 데려오라고 한 자의 이름을 말하지 않았는데 떠나려고?"

우한섭이 이를 악물었다.

"그곳에서 한 발짝이라도 움직이면 이년은 이곳에서 죽는다. 난 거짓말은 안 해."

우한섭이 자신의 손에 들린 깨어진 유리병을 좀 더 한서영의 목 가까이에 가져다 댔다. 섬뜩한 유리병의 뾰족한 모서

리가 한서영의 하얀 목에 상처를 낼 것처럼 가까워졌다. 조금의 실수라도 한다면 단번에 한서영의 목에 심각한 상처가 날 정도로 깨어진 유리의 모서리는 날카로웠다. 김동하가 아무 말도 하지 않고 우한섭을 바라보았다. 그때였다.

띠리리리리릿―

김동하의 품속에 있던 전화기가 울렸다.

전화기를 가지고는 있지만 자신의 전화번호를 아는 사람이나 자신에게 전화를 걸어올 사람은 한서영의 가족밖에는 없었다. 김동하는 한서영의 가족 외에 누군가에게 전화를 걸거나 만날 이유도 없었기에 그에게 전화란 거저 장식품과 같은 것이었다.

잠시 멈칫했던 김동하가 우한섭을 힐끗 보다가 한서영을 바라보았다. 한서영이 맑은 눈을 깜박이며 김동하를 바라보고 있었다.

자신이 김동하에게 전화를 하지 않으면 김동하의 전화기가 울릴 일이 없다는 것을 누구보다 잘 알고 있는 한서영이었다. 이런 상황에서 김동하의 전화기가 울리자 자신이 놓인 처지보다는 김동하에게 전화를 한 상대가 누군지 그것이 궁금해진 얼굴이었다.

김동하가 품에서 전화기를 꺼냈다.

그 모습을 본 박기출이 후들거리는 발걸음으로 한서영을 인질로 잡고 있는 우한섭의 곁으로 다가섰다.

"우, 우전무……."

박기출의 입에서 떨리는 목소리가 흘러나왔다. 우한섭이

전화를 받는 김동하를 힐끗 보다 박기출을 향해 시선을 던졌다.

"회장님."

"어, 어서 이곳을 빠져나가세."

"예."

우한섭이 이를 악물고 머리를 끄덕였다. 그때 김동하는 품에서 꺼낸 전화기에 떠올라 있는 발신자를 확인했다.

[유진처제]

김동하에게 전화를 한 사람은 한유진이었다.

순간 김동하의 눈빛이 서늘해졌다. 처제인 한유진이 자신에게 전화를 해온다는 것은 결코 좋은 의미가 아니라는 것을 단숨에 파악했기 때문이었다.

딸칵—

"접니다."

말을 하는 김동하의 목소리는 굳어 있었다.

김동하의 예감처럼 전화기 속에서 들려오는 한유진의 목소리는 다급한 느낌이 들었다.

—형부, 지금 어디야? 언니랑 같이 있는 거야?

김동하가 대답했다.

"예. 여긴 인천입니다. 서영누님과 함께 있습니다."

한유진이 울먹이는 목소리로 빠르게 말했다.

—빨리 돌아와야 할 것 같아. 엄마랑 아빠가……

김동하가 굳은 얼굴로 물었다.

"무슨 일이 있습니까?"

―어디서 왔는지 알 수 없는 외국인들이 와서 엄마랑 아빠, 그리고 지은이와 강호까지 강제로 데려갔어. 그 사람들, 우리 가족들의 신상을 전부 알고 있었어. 다 알고 찾아왔단 말이야. 그 사람들 말이 절대로 경찰같은 곳에 신고하면 안 된다고 하면서 형부랑 언니가 와야 엄마랑 아빠를 풀어주겠다고 했어. 나만 남겨놓은 것은 형부와 언니에게 직접 연락하라고 그런 거야. 어떡해?

울먹이며 말을 하는 한유진의 목소리는 다급했다.

한유진의 말을 들은 김동하의 어금니가 깨물어졌다. 머릿속에 크리스탈 펠리스 호텔에서 만났던 중국의 사해련소속 거여방의 방주 황군화가 했던 말이 떠오른 것이다.

중국 화신공사 회장 진고연의 사주로 자신과 한서영을 노리고 삼합회를 비롯해 외국인 청부업체까지 움직일 것이라고 한 말이었다. 김동하가 어금니를 깨물었다.

"지금 곧 돌아가지요."

―빠, 빨리 좀 와줘, 나 무서워 죽겠어.

평소에는 남자처럼 대범한 선머슴같은 기질을 지닌 처제 한유진이었지만 엄마와 아빠를 비롯해 가족에게 위험이 닥쳤다는 상황에서는 연약한 여자처럼 울먹이고 있었다.

김동하가 전화를 끊고 머리를 돌렸다. 김동하의 눈에 한서영의 입을 우악스런 손으로 막고 강제로 저택의 현관 방향으로 데려가고 있는 우한섭의 모습이 보였다.

"읍! 읍~!"

한서영이 몸을 비틀며 입을 막은 우한섭의 손을 떼어내려고 몸을 버둥거렸다. 우한섭의 옆에는 당황한 얼굴의 박기출이 비대한 몸을 비틀거리며 거실을 빠져나가려는 듯 움직였다. 거실 입구 쪽의 계단 옆에는 김동하를 죽일 계획으로 찾아왔다 만신창이가 된 최은석과 일행을 이곳까지 차에 싣고 데려온 정일영이 하얗게 질린 얼굴로 바닥에 주저앉아 있었다.

정일영은 강남에서 이미 김동하의 신위를 보았지만 이곳에서 또다시 김동하의 엄청난 신위를 보자 아예 넋이 나간 모습이었다. 그의 옆에는 자신이 보스로 모시고 있는 최은석이 바닥에 쓰러진 채 김동하를 바라보고 있었다. 김동하가 나직하게 입을 열었다.

"그 자리에 서."

김동하의 말에 막 거실에서 나가려던 우한섭이 머리를 돌렸다. 찢어진 머리에서 흘러나온 피로 인해 우한섭의 피로 범벅이 된 얼굴이 마치 도살자의 모습처럼 섬뜩했다. 우한섭이 이를 악물었다.

"너나 그 자리에서 움직이지 말아야 할 거야. 움직이면 이년은 죽는다."

김동하가 나직하게 말했다.

"그냥 내 아내를 풀어주면 죽지는 않을 거야. 하지만 지금부터 내 아내를 한순간이라도 힘들게 한다면 넌 그 자리에서 죽는다. 그것도 아주 고통스럽게."

김동하의 말에 우한섭이 이를 드러내고 웃었다.

"큭, 네놈이 나도 예상하지 못했을 정도로 꽤 세다는 것은 인정하지. 하지만 그렇다고 지금 이년을 살릴 순 없을 거야. 그러니까 회장님과 내가 이곳을 떠날 때 까지 움직이지 말아야 할 거다. 이년은 우리가 데려간다."

그때 박기출이 머리를 돌려 김동하를 바라보았다.

박기출의 얼굴은 땀으로 덮여 있었다.

"우, 우전무, 저 괴물같은 놈이랑 무슨 실랑이를 하고 있어? 빨리 나가세."

"예, 회장님."

우한섭이 대답하자 한서영은 또다시 답답하게 입을 막고 있는 우한섭의 손을 떼어내기 위해서 몸을 비틀었다.

그 때문에 한서영의 목 아래 들이밀고 있던 유리병의 모서리가 한서영의 목을 살짝 스치면서 가냘픈 한서영의 목에 결국 상처가 생겨났다.

그런 한서영의 움직임에 우한섭의 이마가 찌푸려졌다.

우한섭은 한서영을 반드시 잡고 있어야 괴물같은 능력을 지닌 김동하의 손에서 자신과 박기출이 살아날 것임을 깨닫고 있었다.

"가만히 있어. 이년아. 죽기 싫으면……."

나직하게 말하는 우한섭의 얼굴이 마귀처럼 일그러졌다.

"해봐."

김동하가 서늘한 눈빛으로 나직하게 입을 열었다.

우한섭의 입이 벌어졌다.

“뭐?”

“내 아내를 죽여보라고.”

“뭐 이런······.”

우한섭이 얼굴을 찌푸리며 김동하를 바라보았다.

파앙—

그 순간 압축된 공기가 터져 나가는 것 같은 파공성이 울렸다. 우한섭의 얼굴이 굳어졌다. 어느샌가 그의 코앞에 김동하의 차가운 얼굴이 들어왔다.

김동하와 자신 사이는 적어도 7미터 이상의 거리였다.

거실의 한가운데 서 있는 김동하가 자신에게 다가오려면 적어도 2, 3초의 시간이 필요하다고 생각했고 그 시간이라면 한서영을 처리하는 것은 어렵지 않을 것이라고 생각했다.

하지만 지금 상황은 그의 예상을 훨씬 뛰어넘었다.

눈 한 번 깜박이는 시간보다 더 빠르게 김동하가 자신의 앞에 서 있자 그의 가슴이 철렁 내려앉았다.

그것은 박기출도 마찬가지였다.

박기출은 우한섭이 한서영을 잡고 있는 상황이라면 이곳을 충분히 빠져나갈 수 있을 거라 자신했지만 그의 생각은 오산이었다.

“어?”

우한섭의 입에서 어이가 없다는 듯한 목소리가 흘러나왔다. 김동하가 차가운 시선으로 우한섭을 바라보며 입을 열었다.

“아내를 놓아주면 살 수 있을 있었을 텐데 넌 그 기회를 잃

228

었다."

우한섭의 눈이 커졌다.

"뭐 이런……."

우한섭은 한서영의 목을 찌르진 않더라도 위협적으로 보일 정도로 한서영의 목에 상처를 내기 위해 깨어진 유리병을 들고 있던 손을 살짝 움직였다. 하지만 그의 생각과는 달리 전혀 손이 움직이지 않았다.

"이게……."

우한섭은 깨어진 유리병을 들고 있는 자신의 손을 바라보았다.

순간 우한섭의 얼굴이 굳어졌다. 그의 손을 김동하의 오른손이 겹쳐서 쥐고 있다는 것을 그제야 알았다.

"이게 언제……."

김동하가 자신의 손을 움켜쥐었지만 그의 손이 자신의 손을 잡는 감각이 느껴지지 않았다.

콰득.

김동하는 깨진 유리병을 들고 있는 우한섭의 손을 그대로 움켜쥐었다.

순간 우한섭의 손에서 유리병이 그대로 터져나가며 깨어진 유리조각이 우한섭의 손바닥으로 파고들었다.

그뿐만 아니었다. 우한섭의 손이 유리병과 함께 부서지며 그대로 뼈까지 부서져 나갔다.

빠드드득—

뼈가 으스러지는 소리가 소름끼치게 들려왔다.

우한섭의 입이 벌어졌다.

"끄아아아악!"

우한섭은 지독한 통증에 자신도 모르게 한서영을 놓으며 비명을 질렀다. 겨우 우한섭의 손에서 벗어난 한서영이 재빨리 김동하의 뒤편으로 돌아갔다. 한서영의 입가에 우한섭이 입을 가로막았던 흔적이 선명하게 드러났다.

박기출이 멍한 얼굴로 우한섭과 김동하를 바라보았다.

김동하가 그대로 박기출의 뒷덜미를 잡고 뒤로 던졌다.

120kg이 넘는 비대한 체구의 박기출이 마치 장난감처럼 뒤쪽으로 날아가 떨어졌다.

콰당탕.

"어이구구."

박기출의 입에서 가냘픈 비명소리가 흘러나왔다.

피둥피둥한 살이 물결처럼 흔들리며 버둥거렸다. 그는 생전처음으로 자신이 하늘을 나는 것을 경험하고 있었다.

한편 박기출을 뒤쪽으로 던져버린 김동하가 자신의 손에 잡힌 우한섭을 차가운 시선으로 내려다보았다.

우한섭은 살아오면서 수없이 많은 상대들과 싸우고 칼에도 찔려본 경험이 있었지만 지금과 같은 극악한 고통은 처음으로 겪고 있었다. 손에 쥔 유리병과 함께 부서진 그의 손이 마치 휴지조각처럼 구겨져 있었고 구겨진 그의 손에서 샘물처럼 피가 뿜어져 나오고 있었다.

"사, 살려주십시오. 제발… 크으으으으."

우한섭은 손이 부서져 나간 극악한 통증 속에서도 얼음처

럼 차가운 시선으로 자신을 바라보고 있는 김동하의 두 눈을
보며 두려움에 떨었다. 순간 그의 머릿속에 이 자리에서 진
짜로 죽을 수 있다는 두려움이 생겼다.

김동하가 나직하게 말했다.

"기회를 잃었다고 말했을 텐데."

"크허허허허헝."

우한섭의 입에서 짐승의 울음소리같은 비명소리가 흘러나
왔다. 하지만 김동하의 표정은 전혀 변화가 없었다.

"시간을 두고 당신같은 자에게 지옥같은 고통을 경험하게
만들어 주고 싶지만 급하게 돌아가야 해서 그럴 시간이 없다
는 게 아쉽군. 부디 다음 생에는 선한 사람으로 태어나길 빌
어주지."

나직하게 말을 뱉은 김동하가 우한섭의 두 다리를 가볍게
걷어찼다.

뻐억—

콰득.

빠직—

우한섭의 두 다리가 수수깡처럼 부서져 나갔다.

그의 두 다리 관절이 기묘한 방향으로 부러졌다.

동시에 김동하는 자신이 움켜쥐고 있는 우한섭의 팔과 다
른 팔에도 가볍게 주먹질을 날렸다.

빠지직—

콰직—

우한섭의 두 팔이 마치 빨랫줄에 걸어놓은 빨랫감의 팔 부

분처럼 펄럭이며 아래로 떨어져 내렸다.

"끄아아아아아아!"

우한섭의 입에서 너무나 처절한 비명소리가 흘렀다.

비명을 지르는 우한섭의 머리를 향해 김동하의 주먹이 올려졌다.

순간 김동하의 팔을 누군가 잡았다. 김동하가 머리를 돌리자 목의 상처를 손으로 막고 있는 한서영이 머리를 흔들었다.

"그러지 마. 이 정도로도 충분히 죗값을 치른 거야."

한서영은 김동하가 직접 주먹으로 사람을 죽이는 것은 차마 보고 싶지 않았다. 천명을 회수하고 악한 사람에게 단호한 훈계로 응징을 하는 것은 그나마 용납할 수 있었지만 직접 사람의 생명을 해치는 것은 더 이상 보고 싶지 않은 것이다. 김동하가 한서영을 얼굴을 잠시 바라보다가 우한섭을 바라보며 입을 열었다.

"내 아내의 만류로 이 정도에서 그치도록 하지. 하지만 앞으로 두 번 다시 당신의 의지로 세상을 살아가기는 힘들 거야."

말을 마친 김동하가 몸을 돌렸다. 한쪽에서 일어나기 위해 몸을 버둥거리고 있는 박기출의 모습이 들어왔다.

김동하가 한서영과 함께 천천히 박기출을 향해 다가갔다. 박기출은 김동하가 뒤로 던지는 바람에 팔이 부러진 것인지 기묘한 방향으로 뒤틀려 있었다.

평생 남의 시중만 받으며 살아온 박기출로서는 지금과 같

은 상황은 그야말로 악몽 중의 최고의 악몽이었다.

김동하가 땀으로 범벅이 되어 일어나기 위해 버둥거리는 박기출을 가볍게 들어 한쪽에 놓인 의자에 앉혔다.

"끄으으으응 아이구."

박기출의 입에서 신음과 비명이 동시에 흘러나왔다.

김동하가 그에게 나직하게 물었다.

"자, 시간이 없으니 간단하게 묻지. 날 죽이고 내 아낼 데려오라고 한 자가 누구지?"

"끄어어어어."

박기출은 죽을 것 같은 통증에 온몸을 비틀고 있을 뿐 김동하의 질문에 대답하지 않았다.

"내 시간을 뺏는다면 1분마다 당신의 팔과 다리 한곳을 분질러 놓을 거야. 아마 치료를 한다고 해도 제대로 사용하긴 힘들겠지. 하지만 순순히 말한다면 이대로 돌아가지. 어때? 자, 지금부터 1분 주겠어. 말을 하지 않는다면 이번에는 여기야."

김동하가 의자에 앉은 박기출의 오른쪽 다리를 발끝으로 툭 건드렸다. 순간 박기출의 몸이 움찔했다.

"시간은 1분이라는 것을 명심해. 날 죽이고 내 아낼 데려오라고 한 자의 이름이 뭐지?"

김동하의 목소리는 차갑고 건조한 느낌이 들었다. 온몸이 땀으로 젖은 박기출이 힘이 빠진 얼굴로 대답했다.

"끄으응. 동신그룹의 기획조정실장 박영진이오. 그가 당신을 죽이고 여자를 데려 오라고 부탁한 것입니다. 흐으으으."

박기출은 자신이 말을 하지 않으면 김동하가 자신을 그냥 놓아두지 않을 것임을 온몸으로 체감하고 있었다.

박기출의 얼굴에 허탈해 하는 표정이 떠올라 있었다.

갑자기 자신을 찾아온 부영그룹의 해진과 동신그룹 박영진 기획조정실장이 안겨준 달콤한 선물에 자신과 태명그룹이 세상에 드디어 날개를 펴고 훨훨 날아오를 것이라고 생각했던 그의 꿈이 한순간의 춘몽이 되어 신기루처럼 사라지는 듯했다.

이제 태명회는 무너졌고 박영진 실장의 청부를 이행하지 못한 그와 태명그룹은 다시 바닥으로 떨어지리라는 불길한 예감이 든 박기출의 얼굴에서 땀인지 눈물인지 모를 두 줄기 물줄기가 아래로 흘러내렸다.

박기출의 대답을 들은 김동하와 한서영의 얼굴이 굳어졌다. 막연하게 박영진일 수도 있을 것이라 생각한 한서영은 박기출의 입을 통해 실체를 듣게 되자 따끔거리는 목의 상처도 잊고 멍한 얼굴로 박기출을 바라보고 있었다. 김동하와 한서영은 박기출을 통해 알고 싶은 것을 모두 들을 수 있었다.

급하게 다시 서울로 돌아가야 하는 김동하와 한서영은 박영진이 왜 그런 사주를 했는지 이유를 캐물었지만 박영진이 한서영을 탐낸다는 것만 확인했을 뿐 다른 내용은 별것이 없음을 알고 저택을 떠났다.

올 때는 강남으로 자신과 한서영을 찾아왔던 박기출의 부하차를 타고 왔지만 저택을 떠날 때는 차도 없이 빈 몸으로

빠져 나올 수밖에 없었다. 저택을 나온 김동하는 한서영을 안고 그대로 극성으로 무량기의 절기인 비등연공을 펼쳐 서울을 향해 날아올랐다.

한서영은 저택을 나오면서 아까 김동하에게 걸려온 전화가 동생인 한유진에게 걸려온 전화임을 알았고 그제야 김동하가 급하게 다시 서울로 돌아가야 하는 이유를 알아차렸다. 엄마와 아빠 그리고 동생들이 외국인들에게 납치되었다는 소식을 들었지만 의외로 그다지 걱정하지 않았다. 그것은 바로 자신의 옆에 세상에서 제일 강한 남자 김동하라는 조선남자가 있기 때문이었다.

비등연공을 펼쳐 서울로 돌아오는 가을의 밤하늘은 무척이나 차가웠다.

나락

  용산의 로열호텔 VIP 룸 안은 환하게 불이 밝혀져 있었다. 바닥에 양탄자가 깔린 VIP룸은 하룻밤 대실료만 1,000만원에 가깝다고 알려진 최고급 호텔이었다.

  로열호텔의 VIP룸 한가운데는 긴 타원형의 테이블이 놓여 있었고 카드 놀음을 하다 놓아둔 것인지 트럼프 카드가 흩어진 채 있었다.

  방 안에 놓인 테이블에는 7명의 남녀가 둘러 앉아 있었다. 테이블의 정 중앙 자리에는 흰색의 티셔츠와 역시 흰색의 바지를 입은 짧은 금발머리의 여인이 앉아 있었다. 숏커트를 한 여인의 귀에는 귀고리의 끝이 어깨에 닿을 만큼 큰 원형

의 둥근 귀고리가 걸려 있었다.

뾰족한 콧대와 약간 튀어나온 광대뼈는 여인을 무척 차갑고 냉혹하게 보이게 했다. 얇은 입술에는 핑크빛의 립스틱이 발라져 있었고 긴 목에는 흰색 티셔츠의 가슴까지 흘러내릴 정도의 진주 목걸이가 걸려 있었다.

여인이 손에 들린 서류를 물끄러미 내려다보았다. 몇 장의 사진과 인적사항으로 보이는 것이 적혀 있는 서류였다. 모두의 시선이 흰옷을 입은 여인의 얼굴에 고정되어 있었다. 이윽고 금발의 여인이 머리를 들었다.

투욱.

촤락—

여인이 보고 있던 서류를 테이블 위로 살짝 던지자 서류가 테이블 위에서 흩어졌다. 여인이 던지는 바람에 서류에 있던 사진이 드러났다. 바로 김동하와 한서영의 얼굴이 정면으로 찍혀 있는 사진이 흰색 옷을 입은 금발여인의 손에 들려 있었던 것이다. 금발여인이 입을 열었다.

"서류상 별다른 특이점이 없는데 듀크란 애송이는 이 두 동양인들에게 100억불이라는 천문학적인 돈을 걸었어. 서류상 별 볼 일 없는 한국의 대학병원 여자의사에다, 그 여자 의사랑 그냥 같이 살고 있는 평범한 남자일 뿐이야. 듀크라는 그놈이 큰아버지인 토마스 레이얼 회장이 운영하는 레이얼 시스템에 욕심이 있다는 것은 알고 있었지만 그래도 뭔가 이상해. 단순하게 이 두 한국인 남녀를 처리해 주는 것만으로 그런 엄청난 거액을 배팅한다는 것이 꺼림칙하다는 말이야. 나에게 뭔가를 숨기고 있다는 느낌을 버릴 수가 없어."

여자의 목소리는 몹시 까칠했다.

말을 마친 금발여인이 등을 의자에 기대더니 다리를 한쪽으로 꼬며 두 손을 앞쪽으로 모았다. 흰옷을 입은 금발의 여인은 폭스레인의 수장이자 한때 CIA에서 블러드 쉐도우라는 별명으로도 불렸던 실버폭스 제이미 켈리건이었다. 한쪽에 앉아 있던 건장한 체격의 금발 사내가 입을 열었다.

"뭐 일단 우리가 처리해야 할 그 한국남녀의 가족을 잡아왔으니까 듀크 놈이 의뢰한 일은 어렵지 않게 처리할 수 있을 것 같습니다. 그것이면 충분하지 않습니까? 사내놈은 여기서 처리하고 여자는 토마스 글로빈에게 부탁해서 평택을 통해 미국으로 데려가면 됩니다. 자그마치 100억불이라는 듣지도 보지도 못한 엄청난 거액이 걸린 일입니다, 실버. 그냥 단순하게 생각하시죠. 복잡하게 듀크놈의 의도를 캐보는 것보다는 한시라도 빨리 일을 마무리하고 이 마늘냄새 나는 나라에서 떠나는 것이 좋지 않겠습니까?"

토마스 글로빈은 CIA의 한국지부장으로 지금의 사진과 서류도 그를 통해 얻게 된 정보였다. 금발사내의 말에 제이미 켈리건이 하얀 이를 드러내며 웃었다.

"헨리, 나와 헨리가 다른 점이 무엇인 것 같아?"

"예?"

헨리라 불린 사내가 눈을 껌벅이며 제이미 켈리건을 바라보았다. 제이미 켈리건이 웃으면서 입을 열었다.

"나와 헨리이 다른 점은 모든 일이 일어나는 현상에 대해 보는 관점이 다르다는 거야. 그 때문에 난 폭스레인의 이끄는 보스가 되어 있고 헨리는 그 폭스레인의 일개 용병으로 여기에 있는 거지. 헨리는 오직 듀크 놈이 내놓을 그 100억이라는 숫자에만 관심이 있나보군?"

제이미 켈리건의 눈빛이 파랗게 빛나고 있었다. 웃음을 머금고 있는 그녀의 볼에 두 개의 세로주름이 만들어졌다. 그 때문에 지금까지는 30대의 여인으로 보였던 제이미 켈리건이 한순간에 50대의 여인으로 변해버렸다.

자신이 늙어버린 것을 극도로 싫어하는 제이미 켈리건이었다. 그것을 감추기 위해서 성형수술도 하고 화장도 진하게 했지만 지금처럼 웃을 때에는 그녀의 진짜 모습이 드러났다. 그리고 제이미 켈리건은 자신이 웃는 것을 별로 좋아하지 않았다. 그녀가 웃을 때는 기분이 좋은 것이 아니라 화가 났다는 것을 의미함을 이곳에 모인 폭스레인의 대원들 중 모르는 사람은 없었다.

제이미 켈리건은 자신의 생각도 모르고 단순하게 주어진 일만 처리하려는 헨리가 한심하게 느껴져 살짝 화가 난 것이었다. 헨리가 뒷머리를 긁었다.

"제 뜻은 그게 아니었습니다 실버."

헨리는 실버폭스라는 별명으로 불리는 제이미 켈리건이 진심으로 화를 낼 때는 어떤 일이 벌어지는지 잘 알고 있었다. CIA의 용병으로 활약할 때는 블러드 쉐도우라는 별명으로 불릴 정도로 잔인하면서 냉혹한 제이미 켈리건이었다. 제이미 켈리건의 입가에 걸려 두 개의 세로주름이 만들어졌던 그녀의 볼이 다시 팽팽한 원래의 모습으로 돌아갔다. 제이미 켈리건이 다시 입을 열었다.

"단순하게 100억불이라는 돈에만 집착한다면 더 큰 것을 놓칠 수 있지. 듀크라는 애송이가 그런 엄청난 액수를 청부금으로 배팅을 했다면 분명히 우리가 알지 못하는 그 무엇인가가 숨겨져 있을 거야. 백만불 정도의 액수면 미국에서 우리가 아닌 다른 조직을 이용해 처리할 수도 있는데 굳이 우리에게 맡긴 것이 이상하다는 생각이 들진 않아?"

팔짱을 낀 채 말을 하는 제이미 켈리건의 눈빛이 반짝거리고 있었다. 확실히 그녀가 폭스레인이라는 단체를 이끄는 보스다운 추리력을 보이고 있었다.

듣고 있던 빌리 헤이든이 머리를 끄덕였다.

"실버의 말을 듣고 보니 확실히 그렇군요. 더구나 듀크 그 애송이가 엠포튼을 시켜 우리의 장비까지 안전하게 한국으로 들여보내준다고 했던 것도 좀 이상했습니다. 고작 동양원숭이 암컷과 수컷 둘을 납치하고 처리하는 것에 우리 장비는 그다지 필요할 이유가 없었는데도 말입니다."

빌리 헤이든은 CIA 한국지부장 토마스 글로빈으로부터 받은 김동하와 한서영의 자료를 보며 이 두 사람을 처리하는 것에 폭스레인이 사용하는 장비는 필요하지 않다고 생각했다. 자신들이 엠포튼을 이용해 한국 동신그룹의 화물로 위장해 들여온 장비는 웬만한 작은 국가를 전복시킬 수도 있을 만큼 강력했다. 미국의 CIA에서 기획한 아프리카 쪽의 정권

교체와 같은 대형 프로젝트에나 사용하는 장비였기 때문이었다. 빌리 헤이든의 말에 제이미 켈리건이 이를 드러내고 웃었다.

"빌리의 말이 맞아. 고작 몇 백만불의 보수만 지급한다고 해도 군침을 삼키고 달려들 조직이 차고 넘칠 정도의 하찮은 청부 건인데 굳이 우리 폭스레인에게 이번 일을 맡긴 것이 아무래도 이상하다는 말이지. 그 때문에 나도 굳이 오지 않아도 될 이 한국이라는 나라를 방문하게 된 것이고……."

듣고 있던 폭스레인의 홍일점 메리 클로렌스가 입을 열었다.

"실버가 궁금해 하는 것은 곧 그 자들이 여기에 도착하면 알 수 있을 겁니다. 만약 듀크라는 애송이가 우리에게 숨기는 것이 있었다면 바로 드러나게 될 겁니다."

제이미 켈리건이 웃었다.

"난 우리를 이곳에 오게 만든 그 두 명이 무엇을 숨기고 있는 것인지 꼭 알고 싶어. 메리, 100억불이라는 청부금도 구미가 당기지만 그런 청부금을 부담하면서까지 그 두 남녀를 제거하려는 이유가 뭔지 꼭 알아야 잠이 올 것 같아."

제이미 켈리건의 두 눈이 또다시 별처럼 반짝였다.

예전 그녀가 CIA의 집행관으로 일하면서 블러드 쉐도우라는 별명을 얻었을 때의 그 집요했던 눈빛과 너무나 흡사했다. 그녀는 이제 실버라는 별명으로 불리던 현재에서 몇 년 전의 블러드 쉐도우라 불리던 시절로 돌아가 있었다.

　　　　＊　＊　＊

"어, 언니, 형부."

급하게 집으로 들어서는 김동하와 한서영에 초조한 마음으로 기다리고 있던 한유진이 다급한 걸음으로 다가왔다. 한서영이 굳은 얼굴로 물었다.

"그자들이 엄마와 아빠 그리고 지은이와 강호까지 데려갔다고?"

한유진이 머리를 끄덕였다.

"응, 겁이 나 죽겠어. 그 사람들 총까지 가지고 있었어 언니."

"자신들이 누구라고 말하진 않고?"

"응, 그냥 언니와 오빠가 자신들이 원하는 장소로 오지 않으면 엄마와 아빠 그리고 지은이와 강호를 영원히 보지 못하게 될 것이라고 했어. 절대로 경찰엔 알리지 말아야 한다고 했고… 알리는 순간 자신들은 미련 없이 한국을 떠날 거라고도 했어."

말을 하는 한유진의 얼굴은 무척이나 창백했다.

자신이 언니의 아파트 앞에서 권휘가 보낸 부하들에게 변을 당했을 때보다 더 불안해하는 얼굴이었다.

한서영이 동생인 한유진의 등을 가볍게 토닥였다.

"너무 걱정할 필요 없어. 동하가 엄마랑 아빠 그리고 지은이와 강호를 모두 데려올 거야."

한서영의 말에 한유진이 눈물이 글썽이는 눈으로 김동하를 바라보았다.

"동하, 아니 형부, 엄마와 아빠를 꼭 데려와야 해."

김동하가 머리를 끄덕였다.

"물론입니다. 털끝 하나 다치지 않고 안전하게 모셔올 겁니다."

한서영이 물었다.

"그자들이 어디로 오라고 했어?"

"용산의 로열호텔에 도착해서 카운터를 통해 엠포튼의 바이어를 찾는다고 말하면 알려줄 것이라고 했어. 다른 사람은 대동하지 말고 꼭 두사람만 그곳으로 와야 한다고 하면서 조금이라도 이상한 낌새가 보이면 엄마와 아빠를 볼 수 없을 거라고 말했어."

한서영의 이마가 찌푸려졌다.

"엠포튼?"

"응."

한유진이 머리를 끄덕였다. 그때였다.

띠리리리릿—

한서영의 주머니 속에 들어 있던 전화기가 울렸다. 한서영이 굳은 표정으로 전화기를 꺼내어 들여다보았다.

[TOMAS LEAYER]

이름을 확인하는 순간 한서영의 눈이 커졌다.

한서영이 김동하를 바라보며 입을 열었다.

"토마스 회장님이셔."

한서영의 말에 김동하 역시 표정이 굳어졌다.

"아무래도 어머님과 아버님 그리고 동생들을 데려간 자들과 연관이 있을 것 같군요."

한서영이 머리를 끄덕였다.

"나도 그렇게 생각했어."

한서영이 잠시 전화기를 내려다보다가 이내 통화내용을 김동하도 들을 수 있게 스피커폰으로 전환하는 버튼을 눌렀다.

"여보세요."

한서영의 고운 목소리가 흘러나가는 순간 토마스 레이얼 회장의 목소리가 선명하게 들려왔다.

―아, 닥터 한.

토마스 레이얼 회장의 목소리는 무척 반가워하는 듯한 느낌이 담겨 있었다.

"그동안 잘 계셨어요? 몸은 좀 어떠신가요?"

―허허 닥터한과 닥터김 덕분에 난 건강하게 잘 지내고 있습니다. 두 분은 모두 잘 지내고 계시는지요?

"네. 잘 지내고 있습니다. 건강하시다니 다행입니다. 근데 어쩐 일이세요?"

결혼식 날짜가 정해지면 토마스 레이얼 회장에게 연락을 하려 했지만 아직 확정되지 않았기에 토마스 레이얼 회장에게 통보도 하지 못한 상황이었다.

토마스 레이얼 회장이 입을 열었다.

—남편 분이신 닥터김에게도 안부 전해주시구려.

미국에서 토마스 레이얼 회장에게 전화번호를 남겨놓은 것은 한서영의 번호뿐이었다.

그 때문에 김동하에게 전화를 하지 못한 것이었다.

한서영이 힐끗 김동하를 바라보며 입을 열었다.

"스피커폰으로 통화중이기에 남편도 옆에서 듣고 있어요."

한서영이 말하자 김동하가 끼어들었다.

"오랜만에 뵙습니다. 토마스 회장님. 김동합니다."

—어이쿠. 닥터김. 이렇게 목소리를 들으니 너무 반갑구려. 허허 잘 지냈소?

김동하가 살짝 미소를 머금고 대답했다.

"덕분에 잘 지내고 있습니다."

—다행이오. 정말 다행이오.

토마스 레이얼 회장은 진심으로 김동하와 한서영의 목소리를 들으며 안심해 하는 듯한 목소리로 말했다.

"근데 이렇게 갑자기 연락을 해 주실 줄은 몰랐네요. 무슨 일이 있으신가요?"

한서영의 말에 토마스 레이얼 회장의 목소리가 갑자기 가라앉았다.

—급하게 두 분께 알려드릴 것이 있는데 알고 있는 번호가 닥터한의 번호뿐이기에 닥터한에게 연락을 할 수밖에 없었습니다. 몇 번 전화를 했는데 받지를 않으시더군요. 사실 무척 걱정했습니다.

"아, 그런가요?"

한서영이 살짝 놀라는 표정을 지으며 자신의 전화기를 확인했다. 전화기에 부재중 전화라는 메시지가 한쪽에 떠올라 있었다. 부재중 전화의 통화수가 6건이었고 확인해 본 결과 전부 토마스 레이얼 회장의 전화였다.

전화기의 벨소리를 작게 해놓은 탓도 있지만 김동하의 품에 안겨 서울로 돌아오는 길에 걸려온 전화였기에 전화가 왔었다는 것은 느끼지 못한 것이었다.

"무슨 일이에요?"

한서영이 약간 굳은 얼굴로 묻자 토마스 레이얼 회장의 목소리가 들려왔다.

─오늘 오후에 누군가 날 찾아왔습니다. 그 사람은 닥터한과 닥터김을 알고 있던 사람이더군요. 그 사람의 말을 듣고 바로 닥터한이나 닥터김에게 연락을 해야 한다고 생각했습니다.

순간 한서영의 이마가 살짝 찌푸려졌다.

"누군데요?"

─여기 곁에 있는데 그 사람을 바꿔 드리겠소.

토마스 레이얼 회장의 목소리가 잠시 들렸다가 이내 다른 사람의 목소리가 들려왔다.

─여보세요?

굵직한 남자의 목소리였다.

한서영의 얼굴이 굳어졌다.

"실례지만 누구신가요?"

조선남자
朝鮮男子 246

한서영의 물음에 정중한 남자의 목소리가 들려왔다.

—절 기억하실지 모르겠지만 저는 랏섬에서 두 분을 뵈었던 클린트 루먼이라고 합니다. 킹덤의 마이클 할버레인을 처형할 때 보스께서 저를 살려주셨지요.

남자의 말에 한서영이 눈을 깜박였다.

"클린트 루먼?"

한서영은 클린트 루먼의 이름이 낯설지 않았지만 그의 얼굴이 쉽사리 떠오르진 않았다.

그때 클린트 루먼이 보충을 하듯 설명했다.

—랏섬에서 마이클 할버레인의 잘린 팔다리를 게릿 주피거 대신 폐목분쇄기에 던져 넣었던 사람입니다. 당시 보스의 지시로 랏섬의 뒤처리를 맡았습니다.

"아!"

한서영의 입에서 탄성이 흘렀다.

그제야 클린트 루먼이 누구인지 기억에 떠올랐다.

친구의 딸인 10살과 12살짜리 어린아이가 마이클 할버레인의 지시로 폐목분쇄기에 희생되었다고 증오가 가득 담긴 시선으로 마이클 할버레인을 쏘아보던 자였다.

클린트 루먼은 아직도 김동하를 보스라는 호칭으로 부르고 있었다. 김동하도 전화기를 통해 들려오는 클린트 루먼의 말을 듣고 그가 누구였는지 기억해 냈다.

하지만 김동하는 아무 말도 하지 않았다.

한서영이 김동하를 바라보다가 대답했다.

"아, 이제 기억이 났어요."

―감사합니다.

"근데 무슨 일로 토마스 회장님을 찾아가신 것인가요?"

―마이클 할버레인이 제거되고 나서 킹덤의 뒷정리를 하던 중 중요한 사실을 알게 되었습니다. 그런데 그게 보통일이 아니어서 보스와 부인께 급하게 연락드리려고 토마스 회장님을 찾아오게 되었습니다.

"중요한 일이라고요?"

한서영의 가슴이 살짝 떨렸다.

랏섬에서의 일로 킹덤이 해체되고 마이클 할버레인까지 제거된 이상 더 이상 클린트 루먼과 관련될 일이 없을 것이라고 생각했던 한서영이었다. 더구나 당시에는 미국에 있었지만 지금은 한국으로 돌아온 상황이니 더 이상 그들과 연관될 일이 없다고 생각했다.

―마이클 할버레인을 통해 보스와 사모님의 일을 사주했던 듀크 레이얼이라는 놈이 욕심을 버리지 못하고 엉뚱한 일을 꾸민 것 같습니다.

한서영의 눈이 매서워졌다.

"엉뚱한 일이라고 했어요?"

―예. 그놈이 보스와 부인에게 제대로 앙갚음을 할 생각이었던 것 같습니다. 그리고 알아낸 정보로도 그게 사실인 것 같고요.

"그게 뭔가요?"

―그, 그게 설명하기가 좀 난감한 일이긴 한데 제가 알고 있는 것만 먼저 말씀드리도록 하겠습니다. 듀크라는 놈이

248

킹덤의 마이클 할버레인도 건드리기 힘든 곳을 통해 또다시 보스와 부인을 노릴 계획을 꾸민 것 같습니다. 예전에 미국 CIA에서도 악명이 높았던 집행자 중 블러드 쉐도우라는 별명을 가진 여자 집행자가 있었습니다. 잔인한데다 치밀하고 끈질기며 악착같은 성격으로 그 여자가 노리는 타깃은 반드시 제거된다고 알려졌지요. 미 CIA의 내부에서도 블러드 쉐도우라면 치를 떨 정도로 영악한 여자입니다. 그 여자가 CIA에서 갑자기 사라져 종적을 감추었는데 얼마 후 폭스레인이라는 용병단체를 만들어 CIA의 외주프로젝트를 대행하면서 다시 세상에 모습을 드러냈습니다. 그 여자가 만든 폭스레인은 주로 요인암살이나 분쟁국가의 내전개입 등 CIA에서도 굵직한 작전에 용병으로 투입된다고 알려졌습니다. 일반적으로 폭스레인이라는 조직은 개인적인 청부는 잘 받지 않는 곳인데 듀크라는 놈이 100억불이라는 천문학적인 보수를 제시하면서 그 여자가 만든 용병단체인 폭스레인에게 보스와 부인에 대한 청부를 의뢰한 것을 알아냈습니다. 확인해보니 현재 폭스레인은 미국에서 종적을 감추었다고 하더군요.

클린트 루먼의 말에 한서영의 눈이 커졌다.

엄마와 아빠 그리고 동생들까지 납치한 외국인들의 정체가 드러나게 된 것이다.

"토마스 회장님의 조카인 듀크라는 자가 그 단체를 통해 우리를 노린다고요?"

—예. 토마스 회장님께도 말씀을 드렸지만 사실 확인을 위

해서 듀크라는 놈을 잡아와서 그놈의 입을 통해 직접 들었으니 전부가 사실일 것입니다.

그때 전화기를 통해 다른 목소리가 들려왔다.

―날 찾아온 이 사람이 하는 말이 모두 사실이라는 것을 나 역시 확인했습니다 닥터한. 모든 것이 전부 사실입니다.

도중에 끼어든 사람은 토마스 레이얼 회장이었다.

아마 그는 옆에서 듣고 있다가 참을 수가 없어서 끼어든 것 같았다.

―그리고…….

토마스 레이얼 회장이 무언가 말하기 꺼림칙하다는 느낌으로 살짝 망설이고 있었다.

하지만 이내 결심한 듯 입을 열었다.

―말하기 부끄럽지만 내 동생 로빈도 조카놈처럼 욕심을 버리지 못한 것 같았습니다.

한서영의 표정이 굳어졌다.

"네?"

―로빈이 중국의 화신공사랑 밀거래 계약을 맺은 것 같습니다. 레이얼 시스템을 화신공사에 매각한다고 말입니다. 화신공사의 진고연 회장이라는 자가 현재 미국으로 입국해서 로빈과 은밀하게 만났다는 말을 들었습니다. 내사를 해보니 화신공사에 레이얼 시스템을 4,000억불에 매각한다고 밀약이 되어 있더군요. 물론 그 이전에 닥터한과 닥터김 그리고 나까지 모두 처리해야 한다고 단서를 붙여놓았다는 것도 알아냈습니다.

말을 하는 토마스 레이얼 회장의 목소리가 가늘게 떨리고 있었다. 억지로 분노를 억누르는 느낌이었다.

한서영이 잠시 눈을 깜박이다가 입을 열었다.

"실은 중국의 화신공사라는 곳에서 나와 동하, 아니 남편을 상대로 음모를 꾸미고 있다는 것은 알고 있었어요. 이미 그자들과 만났으니까요."

순간 토마스 레이얼 회장의 목소리가 끊어졌다. 잠시 후 토마스 레이얼 회장의 억누른 목소리가 들려왔다.

―그자들을 직접 만났다고요?

치밀어 오르는 화를 겨우 견디고 있다는 느낌이 드는 목소리였다. 한서영이 신중한 얼굴로 자신을 바라보고 있는 김동하를 힐끗 보고는 입을 열었다.

"화신공사의 진고연 회장이라는 사람이 저와 남편에게 5,000만불의 현상금을 걸고 중국과 홍콩, 대만, 일본과 마카오 등 아시아지역의 갱조직같은 곳에 청부를 했다는 말을 들었습니다."

―세상에… 이 망할 놈이 감히.

토마스 레이얼 회장은 이미 한서영과 김동하가 동생 로빈 레이얼이 중국의 화신공사 진고연 회장을 통해 은인들을 노렸다는 것에 견딜 수 없을 정도로 노기가 치밀어 오른 모양이었다.

"다행히 남편이 그들을 모두 처리했어요. 그 일을 사주한 화신공사의 진고연 회장에게도 따끔한 교훈을 내릴 예정이고요."

김동하가 중국의 사해련을 모두 처리해 버렸기에 토마스 레이얼 회장이 염려하는 상황은 벌어지지 않았다.

　한서영의 말에 토마스 레이얼 회장이 입을 열었다.

　—나도 더 이상 친혈육이라고 감싸줄 생각이 없어졌소. 두 분이 은혜를 베풀어 겨우 용서를 받았건만 그 추악한 놈들의 망할 욕심을 알게 된 이상 그놈들을 용서하고 싶은 생각이 없어졌소. 이미 화신공사의 진고연 회장과 로빈과 듀크라는 놈까지 여기서 모두 처리할 생각입니다. 아무리 친동생이고 조카놈이지만 그들은 지금가지고 있는 것까지 전부 잃을 겁니다. 이미 우리 레이얼 시스템의 회계팀에서 그들이 가진 자본 회수에 착수했을 겁니다. 단 한 푼도 남겨두지 않고 전부 회수해 버릴 예정이오. 두 놈 다 노숙자로 살든지 아니면 또 다른 음모를 꾸미든지 그들 마음대로 할 수 있겠지만 빈털터리가 된 그들이 할 수 있는 것은 많지 않을 겁니다. 그것으로 난 그들과의 질긴 혈연까지 전부 끊어버릴 작정입니다. 어쨌든 일이 이렇게 된 이상 내 손으로 내 동생과 조카 그리고 화신공사의 진고연 회장까지 모두 처리할 예정이오. 여기 클린트 루먼이라는 사람이 자신에게 맡겨 달라고 하더군요. 난 그것을 허락했습니다. 닥터한.

　말을 하는 동안 토마스 레이얼 회장의 목소리가 떨리고 있었다. 그것은 그가 억지로 분노를 누르고 있다는 것을 너무나 절실하게 드러내고 있음을 의미했다.

　한서영이 눈을 깜박이며 김동하를 바라보았다.

　김동하 역시 무거운 표정으로 묵묵히 토마스 레이얼 회장

이 하는 말을 듣고 있었다.

한편 옆에서 언니와 통화를 하는 토마스 레이얼 회장과의 대화내용을 듣고 있는 한유진은 무척 놀랄 수밖에 없었다. 언니와 형부에게 자신이 알지 못하는 엄청난 비밀들이 숨겨져 있었다는 것을 그제야 실감게 되었다.

평범한 대학병원의 의사로 살아가던 언니와 갑작스럽게 언니의 곁에 운명처럼 나타난 형부 김동하에게 많은 비밀이 숨겨져 있다는 것이 놀랍기만 했다.

토마스 레이얼 회장의 목소리가 다시 들려왔다.

―여기 일은 내가 알아서 마무리 할 것이니 닥터한과 닥터김은 좀 전에 클린트 루먼씨가 말한 그 폭스인지 뭔지 하는 자들을 조심하십시오. 내가 듣기로는 그자들은 무척 위험하고 과격한 자들이라고 합니다. 닥터한이나 닥터김이 그런 자들에게 호락호락 당할 사람이 아니라는 것은 나도 알고 있지만 그래도 조심해 주시길 바랍니다.

김동하가 끼어들었다.

"회장님께서 걱정하실 일은 생기지 않을 겁니다."

김동하는 토마스 레이얼 회장에게 한서영의 어머니와 아버지 그리고 동생들 두 명까지 폭스레인으로 의심되는 자들에게 납치된 것을 말하고 싶지 않았다.

토마스 레이얼 회장이 그것을 알게 된다면 걱정할 것은 당연했기 때문이었다.

―제발 그렇게 되길 바랍니다. 좀 전에도 말했듯이 여기 일은 내가 알아서 처리할 것이니 걱정하지 마시고요.

토마스 레이얼 회장의 목소리를 들은 김동하가 잠시 눈을 깜박이다가 입을 열었다.

"클린트 루먼이라는 사람을 다시 바꿔 주실 수 있겠습니까? 그 사람과 다시 대화를 좀 나누고 싶군요."

―아. 물론이오.

토마스 레이얼 회장의 목소리가 끝나는 순간 약간 떨리는 목소리가 들려왔다.

―보스, 클린트 루먼입니다. 기억해 주셔서 영광입니다.

클린트 루먼은 김동하가 자신을 기억해 주는 것이 무척 반가운 모양이었다.

"지금까지의 대화는 모두 들었습니다. 그리고 이렇게 도움을 준 것에 감사를 드리지요."

―아, 아닙니다 보스. 보스 덕분에 새로운 생명을 얻게 되었으니 당연하게 제가 할 수 있는 일로 은혜를 갚는 것이 타당합니다.

클린트 루먼의 목소리가 가늘게 떨리고 있었다.

그에게 김동하는 신이며 절대자였다.

"화신공사의 진고연 회장이라는 자로부터 사주를 받은 자들이 한국에 들어와 그들을 만나 그들의 입을 통해 대충 내막을 알 수가 있었습니다. 내가 직접 진고연 회장을 찾아가 그 사람에게 응징을 하는 것이 정상이겠지만 하필이면 그자가 현재 미국에 있다고 하니 당신에게 그자에 대한 처분을 맡기도록 하겠습니다. 당신을 믿어도 되겠습니까?"

김동하의 말에 클린트 루먼이 반색을 하는 어투로 입을 열

254

었다.

—물론입니다. 보스, 감히 보스에게 엉뚱한 수작을 부리려한 늙은 욕심쟁이일 뿐입니다. 보스께서 번거롭지 않게 제 손으로 모두 처리하겠습니다. 아마 앞으로 영원히 그자는 보스의 앞에 나타나지 못하게 될 테니 걱정하지 마십시오. 그자는 자신의 손으로 보스와 부인께 청부를 걸었던 것을 무척 후회하게 될 것입니다. 다만 듀크라는 놈이 사주한 폭스레인이라는 조직만 조심하시면 되실 겁니다.

김동하가 담담한 어투로 대답했다.

"그건 내가 알아서 하지요. 그럼 클린트만 믿겠습니다."

—예, 보스. 그리고 다시 한번 미국에 오신다면 꼭 저를 불러주시기를 바랍니다.

"그러지요."

김동하가 대답하자 이내 토마스 레이얼 회장의 목소리가 다시 들렸다.

—닥터킴, 닥터한. 급박한 일로 괜히 고민거리를 안겨준 것이 아닌지 심려가 되는군요. 어쨌든 다시 만날 때까지 두 분모두 건강하게 지내시길 바랍니다.

한서영이 끼어들었다.

"곧 저희 결혼식 날짜가 정해질 거예요. 그때 회장님과 에이미 그리고 안젤리나 부인 모두 뵐 수 있으면 좋겠네요."

—허허 당연한 일이오. 반드시 두 사람의 결혼식에 참석할 것이니 초대장 꼭 잊지 마시구려.

"알겠습니다. 그럼 그때 뵙겠습니다."

─그럼 조심하시고 다시 만나기를 기대합니다.

딸칵.

이윽고 전화가 끊어졌다. 전화기를 잠시 내려다보던 한서영이 김동하를 보며 입을 열었다.

"엄마와 아빠 그리고 지은이와 강호를 데려간 자들이 좀 전에 클린트 루먼이라는 사람이 말한 그 폭스레인일까?"

김동하가 담담한 표정으로 머리를 끄덕였다.

"그들이 아니라면 이유도 없이 그런 일을 할 사람이 없으니 그자들일 겁니다."

지금까지 듣고 있던 한유진이 흔들리는 시선으로 김동하를 보며 물었다.

"엄마와 아빠 그리고 지은이나 강호 모두 위험하진 않겠지?"

한유진은 엄마와 아빠 그리고 동생들이 위험해지는 것만큼은 꼭 피하고 싶었다. 김동하가 머리를 끄덕였다.

"그자들은 나와 서영누님을 노리고 들어온 자들입니다. 나와 서영누님을 만나기 전에 엉뚱한 짓은 하지 않을 것이니 안심하십시오 유진처제."

한유진이 한숨을 살짝 불어냈다.

"왜 이런 일이 자꾸만 생기는 것인지 참 불안해."

"제가 가져온 업이니 제 손으로 지우겠습니다."

"우리가 가서 엄마랑 아빠 그리고 지은이와 강호를 무사히 데려 올 테니 너무 걱정하지 마."

한서영이 부드럽게 등을 토닥이자 한유진이 반짝이는 시선

으로 언니를 올려다보았다. 한유진은 엄마와 아빠 그리고 동생 지은이와 강호가 정체 모를 외국인들에 의해 끌려갔을 때 끝이 보이지 않는 나락으로 떨어졌다가 그 끝에서 환한 빛을 내는 출구를 찾은 느낌이 들었다. 김동하가 한유진을 보며 입을 열었다.

"늦기 전에 다녀올 것이니 너무 걱정하지 말고 기다리고 계시면 됩니다."

김동하의 부드러운 말에 한유진이 머리를 끄덕였다.

아무리 다급한 일이 있어도 초조해 하지 않고 무엇이든 해결해 낼 수 있을 것 같은 듬직함을 보이는 나이 어린 형부가 지금처럼 든든하게 느껴지기도 처음인 것 같았다.

한서영과 김동하가 한유진을 토닥여 달랜 다음 다시 집을 나섰다. 이제 시간은 밤 10시 40분이 넘어가고 있었다. 늦가을이 시작된 서울의 밤은 하늘에 떠 있는 조각달처럼 시린 느낌이었다.

여우사냥

　"여기지?"

　깜깜한 밤하늘에 마치 야조처럼 두 개의 검은 그림자가 천천히 아래로 내려오고 있었다. 한서영을 꼭 안은 김동하가 해동무의 비기인 비등연공을 펼쳐 서울 하늘을 가로지른 것이다.

　두 사람이 내려선 곳은 용산전자상가와 그다지 멀리 떨어지지 않은 39층짜리 대형 건물의 옥상이었다. 옥상의 한쪽에 환하게 불이 밝혀진 네온사인이 걸려 있었고 간판에는 로열호텔이라는 글자가 선명했다. 이제 김동하의 품에 안겨 하늘을 나는 것에 익숙해졌는지 한서영의 얼굴에는 전혀 겁을

먹은 느낌이 없었다. 한서영의 머리칼이 한강에서 불어오는 밤바람에 부드럽게 날렸다. 한서영이 김동하의 품에서 벗어나며 입을 열었다.

"엄마와 아빠 그리고 지은이와 강호에게 손톱만큼의 상처라도 입혔으면 절대로 용서하지 않을 거야. 동하가 용서해도 내가 용서 안 해."

김동하가 머리를 끄덕였다.

"저 역시 마찬가집니다."

한서영이 물었다.

"그자들이 말한 대로 호텔 로비에서 먼저 통보를 하지 않고 찾을 수 있겠어?"

한서영은 로열호텔의 로비를 통해 엠포튼의 바이어를 찾는다는 통보를 하지 않고 이렇게 무작정 로열호텔의 옥상으로 온 것을 살짝 걱정했다.

"장모님과 장인어른에게는 제가 천명과 함께 무량기의 기운을 심어놓았으니 그 기운의 흔적을 찾으면 됩니다. 이미 그 흔적을 찾았으니 곧장 그곳으로 가면 될 겁니다."

"이곳에 계시는 것이 확실하지?"

김동하가 부드럽게 웃었다.

"여기 바로 아래쪽에서 무량기의 기운이 느껴지고 기운이 불규칙하지 않고 정갈한 것으로 보아 안전하게 계시는 것 같습니다."

"아. 다행이네."

한서영은 엄마와 아빠 그리고 동생들까지 안전하게 머물고 있다는 것에 안심하는 눈치였다.

"이제 어떻게 할 거야?"

김동하가 대답했다.

"일단 먼저 장모님과 장인어른 그리고 처제와 처남부터 모시고 나올 생각입니다."

"어떻게?"

한서영이 눈을 크게 떴다.

김동하가 빙긋 웃었다.

"두고 보시면 알게 될 것입니다."

말을 마친 김동하가 옥상의 한쪽으로 걸음을 옮겼다.

한서영이 그런 김동하의 뒤를 따르며 머리를 갸웃했다. 옥상의 밤바람은 제법 차가웠고 바람에 한서영의 머리칼이 흔들렸다. 김동하는 장인과 장모의 몸에 심어놓은 무량기의 기운이 가장 확실하게 느껴지는 곳으로 걸어갔다.

"저자들이 누구일까요? 무엇 때문에 우릴 이곳으로 데려온 거죠?"

이은숙이 막내 강호의 등을 토닥이며 굳은 표정으로 의자에 앉아 있는 남편 한종섭을 바라보았다.

한종섭이 머리를 흔들었다.

"내가 그것을 어찌 알겠소? 하지만 하는 행동으로 보아 결코 호의를 가지고 있지 않은 느낌이 들어 조금 불안한데… 아마 동하나 서영이가 관련되어 있는 것 같소."

한종섭은 곰같은 체구를 지닌 흑인이 자신과 아내를 훑어

보던 눈길이 아직도 뇌리에 남아 있었다.

한종섭과 이은숙은 자신들이 왜 이곳으로 끌려 온 것인지 영문을 모르고 있었다.

다만 이들이 집으로 찾아왔을 때 자신들의 이름과 가족사항까지 전부 알고 있었다는 것에 무척 놀랐다.

한눈에 보아도 평범해 보이지 않았던 외국인들은 집으로 들어오는 즉시 한종섭과 이은숙 그리고 막 학원에서 돌아온 셋째 딸 한지은과 막내 한강호까지 얼굴을 가린 채 데려와 감금시켜 놓았다. 그리고 이곳에 도착한 이후 눈을 풀어주고 방에 가두었다.

창밖으로 보이는 풍경으로 보아 서울 용산 지역이라는 것은 알 수가 있었다. 셋째 딸 지은과 막내 강호는 갑자기 닥친 일이 당황스러운지 겁에 질린 얼굴로 방 한쪽에 앉아서 눈만 껌벅이고 있었다. 천금과 같은 자신들의 아이들이 겁을 먹은 것을 본 한종섭은 아이들까지 이렇게 납치한 자들에 대해 분노가 치밀었다.

자신 혼자라면 어떻게든 견뎌보겠지만 철 모르는 아이들까지 이유 모를 협박을 받고 있다는 것이 한종섭을 자극했다. 그리고 이 모든 것이 사위인 김동하가 큰딸 한서영의 곁에 나타나면서 시작되었다는 것을 느끼자 까닭 없이 사위까지 미워지는 느낌이 들었다.

"끙."

남편의 입에서 앓는 소리가 흘러나오자 이은숙이 한숨을 불어냈다.

"후우, 우리 여기서 몰래 나갈 수 없을까요?"

"문 밖에서 그놈들이 지키고 있는데 어떻게 빠져나가?"

"저놈들이 잠을 자고 있을 때라면?"

이은숙은 단 1초도 여기서 머물고 싶은 생각이 없었다.

할 수만 있다면 유리의 창문을 깨트리고 밖으로 뛰어내리고 싶지만, 창밖은 떨어질 경우 쇳덩이로 만들어진 몸뚱이라도 박살이 날 정도로 높았다.

벌컥―

문이 열리면서 거구의 금발 사내가 안으로 들어섰다.

사내의 손에는 마실 물과 아이들을 위한 것인지 과자가 담긴 쟁반이 들려 있었다.

사내는 폭스레인의 조직원 중 한 명인 에릭 존슨이었다. 에릭 존슨은 방으로 들어서면서 방 안의 상황을 눈으로 살폈다. 모두가 겁을 먹은 얼굴이었다.

다만 한종섭만이 날카로운 시선으로 자신을 쏘아보고 있자 피식 웃음을 터트렸다.

"화가 많이 난 얼굴이군?"

에릭 존슨의 말에 한종섭이 악문 입술 사이로 말을 내뱉었다.

"당신들 누구지? 왜 우릴 이곳으로 끌고 온 건가?"

한종섭이 매섭게 자신을 쏘아보자 에릭 존슨이 물과 쟁반을 테이블 위에 올려놓으면서 입을 열었다.

"그 점에 대해서는 미안하게 생각해. 하지만 100억 불이라는 엄청난 돈이 걸려 있는 일이기에 어쩔 수가 없었어. 다만

이렇게 조용하게만 지내준다면 조용히 돌려 보내주도록 하지."

"100억불?"

한종섭은 영문도 모를 100억불이라는 엄청난 돈이 자신과 아내 그리고 아이들이 납치된 것과 연관이 있다는 말에 어리둥절해졌다. 에릭 존슨이 한지은과 한강호를 안고 약간 겁에 질린 얼굴로 자신을 바라보고 있는 이은숙을 보며 피식 웃었다.

"동양인들은 나이가 들지 않는 것 같군 확실히… 아이들의 엄마라는 사실을 믿지 못하겠어."

말을 마친 에릭 존슨이 한종섭을 바라보았다.

"다시 말해두지만 이곳에서 별 소동 없이 조용히 지내고 있기를 바라. 그렇게 오래 걸리진 않을 거야."

에릭 존슨의 말을 들은 한종섭이 잠시 그를 바라보다가 입을 열었다.

"혹시 내 사위와 딸이 관련되어 있는 것인가?"

한종섭의 추궁에 에릭 존슨이 잠시 멈칫했다.

그런 에릭 존슨의 모습을 본 한종섭은 자신의 예상이 맞았다는 것을 직감했다.

"역시 그런 모양이군?"

"뭐 알고 있으니 부인하진 않겠어. 하지만 도대체 무슨 사연으로 당신의 사위와 딸에게 100억불이라는 의뢰금이 붙었는지 그 이유를 우리 보스가 알고 싶어 하더군."

"보스?"

한종섭은 폭스레인의 보스인 실버폭스 제이미 켈리건의 얼굴을 보지도 못했다.

다만 이들이 일단의 의도를 가지고 움직이는 조직원들이라는 것은 분위기만으로도 충분히 감지할 수가 있었다.

에릭 존슨이 피식 웃으면서 말했다.

"많이 알려고 하지 마. 무사히 돌아가고 싶다면 말이야."

한종섭이 나직한 어투로 그를 바라보며 입을 열었다.

"내 사위와 관련되어 있다면 이런 상황도 이해가 되는군. 그 100억불이라는 돈도 이해가 되고 말이야."

한종섭이 중얼거리자 에릭 존슨이 눈을 껌벅였다.

"알고 있는 것이 있나?"

에릭 존슨은 김동하와 한서영에 관해 한종섭이 무언가 알고 있다는 것을 직감했다. 한종섭이 물끄러미 에릭 존슨을 바라보다가 입을 열었다.

"내 사위가 어떤 사람인지 알았다면 이런 일은 저지르지 않았어야 하는데 그건 몰랐던 것인가 보군 그래."

"그 친구에게 비밀이 숨겨져 있다는 뜻인가?"

한종섭이 피식 웃었다.

"비밀? 글쎄 비밀이라고 해도 그다지 틀린 말은 아닐 것 같군. 하지만 당신들은 내 사위와 대적하는 순간 가장 잘못된 선택을 했다고 해도 좋을 거야. 내가 당신들 입장이라면 절대로 내 사위를 자극하지 않았을 것이니까."

에릭 존슨의 이마가 찌푸려졌다.

"그게 뭔지 말해 주겠나?"

한종섭이 머리를 흔들었다.

"말하지 않아도 곧 알게 될 거다. 우릴 여기에 데려온 것은 내 사위와 딸을 이곳으로 불러들이겠다는 의도인 것 같은데 그렇다면 당신들의 의도는 성공한 것이라고 할 수 있을 거야. 내 사위와 딸이 이곳으로 오는 것은 틀림없으니까."

말을 마친 한종섭이 머리를 돌렸다.

그 모습을 본 에릭 존슨이 이를 드러내며 웃었다.

"당신의 입으로 말하지 않아도 곧 알게 된다고 한 당신의 말을 믿겠어. 하지만 그렇다고 해도 우리가 예상하는 결과는 바뀌지 않을 거야. 사위와 딸을 믿는다면 허무한 기대가 될 텐데 너무 실망하지 않았으면 좋겠어. 그럼 편히 쉬라고."

말을 마친 에릭 존슨이 몸을 돌려 다시 방을 빠져나갔다. 한쪽에서 듣고 있던 이은숙이 급하게 물었다.

"이 사람들이 우리에게 이러는 이유가 김서방이랑 서영이 때문이라고요?"

끄덕.

"그런 모양이야."

한종섭의 대답에 이은숙이 천천히 머리를 끄덕였다.

"역시."

이은숙 역시 정체를 알 수 없는 외국인들이 집으로 쳐들어와 자신과 남편 그리고 아이들을 이곳으로 데려온 이유가 김동하와 한서영 때문임을 직감하던 참이었다.

다만 그들이 외국인이기에 무언가 다른 이유가 있을지도 모른다는 생각을 하고 있었다. 근래에 들어와 남편의 서진인터내셔널이 급격하게 자금력을 과시하면서 사업영역을 확장해 나가자 외국인 바이어들이 서진인터내셔널을 수시로 방문한다는 소식을 들었기 때문이다.

이은숙은 남편의 사업상 이해관계가 걸린 외국인들이 무모한 행동을 한 것일지 모른다는 생각을 했지만 결국은 이번에도 역시 사위 김동하와 딸 한서영 때문이었다.

한종섭이 아내의 얼굴을 보며 입을 열었다.

"김서방과 서영이가 오면 쉽게 해결될 거야. 그러니 너무 걱정하지 마."

"걱정하지 않아요. 김서방이 있는데…….'

말을 하던 이은숙의 눈이 커졌다.

"어머."

이은숙의 눈이 굳게 닫힌 방 안에서 유일하게 외부의 풍경을 볼 수 있는 창에 고정되었다.

어두운 밤거리의 풍경이 내려다보이는 창밖에는 마치 환영처럼 하나의 얼굴이 떠올라 이쪽을 바라보고 있었다.

아내의 놀라는 표정을 본 한종섭 역시 놀란 얼굴로 창 쪽으로 시선을 던졌다. 역시 그의 얼굴에도 놀란 표정이 떠올랐다. 창가에는 마치 고무풍선처럼 김동하가 허공에 떠올라 이쪽을 향해 무언가 말을 하고 있었다.

김동하의 말을 듣고 싶었지만 두꺼운 통유리로 인해 말이 전달되지 않았다. 한쪽에 앉아 있던 한지은과 막내 한강호도 형부이자 매형인 김동하를 발견했다.

한지은이 자리에서 벌떡 일어섰다. 그때 김동하가 한지은

에게 가까이 오라 손짓했다. 한지은이 급하게 창가로 향했다. 그 순간 창밖에 떠올라 있던 김동하가 유리창에 글을 쓰기 시작했다.

[유리를 두터운 이불을 사용해서 막아. 곧 유리가 터질 거야.]

김동하가 손가락으로 쓴 글씨를 한지은은 단번에 알아차렸다.

"아빠, 형부가 유리를 이불로 막으래요. 곧 유리가 터질 거라고 했어요."

한지은의 말에 한종섭이 눈을 크게 떴다.

"그, 그래."

한종섭이 침대위에 덮인 이불과 침대보를 재빨리 걷어서 창으로 가져왔다.

그 모습을 본 이은숙도 재빨리 남편을 거들었다. 유리창은 사방 2m 정도의 통유리로 만들어져 있었고 어지간한 외부의 충격에도 끄떡하지 않을 정도로 단단했다.

모서리 부분을 망치로 두드려야 겨우 깰 수 있을 정도의 단단한 강도를 지니고 있었다. 엄마와 아빠가 이불로 유리를 가리자 한지은과 한강호도 끼어들었다.

이내 유리의 전면이 거의 이불로 완전히 가려졌다.

그 때문에 안쪽에 있는 사람들은 김동하가 떠 있는 창밖의 모습을 전혀 볼 수 없었다.

하지만 그것도 한순간이었다. 이불로 가려진 유리의 안쪽에서 희미한 충격음이 들려왔다.

퍼벅—

촤르르르르.

마치 계란이 깨지는 것 같은 희미한 소성과 함께 무언가 안으로 쏟아지는 소리가 들렸다.

안으로 쏟아지는 것은 잘게 깨어져 나간 유리의 파편이었고, 파편의 대부분은 유리를 막고 있는 이불과 침대보 위로 떨어져 거의 소리가 들리지도 않았다.

이내 찬바람이 방 안으로 휘몰아쳐 들어왔다.

"고생하셨지요? 이제 이불을 내려놓아도 됩니다."

한종섭의 귀에 사위 김동하의 차분한 목소리가 들려왔다. 종섭과 이은숙이 이불을 뒤쪽으로 걷어냈다.

찬바람이 그들의 얼굴을 스쳤다. 눈앞에 그 큰 유리가 모래알처럼 부서져 바닥에 수북하게 쌓여 있는 것이 보였다. 그리고 그 유리의 잔해를 살며시 밟고 서 있는 김동하의 모습이 보였다. 한종섭이 급하게 물었다.

"이게 어떻게 된 일인가? 서영이는?"

한종섭은 김동하 혼자 서 있자 큰딸 한서영이 제일 궁금한 모양이었다.

"서영누님은 위에서 기다리고 계십니다."

"그, 그래?"

한지은과 한강호는 형부이자 매형인 김동하가 어떻게 이 높은 곳에서 허공에 둥실 떠올라 있을 수 있는지 그게 궁금

해서 김동하의 몸과 창밖을 연신 번갈아 바라보았다. 그때 이은숙이 물었다.

"김서방, 여기에 있는 이 사람들은 누구인가? 김서방도 아는 사람이야?"

김동하가 머리를 흔들었다.

"그것을 설명해 드릴 시간이 없을 것 같습니다. 외부에서 이곳의 상황을 알아차리면 귀찮은 일이 생길 것 같으니까요. 서영누님이 모든 것을 설명해드릴 겁니다."

김동하가 한종섭을 바라보며 입을 열었다.

"지금 당장 이곳을 빠져나가는 것이 먼저일 것 같습니다."

한종섭이 굳은 얼굴로 머리를 끄덕였다.

"그, 그래."

"일단 처제와 처남부터 위로 데리고 올라가겠습니다."

"그러게."

곧바로 김동하가 한지은과 한강호를 양쪽 팔로 안았다.

"겁먹지 마. 걱정할 필요 없어."

한지은이 눈을 동그랗게 뜨면서 머리를 끄덕였다.

"그, 그럴게…요."

한지은과 김동하는 엄밀하게 따지면 동갑이라고 할 수 있다. 그 때문에 한지은은 늘 김동하를 대하면 말을 어떤 식으로 해야 할지 고민했다.

하지만 곧 큰언니와 결혼을 하게 된다면 철저하게 큰형부로서 대할 생각이었다. 김동하가 한지은과 한강호를 안고 창밖으로 튀어나갔다.

"꺅."

"헉."

한지은과 한강호의 입에서 나직한 비명소리가 울렸지만 이
내 허공 속으로 잠겨들었다. 한지은과 한강호를 안고 창을
빠져나온 김동하가 그대로 비등연공을 펼쳐 허공으로 솟아
오르며 옥상으로 올라왔다.

"누나."

"언니."

옥상에는 초조한 얼굴의 한서영이 김동하가 솟아오르기를
기다리고 있었다.

"지은아, 강호야."

한서영이 급하게 김동하의 곁으로 다가왔다.

와락―

한서영이 두 동생들을 와락 껴안았다.

두 동생들은 큰누나의 포근한 품에 안겨 그제야 안도의 한
숨을 내쉬었다. 한서영에게 동생들을 안겨준 김동하가 다시
몸을 돌리며 입을 열었다.

"어머님과 아버님을 모셔오겠습니다."

김동하의 말에 한서영이 머리를 끄덕였다.

"그래."

이내 김동하의 모습이 다시 옥상의 아래쪽으로 사라졌다.
그야말로 제비처럼 날렵했고 세상 누구보다 듬직한 김동하
의 모습을 보는 한서영의 입에서 안도의 한숨이 흘러나오고
있었다.

잠시 후. 또다시 솟아오르는 김동하의 품에는 장모인 이은숙과 장인 한종섭이 서로를 껴안은 모습으로 안겨 있었다. 장인은 장모님을 안고 김동하는 장인어른을 안은 모습이었다. 이내 옥상에 모두가 모였다.

"아빠, 엄마."

"서영아."

큰딸 한서영을 본 한종섭과 이은숙이 동생들을 안고 있는 한서영을 꼭 껴안았다.

이은숙이 물었다.

"이게 어찌 된 일이니? 저 사람들 뭐야? 저 사람들이 왜 이런 것이니? 김서방은 서영이 네가 알려줄 거라고 하더라만."

한서영이 한숨을 불어냈다.

"후… 그럴 일이 있었어. 토마스 회장님의 조카와 동생인 로빈 부회장이 벌인 일인데……."

설명을 하는 한서영의 곁으로 김동하가 다가섰다.

"누님이 모두 설명해 드리세요. 전 내려가서 저자들과 만나야 할 것 같습니다."

"알았어. 조심해."

한서영은 김동하를 위험하게 만들 존재는 이 세상에 없다는 것을 알고 있었지만 그럼에도 자신의 곁을 떠나는 것이 불안하기만 했다.

"걱정하지 마십시오. 곧 돌아올 겁니다."

말을 마친 김동하가 다시 옥상의 난간 위로 튀어올라 아래로 사라져 버렸다. 김동하가 아래로 내려가자 한서영이 아빠와 엄마 그리고 두 동생들에게 이런 일이 벌어진 연유를 설명하기 시작했다.

"이번 일은 듀크 레이얼이라는 토마스 회장님의 조카가 동하와 저를 노리고 사주한 일이에요. 아까 집에 들렀을 때……."

한서영은 엄마와 아빠에게 조금 전에 집에서 토마스 레이얼 회장의 전화를 받게 된 사연을 천천히 설명했다.

싸늘한 밤바람이 호텔 옥상을 스쳐가고 있었지만 옥상에 모인 가족은 전혀 춥다는 느낌이 들지 않았다.

"저 방에서 이상한 소리가 들리지 않았어?"

로열호텔 VIP실 테이블에 둘러앉아 알아들을 수 없는 한국 텔레비전의 방송을 보고 있던 히스패닉 계열의 사내가 머리를 돌렸다. 폭스레인의 맥시코 출신 용병 에르난데스 펨피코라는 사내였다.

에르난데스 펨피코의 시선이 향한 곳은 조금 전에 물과 간식을 넣어준 VIP룸 게스트 침실이었다.

에릭 존슨이 피식 웃었다.

"쿡, 안에서 무슨 일이 있겠어? 도망칠 곳도 없는 곳이고 출구는 오직 한곳뿐인데. 영화에 나오는 슈퍼맨이라도 된다면 모를까?"

에릭 존슨의 말에 에르난데스 펨피코가 머리를 돌렸다.

테이블에 앉아서 카드를 만지작거리고 있던 빌리 헤이든이

조선남자
朝鮮男子
272

입을 열었다.

"그나저나 갑자기 찾아온 토마스 글로빈 저자도 대단해."

에릭 존슨이 웃었다.

"냄새를 맡은 거지. 돈 냄새 말이야."

빌리 헤이든과 함께 카드를 만지고 있던 금발의 사내가 빈정거리듯 입을 열었다.

"우리가 한국에 들어온 게 100억불의 수수료가 걸린 일이라는 것을 눈치챘다면 자신의 몫을 당연히 찾으려 하겠지."

금발의 사내는 미 특수부대 출신으로 별명이 아트킬러라고 불리는 핸리 맥험이라는 사내였다. 그는 살인을 할 때 세상의 모든 이목을 자신이 만들어 놓은 살인 작품 속으로 끌어들인다는 황당한 습관을 가지고 있는 자였다.

2년 전 미국 플로리다의 해변의 배구코트에서 교수형처럼 살해당한 MIT공대의 교수시체가 발견되어 미국 전역이 시끄러웠던 것도 그의 솜씨였다.

에릭 존슨이 웃었다.

"맞아, 역시 CIA는 돈 냄새가 나는 곳은 기막히게 찾아낸다니까."

그때 한쪽에서 겨드랑이의 홀스터에서 뽑아낸 총을 기름천으로 닦고 있던 사내가 히죽 웃으며 머리를 돌렸다.

"보스가 그자를 처리하라고 하면 내가 제일 먼저 그놈의 머리를 수박 터트리듯 터트려 버릴 거야. 그리고 그의 목을 잘라내 거실의 장식품으로 박제해 놓을 생각이야."

총을 닦고 있던 사내는 아르헨티나 출신의 용병 엔리코 쿠차였다. 총보다는 칼을 잘 쓴다고 알려졌지만 그의 칼솜씨를 제대로 본 사람은 없었다.

그가 칼을 쓴 상대는 그의 화려한 솜씨를 보는 것을 마지막으로 모두 죽어버렸기 때문이다.

그때 거실 한쪽의 문이 열리면서 몸에 꽉 붙는 청바지에 부츠를 신은 여자가 걸어 나왔다.

폭스레인의 홍일점인 메리 클로렌스였다.

메리 클로렌스의 얼굴은 살짝 찌푸려져 있었다. 에릭 존슨이 힐끗 메리 클로렌스의 얼굴을 바라보며 물었다.

"표정이 왜 그래?"

메리 클로렌스가 거실 소파에 털썩 주저앉으며 입을 열었다.

"토마스 글로빈 저자를 죽여버리고 싶어."

메리 클로렌스의 말에 모두의 시선이 그녀의 얼굴로 향했다. 빌리 헤이든이 물었다.

"무슨 일이야?"

메리 클로렌스가 싸늘한 눈빛으로 조금 전에 자신이 나온 문을 바라보았다.

"토마스 저놈이 보스에게 자신의 몫으로 10억불을 요구했어."

"뭐?"

"10억불?"

모두가 놀란 얼굴로 메리 클로렌스를 바라보았다. 메리 클로렌스가 입가에 싸늘한 미소를 띠며 입을 열었다.

"자신의 몫으로 10억불을 내놓지 않으면 CIA의 본부에 우리가 한국에서 벌리려는 이번 작전을 보고할 거라고 했어. 하지만 자신의 몫으로 10억불을 내놓으면 우리가 한국에서 무사히 빠져나갈 수 있도록 돕겠다고 하더군. 망할놈. 고작 몇 장의 정보만 건네고 10억불이라니."

메리 클로렌스는 단단히 화가 난 모양이었다.

에릭 존슨이 물었다.

"보스는 뭐라고 그래?"

메리 클로렌스가 대답했다.

"보스가 들어줄 것 같아? 10억불을 원하면 그 대가로 CIA의 내부정보망에서 우리 폭스레인에 관한 자료를 전부 지워야 하고, 세계 전 지역의 CIA 요원 명단을 요구했더니 그놈 표정이 웃겼어. 호호."

엔리코 쿠차가 이를 드러내며 웃었다.

"그 정도라면 10억불도 별로 큰돈은 아니로군."

전 세계의 CIA 요원 명단이라면 미국과 대척관계에 있는 중동국가나 중국을 비롯해 러시아에서도 탐을 낼 정보였고 그 가치는 10억불과는 비교조차 할 수 없다.

메리 클로렌스가 웃었다.

"보스의 요구에 그놈의 얼굴이 마치 산타클로스의 얼굴처럼 부풀어 오르더라고."

"쿡."

"크큭."

CIA의 한국지부 지부장인 토마스 글로빈은 천문학적인 돈이 걸린 이번 프로젝트에서 자신이 끼어들어 어부지리를 취할 생각이었다. 하지만 그는 자신보다 더 영악한 실버폭스가 있다는 것을 망각하고 있었다.

그때 거실 한쪽의 문이 열리면서 약간 굳은 표정의 40대 후반으로 보이는 양복차림의 사내와 폭스레인의 보스인 제이미 켈리건이 걸어 나왔다. 양복차림의 사내가 바로 CIA의 한국지부장인 토마스 글로빈이었다.

토마스 글로빈이 얼굴은 딱딱하게 굳어 있었다. 아마 방에서 보스인 제이미 켈리건에게 요구했던 자신의 몫을 제대로 챙기지 못한 듯했다. 제이미 켈리건이 거실에 모여 있는 폭스레인의 조직원들을 훑어보며 입을 열었다.

"우리가 기다리는 두 사람이 도착하는 즉시 이곳에서 모든 일을 마무리하고 떠난다. 뒤처리는 여기 CIA의 한국지부장 토마스가 맡아줄 거야."

에르난데스 펨피코가 물었다.

"여기 이 방에 있는 한국인들은 어떻게 할까요?"

강제로 방에 가두어 놓은 한국인 가족들의 처리 문제였다. 제이미 켈리건이 당연하다는 듯이 말했다.

"그들 역시 조용히 처리해."

제이미 켈리건은 김동하와 한서영의 가족을 그냥 살려줄 생각이 없었다. 그들을 살려줄 경우 자신들의 흔적이 드러날 수 있기 때문이었다. 제이미 켈리건이 자신의 옆에 서 있는 토마스 글로빈을 바라보았다.

"여기서 생긴 모든 일은 당신이 처리해. 5,000만불이라도

받고 싶다면 말이야."

제이미 켈리건의 회색빛 눈이 싸늘하게 반짝이며 토마스 글로빈을 쏘아보고 있었다.

토마스 글로빈이 마른침을 삼키며 머리를 끄덕였다.

"알겠소."

토마스 글로빈은 자신의 몫으로 제이미 켈리건에게 10억 불을 요구했다가 최종적으로 5,000만불로 합의가 된 모양이었다. 한순간에 20분의 1로 자신의 몫이 줄어들었지만 5,000만불이라고 해도 그가 죽을 때까지 만질 수 없을 엄청난 거액이었다. 제이미 켈리건으로부터 5,000만불을 받는 대신 폭스레인이 한국에서 남긴 증거를 처리하고 제이미 켈리건과 폭스레인 대원들이 무사히 한국에서 빠져 나갈 수 있도록 도와야 한다는 조건까지 받아들였다. 제이미 켈리건이 에릭 존슨을 보며 물었다.

"그자들은 아직 도착하지 않았나?"

"아직 호텔카운터에서 연락이 없습니다."

"가족이 인질로 잡혔다는 연락을 받았을 텐데 이 시간까지 접촉을 해 오지 않는다는 것이 이상하군. 가족애가 없는 것인가?"

제이미 켈리건은 가족을 잡아 오면 김동하와 한서영이 금방이라도 호텔로 달려올 것이라고 생각했지만 예상과는 달리 아직 연락이 없는 것이 이상하다고 생각했다.

그때였다.

"가족애가 없는 것이 아니라 가족애가 너무 깊어서 그분들을 먼저 구해놓고 당신들을 만나려 했지.”

나직하고 서늘한 말이었다.

제이미 켈리건의 얼굴이 굳어졌다. 머리를 돌리는 그녀의 눈에 굳게 닫혀 있던 인질들을 넣어놓은 방 문에 등을 기대고 선 사내의 모습이 들어왔다.

회색빛 양복에 넥타이를 걸치지 않은 깔끔한 와이셔츠를 걸친 동양인 사내였다. 사내가 등을 기대고 있는 방 안에서 싸늘한 바람이 거실로 흘러들어왔다.

사내는 장인과 장모 그리고 처제와 처남을 구하고 옥상에서 내려온 김동하였다.

김동하의 얼굴은 무척 싸늘했다. 문 옆에 기대고 선 김동하의 뒤편으로 부서져 내린 유리창의 파편들과 어지럽게 놓인 침대보와 이불들이 바닥에 떨어져 있었다.

방 안의 모습을 확인한 제이미 켈리건의 눈이 흔들렸다. 언제 들어온 것인지 아무도 눈치채지 못했고 그가 어떻게 인질이 갇힌 방에서 나온 것인지 기척도 느끼지 못했다. 제이미 켈리건의 놀란 눈빛과 함께 그동안 한가한 모습으로 거실에 앉아 있던 폭스레인의 조직원들이 마치 튕겨진 고무공처럼 자리에서 일어섰다.

에릭 존슨의 얼굴이 딱딱하게 굳어졌다.

조금 전에 에르난데스 펨피코가 방에서 이상한 소리가 난다고 한 것을 무시했던 그였다. 그리고 불과 몇 분 전에 방 안에 물과 과자를 넣어 준 것도 자신이었다.

그랬기에 방에서 걸어 나온 김동하를 보며 머릿속이 멍해

278

지는 느낌이 들었다.

그가 재빨리 머리를 돌려 방 안을 확인해 보았지만 안에는 아무도 없고 오직 김동하만이 문 옆에 서 있는 것을 확인할 수 있었다.

에릭 존슨이 제이미 켈리건을 보며 입을 열었다.

"다른 사람은 없습니다. 방에 있던 사람들은 모두 빠져나간 것 같습니다."

에릭 존슨의 말에 제이미 켈리건이 이마를 찌푸렸다.

"혼자서 들어왔다는 것인가?"

김동하가 싱긋 웃으며 입을 열었다.

"맞아. 나 혼자 찾아왔어. 난 혼자 움직이는 것이 좋거든?"

제이미 켈리건이 김동하를 보며 입을 열었다.

"네가 김동하라는 한국인이군?"

"맞아 내가 김동하야. 하지만 듀크라는 놈도 잘 모르고 있는 정보인데 정확하게는 조선에서 온 한국인 김동하라는 사람이야."

제이미 켈리건의 이마가 찌푸려졌다.

"조선? 아니 그보다 듀크라는 놈이 우리에게 청부를 했다는 것을 알고 있었던 건가?"

김동하가 하얀 이를 드러내며 웃었다.

"당신들만 비밀이 있는 것은 아니거든?"

제이미 켈리건이 입술을 말아 올렸다.

"재미있군. 누군지 몰라도 우리 폭스레인의 뒤를 파고 있는 간 큰 놈들이 있다는 것이 말이야. 그나저나 조선이 무슨 뜻이지?"

김동하가 피식 웃었다.

"설명하기 귀찮으니 그냥 한국인 김동하라고 해도 틀린 것은 아니야."

놀란 얼굴로 김동하를 바라보고 있던 메리 클로렌스가 물었다.

"한서영이라는 여자는 어디에 있지? 그리고 방 안에 있는 사람들은 어디에 있고?"

"당신들이 데려온 분들과 함께 저기 위쪽에 있어. 내가 몰래 그분들을 저 위쪽으로 모셨지."

김동하가 싱긋 웃으며 손가락으로 천정을 가리켰다.

제이미 켈리건이 머리를 끄덕였다.

"우리가 눈치채지 못하게 은밀하게 가족을 구출했다니 놀랍군. 의뢰대상이 아니었다면 우리 레인폭스에 가담시키고 싶을 정도로 말이야."

제이미 켈리건은 혼자서도 당당하게 자신들의 앞에 나타난 김동하의 대범함이 안겨주는 신선한 충격에 마음속으로 감탄하고 있었다.

"당신들이 이곳 한국 땅에서 무슨 일을 저질러도 나하곤 상관없는 일이지만 하필이면 나의 가족을 건드린 것이 실수야."

제이미 켈리건이 웃었다.

"호호 나를 놀라게 한 것은 칭찬해 주고 싶지만 그렇다고 치기 어린 만용은 화가 된다는 것을 알아야 해. 한서영이라

는 여자는 위쪽에 있다고 했나?"

제이미 켈리건이 힐끗 천정을 바라보았다.

김동하가 머리를 끄덕였다.

"맞아. 위쪽에 있어."

제이미 켈리건이 힐끗 옆쪽을 돌아보며 입을 열었다.

"빌리, 위에 올라가서 한서영이란 여자를 데려와. 나머지
는 죽여도 좋아."

제이미 켈리건의 말에 빌리 헤이든이 검은 얼굴에 환한 미
소를 지었다.

"알겠습니다 보스."

제이미 켈리건이 옆에 서 있는 엔리코 쿠차와 에르난데스
펨피코를 보며 입을 열었다.

"혹시 조력자가 있을지 모르니 쿠차와 에르난데스도 따라
가도록 해. 소리 없이 조용히 처리하고 여자만 데려와."

제이미 켈리건은 김동하 혼자서 방안에 갇혀 있던 가족들
을 무사히 구출했다고는 믿지 않았다. 또한 김동하 혼자서
자신들을 찾아왔다는 것 역시 믿지 않았다. 호텔 옥상에서
내려와 창을 통해 인질을 구해내려면 적어도 몇 명의 조력자
들이 있어야 가능한 일이었기 때문이다. 엔리코 쿠차와 에르
난데스 펨피코가 머리를 숙였다.

"예. 실버."

이내 두 사람이 몸을 돌렸다. 제이미 켈리건이 메리 클로렌
스를 바라보며 입을 열었다.

"메리가 이자를 처리해."

제이미 켈리건은 김동하 혼자라면 폭스레인의 홍일점인 메리 클로렌스 혼자서도 충분히 처리할 수 있을 것이라고 생각했다. 메리 클로렌스가 손으로 자신의 머리를 뒤쪽으로 쓸어 올리며 환하게 웃었다.

"네. 제가 처리할게요."

메리 클로렌스는 비록 김동하가 동양인치고는 제법 건장한 체격을 지니고 있지만 그래도 자신의 상대는 되지 않을 것이라 생각했다.

지금까지 그녀가 처리해온 수많은 제거대상이 한결같이 자신을 여자라고 무시하다가 당했기 때문이다.

실제로 메리 클로렌스는 같은 폭스레인의 대원들조차 무시할 수 없는 격투술에 신속하고 정확한 사격술을 비롯하여 각종 투기에 능했다.

특히 그녀의 특기인 양쪽 허벅지를 이용해 상대의 목을 조이는 압박술은 그녀의 기술에 걸린 대상들 대부분 목이 부러져 죽어버렸을 정도로 강력했다.

보스인 제이미 켈리건의 지시를 들은 세 사람이 메리 클로렌스가 김동하를 제거하는 동안 옥상에 있는 한서영을 데려오기 위해 VIP룸을 빠져나가려고 문 쪽으로 향했다. 메리 클로렌스가 김동하라는 한국인을 처리하는 시간은 길어야 3분 정도 시간이 걸릴 테고, 그전에 한서영을 이곳으로 데려오려고 걸음을 서둘렀다.

그들이 막 문 앞에 도착하는 순간이었다.

그 순간 누군가 그들의 앞을 막아섰다. 좀 전까지 인질들이

간혀 있던 방문에 등을 기대고 서 있던 김동하였다.

보스로부터 김동하를 처리하라는 지시를 받은 메리 클로렌스는 한순간에 마치 꺼지듯 사라지는 김동하의 모습에 어리둥절한 표정으로 그가 서 있던 자리를 바라보고 있었다. 그녀는 마치 순간이동을 한 것처럼 VIP실의 입구에 다시 모습을 드러낸 김동하가 움직이는 모습조차 확인할 수 없었다. 문 앞으로 이동해 문을 막아선 김동하가 세 사람을 바라보며 입을 열었다.

"내 아내를 만나기 전에 먼저 해결해야 할 일이 있을 것 같은데?"

김동하의 말에 막 문을 나서려던 세 사람의 얼굴에 어리둥절한 표정이 떠올랐다.

엔리코 쿠차가 김동하가 어떻게 순식간에 문 앞에 나타났는지 이해되지 않는 얼굴로 머리를 돌렸다.

그의 시선이 향한 곳은 좀 전까지 김동하가 서 있던 인질들이 갇혀 있던 방문 쪽이었다. 엔리코 쿠차의 시선에 약간 당황한 얼굴의 제이미 켈리건과 메리 클로렌스 그리고 입을 살짝 벌리고 있는 CIA의 한국지부장 토마스 글로빈을 비롯해 에릭 존슨과 살인예술가라고 자칭하는 헨리 맥험이 보였다. 그들 역시 순식간에 문 앞에서 사라졌다가 옥상으로 올라가려는 세 명을 막아선 김동하를 보며 이해가 되지 않는다는 표정이었다.

"어떻게… 한 거지?"

제이미 켈리건은 지금의 상황이 전혀 이해가 되지 않았다.

예전 자신이 CIA의 집행관을 맡으며 악명 높은 블러드 쉐도우라는 별명까지 얻게 되었을 때, 자신 역시 표적을 처리하기 위해 은밀하고 신속하게 몸을 움직였던 적도 있었다.

그렇다 해도 지금 눈앞에서 펼쳐진 김동하처럼 상대의 눈앞에서 이런 움직임을 보일 만큼 표홀진 않았다.

김동하가 자신의 앞에 서 있는 세 명의 사내를 보며 나직하게 입을 열었다.

"내가 허락하지 않는 한 그 누구도 이곳을 나갈 수 없어."

김동하의 말에 빌리 헤이든이 얼굴을 일그러뜨렸다.

"이런 건방진 원숭이 놈이……."

거구의 빌리 헤이든이 김동하의 목을 틀어쥐려는 듯 손을 앞으로 내밀었다. 한 손의 악력으로 따지 않은 맥주캔을 터트려 버릴 정도로 강한 악력을 가진 빌리 헤이든이었다. 그의 손에 목이 잡히면 말 그대로 버둥거리다 교수형을 당한 것처럼 허공에서 축 늘어지게 될 것이다.

콱.

빌리 헤이든의 손이 김동하의 목을 단번에 틀어쥐었다.

"끄응."

빌리 헤이든의 이마에 지렁이 같은 핏줄이 솟아올랐다.

그것은 그가 최대한의 힘을 쏟아내고 있다는 것을 의미했다. 그 모습을 본 엔리코 쿠차와 에르난데스 팜피코가 피식 웃었다. 동료인 빌리 헤이든의 손에 잡힌 이상 김동하라는 이 한국인은 신이 강림하지 않는 이상 절대로 살아남지 못한다고 생각했기 때문이다.

그가 손에 힘을 풀지 않는 한 마치 강철로 만든 쇠목걸이처럼 목이 부러져 나갈 정도로 강력하게 조일 만한 악력이었다.

"멍청한 한국 놈. 그냥 메리에게 당했다면 행복하게나 죽었을 것을."

엔리코 쿠차가 빌리 헤이든의 손에 잡힌 김동하를 보며 혀를 찼다. 순식간에 상대의 등에 올라탄 메리 클로렌스의 양 허벅지가 목을 조를 때 그 엄청난 힘과 함께 목을 졸리는 상대는 자신도 모르게 황홀한 쾌감을 느끼게 된다고 알려져 있었다.

그리고 그렇게 죽어가는 상대를 보며 메리 클로렌스 역시 쾌감을 느낀다는 것을 동료들은 알고 있었다.

메리 클로렌스에게 목이 조인다면 행복한 느낌을 가진 채 죽었을 것이지만 빌리 헤이든의 손에 잡힌 이상 극악한 고통과 함께 목이 부러져 죽을 것이 분명했다.

엔리코 쿠차는 그런 상황에 놓인 김동하가 가련하다는 생각이 든 것이다.

"끄응."

김동하의 목을 틀어쥔 빌리 헤이든의 입에서 다시 앓는 소리가 흘러나왔다. 그것은 그가 온몸의 힘을 몽땅 짜내고 있다는 것을 의미했다.

빌리 헤이든은 평소에 하던 대로 목을 쥔 채 김동하를 허공으로 들어올릴 생각이었다. 두 손에 목이 잡혀 허공으로 들려올려지면 마치 단단한 동아줄에 목이 감긴 것처럼 허공에서 대롱대다가 결국 목이 부러져 축 늘어지는 것이 순서였다. 하지만 빌리 헤이든은 자신의 예상과는 달리 그다지 몸무게가 크게 나가지 않을 것 같은 김동하를 들어올리지 못하고 있었다.

파르르르.

빌리 헤이든의 굵은 팔뚝이 파르르 떨렸다.

"이, 이놈이……."

빌리 헤이든의 얼굴이 일그러졌다. 그에게 목이 틀어 잡힌 김동하는 전혀 고통스런 표정도 없이 물끄러미 자신의 목을 잡고 있는 빌리 헤이든의 얼굴을 바라보았다.

"미련한 몸뚱이에 백정처럼 도살자의 기운이 가득 차 있는 자로군?"

김동하의 나직한 목소리가 빌리 헤이든의 귀로 흘러들었다. 빌리 헤이든의 안색이 창백하게 변했다.

온몸의 힘을 뽑아내면서 단숨에 김동하를 들어올리려 했지만 발에 천근의 추가 달려 있는 것처럼 김동하는 미동도 하지 않았다.

그때 폭스레인의 보스인 제이미 켈리건이 김동하가 있는 곳으로 다가섰다.

"빌리, 시간이 없어. 이자를 빨리 처리하고 한서영이라는 여자를 데리고 떠나야 한다."

제이미 켈리건은 김동하가 빌리 헤이든의 손에 목이 틀어 잡힌 이상 결과는 뻔하다는 것을 알고 있었다.

메리 클로렌스는 자신의 타깃을 빌리 헤이든에게 뺏겼다는

것이 분하다는 얼굴로 김동하를 노려보며 다가오고 있었다.

빌리 헤이든은 제이미 켈리건의 말에 대답을 할 수가 없었다. 그가 아무리 힘을 써도 김동하는 전혀 움직이지 않았기 때문이었다.

김동하가 나직하게 입을 열었다.

"당신들 모두 내 가족을 해치려 한 것에 대해 당연하게 죗값을 치러야 한다. 죽이진 않겠지만 그렇다고 좋아할 수도 없을 거야."

말을 마친 김동하가 자신의 목을 틀어쥔 빌리 헤이든의 손을 가만히 잡았다.

순간 빌리 헤이든의 입이 쩍 벌어졌다.

"어, 어?"

빌리 헤이든은 김동하가 자신의 손을 잡는 순간 썰물처럼 자신의 몸에서 힘이 빠져나가는 것을 느꼈다.

그것은 빌리 헤이든에게 견디기 힘들 정도의 상실감을 안겨주었다. 동시에 모든 사람들을 그 자리에서 굳어버리게 만들었다.

김동하에게 손이 잡힌 빌리 헤이든의 모습이 변하고 있었다.

짙은 검은색의 꼬불꼬불한 머리칼이 한순간에 하얗게 변했고 순식간에 그의 등 뒤로 백발이 늘어졌다.

동시에 크고 우악스럽던 몸뚱이가 단번에 바람이 빠진 고무풍선처럼 흐물흐물해지며 줄어들었다.

팽팽하던 그의 얼굴은 징그러울 정도로 깊은 주름이 자글자글하게 생겨났고 그의 입에서 너무나 쉽게 이빨이 빠져 입술을 타고 아래로 떨어져 내렸다.

"비, 빌리."

"저, 저게 뭐야?"

"꺅!"

좀 전까지 폭스레인의 최고덩치라고 자부할 정도로 엄청난 거구였던 빌리 헤이든이 이제는 어린아이조차 이길 수 없을 것 같은 초라한 모습의 늙은이로 변해버렸다.

김동하가 빌리 헤이든을 보며 입을 열었다.

"당신의 손에 깃든 도살자의 악취가 너무 깊어 그대의 천명을 회수한다."

서늘하고 차가운 김동하의 말을 마지막으로 빌리 헤이든이 그 자리에서 주저앉았다.

털썩.

"끄어어어어."

빌리 헤이든의 입에서 들릴 듯 말 듯한 신음소리가 흘러나왔다. 빌리 헤이든에게 천명을 회수한 김동하가 멍한 얼굴로 자신을 보고 있는 엔리코 쿠차와 에르난데스 펨피코의 손을 오른손과 왼손으로 순식간에 낚아챘다.

터덕.

김동하에게 한순간에 손을 낚아 채인 두 사내가 기겁을 하며 물러나려 했지만 어떻게 된 일인지 그들은 전혀 움직일 수가 없었다.

김동하는 두 사내의 손을 낚아채는 것과 동시에 무량기를

일으켜 자신의 주변에 해동무벽의 분경을 펼쳤다.

해동무벽의 분경이 펼쳐지면 엄청난 강막이 생겨 강막의 안으로 들어오지도 못하고 밖으로 나가지도 못했다.

더구나 해동무벽의 분경은 그 강함이 상대의 반응에 따라 반응했다.

약한 힘으로 분경을 건드리면 약한 반탄력이 일어나지만 강한 힘으로 건드리면 그 힘과 같은 반탄력이 돌아가게 된다. 그 때문에 예전 킹덤의 두목이었던 마이클 할버레인과 그 조직원을 처리할 때 한서영의 주변에 해동무벽의 분경을 펼쳐놓아 그녀를 보호하게 만들었던 것이다.

총탄도 뚫지 못하는 해동무벽의 분경이라면 이곳에 있는 단 한 사람도 김동하의 허락 없이 방을 나가지 못하는 것은 당연했다.

김동하가 빌리 헤이든의 천명을 회수하는 장면을 눈앞에서 목격한 제이미 켈리건이 입을 벌렸다.

"저, 저게……."

"보, 보스. 이게 어떻게 된 일입니까? 빌리가 갑자기 왜?"

에릭 존슨은 친구이자 동료인 빌리 헤이든이 갑자기 노인의 모습으로 변한 것을 보며 찢어지게 눈을 부릅떴다. 그것은 다른 사람들도 마찬가지였다.

더구나 빌리 헤이든을 노인으로 변하게 만든 이후 엔리코 쿠차와 에르난데스 펨피코를 낚아채는 순간 그들도 빌리 헤이든처럼 변하기 시작했다.

<u>스스스스슷.</u>

순식간에 두 사람의 모습도 기괴한 모습으로 변해가고 있었다. 제이미 켈리건이 입을 벌리며 자신도 모르게 뒤로 물러섰다. 눈앞에서 수십 명이 죽어가는 모습을 지켜보더라도 눈썹 하나 깜박하지 않았던 제이미 켈리건이지만 지금 김동하의 손에 천명이 회수당하는 부하들을 보는 순간 등에 소름이 돋았다.

"이, 이럴 수가……."

덜덜덜.

제이미 켈리건은 자신의 두 손이 마치 학질에 걸린 것처럼 떨리고 있다는 것을 전혀 느끼지 못하고 있었다.

이내 두 사내가 김동하의 손에 의해 천명이 회수당한 모습으로 바닥으로 쓰러졌다.

두 명의 천명을 회수한 김동하가 말없이 몸을 떨고 있는 제이미 켈리건을 바라보았다. 제이미 켈리건은 김동하의 시선이 자신을 향하자 마치 무언가 자신을 묶어버린 듯한 느낌과 함께 그 자리에서 몸이 굳어졌다.

그때였다.

"이놈 죽엇!"

제이미 켈리건의 뒤에 서 있던 핸리 맥힘이 옆구리에 걸린 자신의 총을 뽑아 그대로 김동하의 머리를 겨냥하고 쏘았다.

퓨슉—

퓨슉—

소음기가 장착된 총이었기에 방망이로 이불을 두들기는 것 같은 소리만 들릴 뿐이었다.

핸리 맥힘은 눈앞에서 세 명의 동료를 주름투성이의 늙은 이로 만드는 김동하가 마치 악마처럼 보였다.

핸리 맥힘이 쏜 총은 김동하가 펼쳐놓은 해동무벽의 분경에 걸려들었다. 총탄이 해동무벽의 분경을 건드리는 순간 엄청난 반탄력으로 인해 총탄이 튕겨져 나갔다.

퍼버벅.

퍼퍽—

해동무벽의 분경에 의해 총탄은 허공으로 튕겨져 나가 VIP실의 천정을 맞고 어지럽게 튕기고 있었다.

유탄이 되어 튕겨진 총탄으로 인해 VIP실의 중앙에 놓여 있던 꽃을 꽂아놓은 화병과 거울이 부서져 내렸다.

퍽석.

파직.

와장창—

화병과 거울을 부숴버린 총탄은 거실의 한쪽에 놓인 테이블에 박히면서 유탄의 비산도 끝이 났다.

"총 쏘지 마."

누군가 날카롭게 소리쳤다.

CIA의 한국지부장 토마스 글로빈의 목소리였다.

토마스 글로빈의 뺨 한쪽이 길게 찢어져서 피가 그의 얼굴을 타고 아래로 흘러내렸다. 핸리 맥힘이 쏜 총의 유탄이 스치면서 얼굴에 상처가 난 것이다. 만약 유탄의 궤도가 조금만 오른쪽으로 치우쳤다면 뺨이 아닌 콧잔등으로 총탄이 파고들어갔을 정도로 위험했다.

김동하를 향해 총을 쏜 핸리 맥힘이 멍한 얼굴로 김동하를 바라보았다. 눈앞에서 자신이 쏜 총이 뒤로 튕겨져 나온 것을 본 핸리 맥힘의 표정은 죽은 자의 얼굴빛처럼 창백하게 변해 있었다.

"어, 어떻게 총알까지……."

김동하를 향해 핸리 맥힘처럼 총을 쏘려했던 에릭 존슨이 뽑아든 자신의 총을 들고 하얗게 질린 얼굴로 김동하를 바라보고 있었다.

"지금까지 누군가를 해치고 누군가의 것을 뺏으면서 살아온 당신들의 천명을 모두 회수할거야. 길진 않겠지만 남은 생은 부디 좋은 기억을 남길 수 있기를 바라지."

김동하의 말에 제이미 켈리건의 몸이 바르르 떨렸다.

그제야 듀크라는 애송이가 왜 김동하의 목숨에 100억달러라는 엄청난 돈을 걸었는지 이해가 되었다.

듀크는 자신에게 신을 죽여달라고 부탁한 것이었다.

"오, 하느님."

제이미 켈리건은 지금까지 단 한 번도 입에서 나온 적이 없었던 신의 이름을 부르고 있었다.

김동하가 천천히 그녀의 앞으로 다가왔다.

제이미 켈리건은 온몸에서 소름이 돋았다.

그녀의 눈동자가 흔들리고 있었다.

이곳에 자신이 지켜야 할 한서영이 없기에 김동하는 자신의 몸에 둘러진 해동무벽의 분경을 거두어 들였다.

해동무벽의 분경을 거둔 김동하는 이제 거의 평범한 동양

인 청년으로 보일 뿐이었다. 제이미 켈리건의 앞에 선 김동하가 물끄러미 그녀의 얼굴을 내려다보았다.

50살이 넘은 제이미 켈리건의 얼굴에 희미한 주름살의 흔적이 보였다.

늙어가는 것이 싫어서 수없이 성형수술을 시도했지만 그럼에도 세월의 흔적을 모두 지울 수는 없었다.

김동하가 제이미 켈리건을 보며 입을 열었다.

"우리 가족을 해치고 듀크 레이얼이라는 자에게 100억불이라는 돈을 받기로 했다면 실망하게 될 것 같군. 당신에게 그런 약속을 한 듀크 레이얼이라는 자는 이제 영원히 그 돈을 지불하지 못하게 될 것 같으니 말이야."

토마스 레이얼 회장은 자신의 은인을 해칠 음모를 꾸민 조카 듀크 레이얼과 동생 로빈 레이얼을 영원히 자신의 주변에서 지워버릴 결심을 했다. 특히 과거 킹덤의 해결사였던 클린트 루먼이 자신을 찾아와서 그 사실을 털어 놓은 이상 더이상 같은 핏줄을 가진 가족으로도 인정할 생각이 없어진 토마스 레이얼 회장이었다.

제이미 켈리건이 멍한 얼굴로 김동하를 바라보았다.

"나와 내 아내 그리고 우리 가족까지 전부 해친다고 해도 당신들에게 그 돈을 지불할 듀크 레이얼은 없을 거야."

제이미 켈리건은 가슴이 철렁 내려앉는 기분이었다.

보수를 지급할 듀크 레이얼이 없는 이상 자신들의 한국행은 그저 아무 소득이 없는 한때의 해프닝으로 끝나기 때문이었다.

"자신의 욕심 때문에 하늘이 세월의 흔적으로 내려주는 천형까지 인위적으로 바꾸어 놓았군. 어쩌면 그런 당신의 욕심이 지금의 재앙을 스스로 불러들인 것인지도 몰라."

말이 끝나는 순간 김동하의 등으로 누군가 달려들었다.

해동무벽의 분경이 사라짐으로 인해 김동하의 몸에서 자연스럽게 흘러나오던 압박감이 사라지자 그것이 빈틈처럼 보였다. 김동하에게 달려든 것은 제이미 켈리건의 옆에 서 있던 메리 클로렌스였다.

타닥.

김동하의 등을 타고 오른 메리 클로렌스의 가슴은 터질 듯이 두근거렸다.

지금까지 자신이 등을 타고 오른 상대는 누구든 목이 졸려 결국 목뼈가 부러져 죽었기에 엄청난 희열이 그녀의 심장을 터질 듯이 뛰게 만들었다.

메리 클로렌스의 허벅지가 그대로 김동하의 어깨 위로 둘러지며 엄청난 압박감이 밀려왔다.

메리 클로렌스의 얼굴이 일그러졌다.

"무슨 귀신같은 수단을 부렸는지 모르지만 나에게 목이 잡힌 이상 넌 죽는다."

일그러진 얼굴로 살짝 미소까지 떠올린 메리 클로렌스의 모습은 좀 전까지 겁을 먹고 있던 게 아닌 마치 사냥감을 눈앞에 둔 맹수처럼 광기까지 번들거렸다.

메리 클로렌스의 어금니가 꾸욱 깨물어졌다.

제이미 켈리건은 메리 클로렌스가 김동하의 목을 허벅지로

죄는 것을 보며 자신도 모르게 소리쳤다.

"메리. 단숨에 이자의 목을 부러트리도록 해."

제이미 켈리건도 부하인 메리 클로렌스의 능력을 알고 있었다. 주짓수를 비롯해 각종 유술에 능숙해 웬만한 격투실력을 갖춘 프로 격투기선수라고 해도 메리 클로렌스에게 목이 제압당하면 벗어날 수 없다. 제이미 켈리건이 소리치며 뒤로 물러서자 굳은 얼굴로 총을 쥐고 있던 에릭 존슨이 득달같이 김동하의 앞으로 달려들었다.

뒤이어 스스로 살인 예술가라고 자칭하는 핸리 맥험도 함께 김동하의 앞으로 튀어 들어왔다.

핸리 맥험의 손에는 언제 빼든 것인지 모를 날카로운 정글도와 같은 기형으로 꺾인 칼이 쥐어져 있었다. 메리 클로렌스가 김동하의 목을 죄는 순간 그는 김동하의 두 다리를 잘라내고 뒤이어 심장을 파낼 심산이었다.

에릭 존슨은 김동하의 품으로 달려들며 그대로 김동하의 복부에 총구를 밀어 넣었다.

"퍽큐, 죽어라 이 자식아."

투툭—

에릭 존슨의 손에 쥐어진 소음기가 장착된 권총에서 섬광이 튀었다.

순간 김동하의 몸이 휘청했다. 동시에 김동하의 앞으로 달려들던 핸리 맥험의 손에 들린 칼이 섬뜩하게 허공을 갈랐다.

쉬익.

서걱—

핸리 맥험은 휘두른 칼에서 전해져 오는 반응에 자신의 칼이 김동하의 두 다리를 가르고 지나갔다는 것을 직감했다. 핸리 맥험의 얼굴에 희열에 찬 표정이 떠올랐다.

조금 전까지는 두려움에 무슨 행동을 해야 할지 전혀 감을 잡을 수 없을 정도로 몸이 굳어 있었지만 메리 클로렌스가 김동하의 어깨 위로 올라타는 순간 잠시 망각하고 있었던 킬러로서의 본능이 살아난 것이다.

두 다리를 가르고 지나간 핸리 맥험의 칼이 그대로 김동하의 심장으로 파고들었다.

콱—

푸욱.

핸리 맥험의 손에서 사람의 살을 가를 때마다 느껴왔던 그 사각거리는 감촉이 느껴졌다.

"됐어."

"이 괴물같은 놈."

에릭 존슨과 핸리 맥험은 자신들의 공격이 그대로 김동하에게 먹히자 속으로 쾌재를 불렀다.

한쪽에 하얗게 질린 얼굴로 서 있던 CIA의 한국지부장 토마스 글로빈의 눈이 커지고 있었다. 그와 동시에 뒤로 물러서던 제이미 켈리건의 눈도 커졌다.

"자, 잘했어. 핸리. 메리가 내려오면 아예 이자의 목을 잘라버려."

제이미 켈리건은 부하인 핸리 맥험이 김동하의 다리를 베

고 심장에 칼을 박아 넣는 모습을 자신의 눈으로 똑똑히 지켜보았다. 아무리 신과 같은 능력을 가지고 있다고 해도 심장에 칼이 박힌 이상 절대로 살아남지 못한다.

더구나 부하인 에릭 존슨이 김동하의 배를 향해 두 발의 총알을 박아 넣는 것까지 지켜보았다.

배에 총알을 맞고 심장까지 뚫렸다면 귀신이라고 해도 살아남지 못할 것임은 분명했다. 그것을 지켜본 제이미 켈리건의 심장이 터질 듯 두근거리며 이제야 살았다는 안도감으로 인해 짜릿한 전율까지 느꼈다.

그때 심장에 칼을 박아 넣었던 핸리 맥험은 자신의 칼을 빼내기 위해 힘을 주다가 이마를 찌푸렸다.

김동하의 왼쪽 가슴에 거의 칼날 전부가 박혀 들어간 칼이 꼼짝하지 않았기 때문이다.

"끄응."

핸리 맥험의 이마에 지렁이 같은 핏줄이 세워졌다.

"망할 놈의 칼이⋯⋯."

핸리 맥험이 다시 힘을 주려고 하는 순간 김동하의 손이 목 위에 둘러져 자신의 목을 죄고 있는 메리 클로렌스의 다리를 잡았다. 간단하고 자연스런 동작이었다.

순간 김동하의 목을 허벅지로 부러질 듯이 조이고 있던 메리 클로렌스의 얼굴이 굳어졌다.

"이, 이게⋯⋯."

메리 클로렌스가 허벅지로 누군가의 목을 조이면 그 대상은 항상 같은 동작으로 반응했다. 그것은 강철로 만든 자물

쇠처럼 목을 감고 있는 허벅지를 벌리려고 하는 동작이었다. 하지만 그 동작은 불과 몇 초도 지나지 않아 고통스런 통증에서 해방하려고 두 다리를 두들기는 것으로 바뀌게 된다.

메리 클로렌스는 김동하 역시 그럴 것이라고 생각했다.

하지만 지금의 김동하는 전혀 그렇지 않았다.

극악스런 힘으로 조여들 자신의 두 허벅지를 벌리려 하지도 않았고 목이 부러질 것 같은 통증에서 벗어나기 위해 다리를 두들기지도 않았다.

대신 그녀의 두 다리의 무릎관절을 가만히 잡았다.

메리 클로렌스는 동료인 에릭 존슨과 핸리 맥험이 김동하에게 공격하는 것을 지켜보았다. 그런 상황에서 김동하가 몸을 움직인다는 것이 너무나 이상했다.

보통의 상대라면 몸에서 힘이 빠져 나가고도 남았을 것이었지만 김동하는 너무나 자연스럽게 팔을 움직였다.

"어, 어떻게……."

메리 클로렌스의 입이 벌어졌다. 자신의 두 무릎 관절을 가만히 잡은 김동하의 손에서 악력이 느껴지기 시작했고 이내 그것은 엄청난 통증으로 메리 클로렌스의 뇌리로 파고들었다.

콰드드득―

빠직.

메리 클로렌스는 자신의 무릎 뼈가 부서지는 소리를 귀로 듣고 있었다.

우드득.

이내 김동하의 손이 메리 클로렌스의 두 무릎 뼈를 완전히 가루로 만들어 놓으며 손가락이 살을 뚫고 피부 속으로 파고 들어갔다.

"끄아아아아악!"

메리 클로렌스의 입이 벌어지며 처절한 비명소리가 울렸다. 동시에 단단하게 감겨 있던 허벅지가 저절로 벌어지며 김동하의 몸에서 내려오기 위해 버둥거렸다.

하지만 이미 관절뼈가 모두 부서진 메리 클로렌스의 두 다리는 뼈가 없는 연체동물의 촉수처럼 흔들거릴 뿐 어디에도 힘을 줄 수가 없었다. 김동하가 어깨 위에 올라탄 메리 클로렌스의 허벅지를 잡으며 입을 열었다.

"남은 생은 부디 선하게 살아야 할 거야."

김동하의 입에서 흘러나오는 섬뜩한 목소리와 함께 메리 클로렌스의 몸에서 한순간에 천명이 빠져나갔다.

털썩.

메리 클로렌스는 추레한 몰골의 노파로 변해 바닥으로 떨어져 내렸다. 이미 초점을 잃어버린 메리 클로렌스의 두 눈은 탁한 회색빛이었고 얼굴은 갈라진 논바닥처럼 자글자글한 주름으로 가득 채워져 있었다.

메리 클로렌스를 처리한 김동하가 자신의 가슴에 박힌 칼을 잡고 멍한 얼굴로 서 있는 핸리 맥험을 바라보았다.

"칼이 빠지지 않아 이상한가?"

"이, 이게 무슨……."

핸리 맥험은 자신의 앞에 심장에 칼을 박고 서 있는 김동하를 보며 온몸에 소름이 돋았다. 핸리 맥험이 흔들리는 시선으로 김동하의 다리를 바라보았다.

분명히 자신의 칼에 다리가 잘려나가는 느낌이 들었지만 그의 눈에 들어온 김동하의 다리는 너무나 멀쩡했다.

다만 김동하가 칼이 스쳤다는 것을 증명하듯 그의 무릎 쪽 바지가 길게 찢어져 있었다.

하지만 어디에도 피의 흔적은 보이지 않았고 심장에 박힌 칼에도 전혀 피가 비치지 않았다.

놀라운 것은 메리 클로렌스의 무릎을 부수고 살 속으로 파고든 김동하의 손에도 피 한 방울 보이지 않았다.

김동하가 핸리 맥험의 머리 위에 손을 얹었다.

"사람을 해치는 것에 전혀 망설임이 없는 당신에게 자비를 베풀어야 할 이유도 없겠지."

김동하의 눈빛이 파랗게 변했다.

동시에 핸리 맥험의 입이 쩍 벌어졌다.

우드득—

콰직.

메리 클로렌스의 무릎을 완전히 부숴놓은 것처럼 핸리 맥험의 머리도 부서져 나가는 끔찍한 소리가 들렸다.

콰득—

"컥."

핸리 맥험은 메리 클로렌스처럼 비명도 제대로 지르지 못했다. 그의 머리뼈가 기형적으로 변하면서 그의 몸에서도 삽시간에 천명이 빠져나가버렸다. 핸리 맥험이 바닥으로 쓰러

지는 순간 제이미 켈리건의 몸이 굳었다.

한순간에 벌어진 일이었다.

조금 전까지 제이미 켈리건은 김동하가 죽음을 면치 못할 것이라고 생각했지만 오히려 그녀의 생각과는 달리 메리 클로렌스와 핸리 맥험이 당했다.

그 사실에 머릿속이 하얗게 비워지는 느낌이 들었다.

이제 남은 사람은 에릭 존슨과 CIA의 한국지부장 토마스 글로빈 그리고 그녀 자신뿐이었다. 제이미 켈리건은 자신도 모르게 김동하와 조금이라도 멀어지기 위해 뒷걸음질 쳤다. 김동하의 시선이 하얗게 질린 얼굴로 자신을 바라보고 있는 에릭 존슨에게 향했다.

투둑—

달그락—

그때 김동하의 몸에서 붉은빛이 감도는 작은 쇳조각이 바닥으로 떨어져 내렸다. 그것은 조금 전에 에릭 존슨이 김동하의 배에 쏜 총탄이었다. 끝이 뭉툭하게 생긴 총탄의 탄두가 김동하의 몸에서 빠져나와 바닥으로 떨어지면서 전등의 불빛을 받고 반짝거렸다.

아무도 입을 열지 못했다. 총을 쏜 에릭 존슨은 바닥에 떨어진 총탄과 김동하의 얼굴을 번갈아 보면서 전신을 사시나무 떨 듯이 떨어대고 있었다. 그뿐만이 아니었다.

"이런 것으로 날 해칠 수는 없어."

쑤욱—

김동하가 핸리 맥험의 칼을 가슴에서 뽑아내고 있었다.

마치 짚으로 만들어 놓은 허수아비에 박혀 있는 칼을 뽑아내듯 담담한 모습으로 자신의 가슴에서 칼을 뽑아내는 김동하의 모습은 그야말로 귀신을 보듯 참으로 섬뜩했다.

댕그렁.

핸리 맥험이 찔러놓은 칼이 바닥으로 떨어지며 맑은 쇳소리를 울렸다.

딱딱딱.

제이미 켈리건의 입에서 이빨이 부딪치는 소리가 들렸다. 너무나 공포스러운 김동하의 모습에 온몸이 떨리고 있었다. 공포영화의 장면이 재현되는 느낌이었다.

칼을 뽑아 바닥으로 던진 김동하가 천천히 발걸음을 옮겼다. 마지막 순간까지 사악한 마음을 내려놓지 않은 이들에게 자비를 베풀고 싶은 생각이 없는 김동하였다.

김동하가 제이미 켈리건의 앞쪽으로 다가섰다.

"오, 오지 마. 제발……."

제이미 켈리건은 조금이라도 김동하와 멀어지기 위해 뒤로 물러서고 있었지만 그녀의 등이 온몸이 굳어 있는 CIA의 한국지부장 토마스 글로빈과 부딪치며 멈춰 섰다.

토마스 글로빈은 눈앞에서 펼쳐지는 상황에 온몸이 굳어져 조금도 움직이지 못하고 있었다.

제이미 켈리건의 앞으로 다가서던 김동하는 하얗게 질린 얼굴로 몸을 굳히고 있는 에릭 존슨을 힐끗 보았다.

에릭 존슨은 이제 아무것도 할 수가 없었다. 손에 총이 있었지만 그것을 쓸 수도 없었고 쓸 생각도 하지 못하고 있었

다. 김동하의 시선과 마주친 에릭 존슨의 눈에 살고 싶다는 욕망이 가득 담겼다.

김동하의 손이 살짝 들렸다. 순간 에릭 존슨의 얼굴에 모든 것을 포기하는 듯한 절망적인 표정이 떠올랐다.

자신 역시 동료들과 같은 결과를 맞이할 것임을 그제야 절감했다.

이내 에릭 존슨 역시 천명을 회수당하면서 바닥으로 쓰러졌다. 에릭 존슨까지 처리한 김동하가 제이미 켈리건과 온몸이 굳어 있는 토마스 글로빈의 앞에 멈춰 섰다.

제이미 켈리건은 지금까지 살아오면서 두렵고 무서운 상황을 수없이 겪었지만 지금처럼 공포로 전신을 꼼짝하지 못하는 경우는 처음이었다.

그녀의 눈에 물기가 차올랐다.

"제발……."

제이미 켈리건은 살고 싶었다.

할 수만 있다면 김동하의 다리를 잡고 살려달라고 애원도 하고 싶었지만 공포로 인해 손가락 하나 움직일 힘조차 없는 그녀는 그런 애원도 할 수가 없었다. 김동하가 차가운 시선으로 제이미 켈리건을 바라보았다.

"다른 생을 선택할 기회가 당신에게 있다면 다음 생은 부디 선한 생을 선택하길 바라겠어."

김동하의 손이 제이미 켈리건의 머리 위에 놓였다.

제이미 켈리건의 얼굴에 모든 것을 포기하는 듯한 허망한 표정이 떠올랐다.

이내 그녀의 몸에서 천명이 빠져나가기 시작했다.

스스스스스스.

늙어가는 것이 싫어서 수없이 많은 성형수술로 자신의 얼굴을 고치는 것을 반복했던, 전설적인 CIA의 집행관 제이미 켈리건이 낯선 한국 땅에서 추레한 모습으로 변한 노파로 변하고 있었다. 천명을 회수당하는 상실감에 몸을 떨던 제이미 켈리건의 눈에 살짝 물기가 묻어나왔다. 이내 제이미 켈리건이 천명을 상실한 채 바닥으로 쓰러졌다.

털썩.

이제 남은 것은 CIA의 한국지부장 토마스 글로빈뿐이었다. 토마스 글로빈은 김동하의 시선이 자신을 향하는 순간 온몸을 떨었다.

"사, 살려 주시오."

김동하는 토마스 글로빈이 제이미 켈리건과는 같은 동료가 아니라는 것을 알고 있었다.

"여기에서 일어난 일은 당신이 죽을 때까지 마음속에 간직해야 할 거야. 할 수 있겠어?"

김동하의 말에 토마스 글로빈이 마치 인사를 하는 자동인형처럼 머리를 끄덕였다.

"무, 물론입니다."

"여기의 일도 당신이 마무리해야 할 거야."

"아, 알겠습니다. 제가 처리하겠습니다."

"당신의 눈으로 본 모든 것을 절대 입 밖에 내지 말아야 할 것이고."

 조선남자
朝鮮男子

"예."

"당신은 그냥 돌려보내도록 하지. 하지만 날 다시 만나게 된다면 당신에게는 결코 좋지 않은 일이 생길 것임을 기억하도록 해."

"오, 하느님 감사합니다."

털썩.

토마스 글로빈은 자신도 모르게 김동하를 향해 무릎을 꿇었다. 차가운 시선으로 토마스 글로빈을 쏘아본 김동하가 몸을 돌렸다.

토마스 글로빈은 김동하가 자신을 건드리지 않는 것에 신에 감사하고 있었다. 지옥에서 다시 살아나온 기분이었다. 제이미 켈리건에게서 받아내기로 약속한 5,000만불의 돈은 이제 그의 머릿속에는 전혀 남아 있지 않았다.

다만 신의 권능을 가진 김동하에게서 살아난 것만이 그에겐 가장 소중한 기억으로 남았다.

천명을 회수당한 7명의 폭스레인 조직원들을 잠시 훑어본 김동하가 담담한 시선으로 머리를 돌렸다.

실버레인의 조직원들이 머물렀던 방에는 무덤 속 같은 암울한 침묵이 흐르고 있었다.

이내 김동하가 몸을 돌렸다.

이곳의 일은 CIA의 한국지부장 토마스 글로빈이 모든 것을 마무리할 것이었기에 더 이상 그가 할 일은 없었다.

김동하의 발걸음이 조금 전 장인과 장모 그리고 어린 처제와 처남을 구출한 방으로 향했다. 그곳을 통해 들어왔기에 그곳을 통해 이곳을 나갈 생각이었다.

아무렇지 않은 표정으로 방 안으로 들어간 김동하가 순식간에 사라졌다. 김동하에겐 조금이라도 더 머물고 싶은 생각이 없는 공간이었기 때문이다.

김동하가 사라진 용산의 로열호텔 VIP룸에는 김동하의 손에 살아남은 CIA의 한국지부장 토마스 글로빈이 온몸을 떨며 신에게 감사하는 기도소리만 잔잔하게 울리고 있었다.

해원(解怨) 에필로그

"사장님께서 조금 전에 숨을 거두었습니다."

급한 걸음으로 방으로 들어온 양복차림의 사내가 우울한 표정으로 머리를 숙이며 입을 열었다.

방 안은 한겨울에도 이처럼 덥게 만들 수 없을 정도로 후끈한 열기가 느껴지고 있었다. 사내의 이마에 순식간에 더운 열기로 인해 땀방울이 맺혔다. 방바닥에서 올라오는 열기는 방에 에어컨을 틀어도 좋을 정도로 무척 뜨거웠다. 붉은색의 보료 위에 비스듬하게 기대어 앉아 있던 초로의 사내가 감고 있던 눈을 떴다.

뒤의 벽에 걸려 있는 벽시계가 밤 11시를 가리켰다.

초로의 사내가 우울한 얼굴로 눈을 뜨면서 자신의 앞에 무릎을 꿇고 있는 양복차림의 사내를 바라보았다.

"힘들어하진 않았나?"

초로의 사내가 약간 젖은 목소리로 입을 열었다.

그는 김동하의 둘째 사숙인 해진이었다.

해진의 물음에 양복차림의 사내가 대답했다.

"힘들어하시진 않으셨지만 숨을 거두시기 전에 아버님을 찾으셨습니다."

"그래?"

해진이 우울한 얼굴로 나직하게 되뇌었다.

조금 전에 아들 권휘가 죽음을 맞이했다는 소식을 들었고 부하들에게 그 보고를 받는 중이었다.

김동하에게 천명을 회수당한 권휘가 숨을 거둔 것은 해진에게는 예상치 못한 상실감을 안겨주었다.

자신만큼 야심이 컸던 아들 권휘였다.

"불쌍한 놈."

해진의 입에서 나직한 목소리가 흘러나왔다.

아들이긴 하지만 어쩌면 자신의 자리를 호시탐탐 노리고 있던 숙적이었다고 해도 과언이 아닌 권휘였다.

그런 아들이 죽었다는 소식에 가슴 안쪽 깊숙이 숨어 있던 부정이 꿈틀거리며 살아난다는 것에 해진 스스로도 놀라고 있었다.

김동하에게 천명을 뺏겼다는 소식을 들었을 때에도 이렇게 가슴이 아프진 않았지만 그 때문에 아들 권휘가 죽었다는 소

식을 듣자 자신도 모르게 가슴 한쪽이 무너져 내렸다. 해진이 입을 열었다.

"좋은 옷을 입혀 보내주거라."

"예, 회장님."

"장례는 부영그룹의 그룹장으로 하고. 상주는 그룹의 장사장에게 맡긴다고 전하거라. 단 시신은 화장을 하지 않고 매장을 할 것이니 그렇게 알고 장례를 진행하라고 해."

"예."

"나가 보게."

"예."

사내가 머리를 숙이며 뒤로 물러서자 해진이 다시 눈을 감았다. 두 눈을 감은 해진의 머릿속에 김동하의 얼굴이 떠올랐다가 천천히 지워지고 있었다.

빠드득—

해진의 입에서 이를 가는 소리가 들렸다. 눈을 감은 해진의 눈꼬리에 작은 이슬방울이 맺혔다. 그로서는 태어나서 처음으로 눈에 눈물이 고이는 순간이었다.

자신의 피를 타고 태어난 아들 권휘에게 지금까지 단 한 번도 아버지로서 부정을 품어보지 못했던 것이 후회스러웠다. 아들에 대한 부정을 아들이 죽음에 이르자 처음으로 느끼게 된 것이다.

"죽일 것이다. 이놈. 그리고 내 아들 권휘를 다시 살려낼 것이다."

해진은 김동하에게서 천명의 권능을 뺏어낸다면 아들 권휘를 다시 살려 낼 수 있을 것이라고 생각했다.

그때였다.

띠리리리릿.

해진의 앞에 놓아둔 전화기가 울렸다.

해진이 촉촉해진 눈으로 전화기를 바라보았다.

전화기의 액정화면에는 [태명 박기출 회장]이라는 글자가 선명하게 떠올라 있었다.

해진이 전화기를 잠시 바라보다 이내 전화를 받았다.

딸칵―

"천이오."

천이란 해진이라는 법명 대신 부영그룹의 회장인 해진의 본명 천종모를 의미하는 호칭이었다.

―아, 회장님. 저 박기출입니다.

해진의 귀로 인천 태명그룹 박기출 회장의 다급한 목소리가 들렸다.

"무슨 일이오? 낮에 의논했던 일은 충분히 타협이 된 것 같은데."

해진은 박기출이 아들 권휘가 죽은 것에 대해 조문을 해오는 것이라고 생각했다. 천공불진을 통해 이곳으로 시공간을 넘어온 해진은 새롭게 맞이한 이곳 세상이 소문과 정보에 대해 무척 빠르다는 것을 인정하고 있었다.

해진의 귀로 박기출의 목소리가 들렸다.

―아, 그것은 저도 알고 있습니다.

"내 아들의 일로 전화를 했다면 박회장의 마음만 받도록 하

겠소."

해진은 박기출이 아들 권휘의 죽음을 알고 있다고 생각했
다. 박기출이 놀라는 목소리가 들려왔다.

─회장님의 아드님이라니요?

박기출의 목소리를 듣는 순간 해진의 눈이 다시 떠졌다. 그
가 권휘의 죽음을 애도하기 위해 전화를 한 것이 아니라는
것임을 알았다.

"무슨 일이오?"

─회장님께 중요하게 부탁드릴 일이 있습니다. 근데 이게
보통 일이 아니라서…….

박기출이 무언가 망설이자 해진의 미간이 좁혀졌다.

"무슨 일인지 먼저 말하시오."

해진은 자신이 아들 권휘의 죽음을 애도하는 것을 방해한
박기출 회장의 전화에 살짝 마음이 언짢아졌다.

─조금 전에 저에게 아주 무서운 일이 벌어졌습니다. 근데
이 일을 해결해 줄 수 있는 사람은 아무래도 회장님과 권사
장님뿐일 것 같아 전화를 드렸습니다.

해진은 박기출이 아들 권휘의 죽음을 아직 모르고 있음을
느꼈다. 해진이 우울한 목소리로 입을 열었다.

"말해 보시오."

해진은 박기출이 자신과 아들 권휘의 힘까지 언급하는 것
이 이상하다는 느낌이 들었다.

─실은 회장님께서 오후에 저와 만나고 돌아가신 뒤에 동
신그룹의 박영진 기획실장이 찾아왔습니다. 회장님도 아

시다시피 동신그룹이라는 곳은 대한민국 재계 서열만 따져도……

장황한 박기출의 목소리가 이어지고 있었지만 해진은 그의 목소리만 듣고 있을 뿐 눈을 감은 채 대꾸도 하지 않았다. 하지만 이내 한 사람의 이름이 박기출의 입에서 흘러나오자 해진이 눈을 떴다.

해진의 얼굴은 딱딱하게 굳어져 있었다.

"누구라고?"

—김동하라고 했습니다. 회장님.

"김.동.하."

해진의 입에서 김동하라는 이름이 한 글자씩 흘러나왔다.

—예, 박영진 실장이 요구한 남자의 이름은 김동하였습니다. 여자는 한서영이라는 여자였고요.

박기출의 입에서 또다시 김동하라는 이름이 흘러나오자 해진의 입꼬리가 파르르 떨렸다. 해진에게는 지옥에 떨어지더라도 절대로 잊을 수 없는 이름이었다.

해진의 두 눈이 파랗게 타오르기 시작했다.

"그 동신의 박실장이라는 자가 김동하의 목숨을 요구했다는 말이오?"

—그렇습니다. 좀 전에도 말했다시피 우리가 동신그룹과 같은 뒷배를 업고 사업을 시작한다면 그야말로 땅 짚고 헤엄치기와 같은 일이 될 겁니다. 그런데 그 김동하라는 어린놈이 그런 실력을 가지고 있을 줄은 몰랐습니다.

박기출은 김동하에게 당한 일을 그대로 해진에게 설명했

다. 박기출의 말을 듣는 해진의 주변으로 살이 떨릴 것 같은 살기가 뿜어져 나오고 있었다.

해진의 귀로 박기출 회장의 말이 이어졌다.

—그놈을 상대할 수 있는 실력을 가진 사람은 회장님과 권 사장님뿐인 것 같습니다. 정말 무서운 실력자였습니다.

해진은 아무 말도 하지 않고 무서운 눈빛으로 앞을 노려보고 있었다. 박기출의 입에서 김동하라는 이름이 흘러나온 순간 아들 권휘의 죽음이 다시 떠오른 것이다.

해진이 이를 악물었다.

"나에게 원하는 것이 무엇이오?"

—회장님께서 그 김동하라는 놈을 처리해주시길 바랍니다. 그렇게 해주신다면 우리 태명과 부영그룹이 날개를 얻게 될 것입니다. 그리고 동신의 그 박영진 실장이라는 어린놈에겐 말 그대로 큰 부채를 안겨주는 셈이 될 테지요.

"김동하는 내가 처리하지요."

—회, 회장님께서 직접 말입니까?

박기출이 놀라워했다.

해진이 이를 악물며 입을 열었다.

"말 그대로요. 내 손으로 그 김동하를 처리할 것이니 박회장은 신경 쓸 필요 없소."

해진의 말에 박기출이 반색하는 소리가 들렸다.

—아, 그렇게만 해주신다면 우리 태명과 부영그룹의 앞날에 탄탄대로가 열릴 것입니다 하하.

"내일 날이 밝으면 내가 직접 김동하라는 아이를 만나겠소. 그리고 그것이 그 아이의 마지막이 될 겁니다."

마치 망치로 내려치듯 단언하는 해진의 볼살이 파르르 떨리고 있었다.

—알겠습니다. 회장님만 믿겠습니다.

박기출은 마치 자신에게 다짐을 하는 듯 단호한 어투로 말을 하는 해진의 말에 더 이상의 말은 불필요하다는 것을 느낀 모양이었다.

이내 박기출 회장의 전화가 끊어졌다.

전화를 끊은 해진이 물끄러미 전화기를 내려다보았다.

해진이 머리를 돌려 등 뒤의 시계를 바라보았다.

벽시계는 11시 10분이 넘어가고 있었다.

잠시 눈을 감았던 해진이 눈을 떴다.

"밖에 누구 없나?"

해진의 입에서 담담한 목소리가 흘러나왔다. 순간 문이 열리면서 양복차림의 30대 남자가 안으로 들어섰다.

"말씀하십시오 회장님. 필요한 것이 있으십니까?"

문밖에는 부영그룹의 회장 해진의 시중을 들기 위해서 부영그룹 비서실에서 비서들을 24시간 대기시켜 놓고 있는 중이었다. 해진이 입을 열었다.

"죽은 상사의 권사장 비서를 데려오게."

"알겠습니다."

해진의 지시를 받은 사내가 이내 몸을 돌려 방을 빠져나갔다.

부영그룹의 비서들 중에서 회장인 해진의 방에 들어가기

를 좋아하는 비서는 단 한 명도 없었다. 한여름에도 에어컨 대신 방의 난방을 최고로 올리고 있기에 그의 방에 들어가는 것은 고역이었기 때문이다.

사내가 방을 빠져나가고 채 5분이 걸리지 않아 누군가 문을 두드렸다.

똑똑.

노크소리와 함께 문밖에서 굵은 남자의 목소리가 들렸다.

"유실장입니다. 회장님. 권사장님의 비서 안과장이 도착했습니다."

해진이 눈을 뜨며 입을 열었다.

"들어오라고 해."

"예."

대답과 함께 문이 열리면서 약간 경직된 40대의 사내가 안으로 들어섰다. 조문용으로 검은색의 양복에 검은색의 넥타이를 맨 복장의 사내였다.

안으로 들어선 사내는 이내 방 안의 뜨거운 열기에 더워진 듯 이마에 땀방울이 솟아났다.

"부르셨습니까? 회장님."

사내는 해진의 얼굴을 차마 똑바로 쳐다보지도 못하고 있었다. 해진이 머리를 끄덕였다.

"권사장의 비서가 자네인가?"

"예. 안진수 과장입니다."

안과장이라고 불린 사내는 40대의 약간 비대한 체구를 지니고 있었다. 해진이 눈을 깜박이며 안진수 과장을 바라보다 입을 열었다.

"권사장이 죽기 전 마지막으로 처리하려 했던 업무가 뭐였는지 알고 있나?"

해진의 물음에 안진수가 잠시 멈칫했다.

"그게……."

안진수는 해진이 질문하는 의도를 파악하지 못하고 있었다.

그런 안진수의 얼굴을 바라보던 해진이 입을 열었다.

"모르고 있었다면 실망이로군. 내가 알고 있기로는 김동하라는 사람을 대상으로 권사장이 무언가 비밀스런 작업을 진행하고 있었던 것으로 알고 있었는데 말이야."

"아!"

안진수는 그제야 해진이 모든 것을 알고 있다는 것을 직감하며 탄성을 터트렸다.

해진이 안진수의 얼굴을 보며 입을 열었다.

"내 짐작이 틀리지 않았겠지?"

안진수가 냉큼 대답했다.

"예. 실은 권휘 사장님께서 그룹의 특수영업팀과 함께 김동하라는 사람에 대해 뒷조사를 진행하고 계시던 중이었습니다."

대답을 들은 해진이 머리를 끄덕였다.

"맞아. 내가 지시했으니까."

"예?"

안진수는 놀란 얼굴로 처음으로 해진의 얼굴울 마주보았다.

안진수의 눈에 해진의 강퍅한 얼굴과 귀안처럼 시퍼런 안

광을 내뿜고 있는 해진의 눈이 들어왔다.

등골이 오싹해질 정도의 무서운 얼굴이었다.

안진수가 황급히 다시 머리를 숙였다.

해진이 그런 안진수를 보며 입을 열었다.

"권사장이 조사를 하고 있던 그 김동하라는 놈의 자료를 가져오게."

"예?"

"놈의 주소와 전화번호 그리고 그놈과 엮여 있는 사람들의 인적상황까지 전부 가져오란 말일세. 사소한 것 하나 빼놓지 말고 전부 가져와."

단호한 해진의 말에 안진수의 얼굴이 굳어졌다.

약간 두툼해 보이는 그의 얼굴이 더운 열기로 인해 솟아나온 땀으로 번들거리고 있었다.

이내 안진수 과장이 머리를 숙였다.

"알겠습니다."

김동하에 관한 자료라면 권휘의 집무실에 잘 보관되어 있었기에 그것을 해진에게 넘겨줄 생각이었다.

이내 안진수 과장이 한 손으로 이마에 고인 땀을 훔치며 안도하는 얼굴로 방을 빠져나갔다.

그로서는 해진과 이렇게 대면하는 것만으로도 고역이었고 날밤을 새우는 고된 야근을 치르는 느낌이었다.

*　*　*

"결혼날짜는 다음 달 초사흘로 결정했어."

이은숙이 자신의 앞에 앉은 김동하와 한서영의 얼굴을 번갈아 보며 입을 열었다.

이은숙의 옆에 앉은 한종섭이 머리를 끄덕였다.

"나도 네 엄마의 말에 동의했다. 매번 이런 일이 생길 수도 있으니 아예 이참에 서둘러 너희 둘의 결혼을 결정하는 것이 좋겠다는 생각이 들었어."

폭스레인의 조직원들에게 납치되어 김동하에 의해 구출된 한종섭은 딸과 사위의 결혼을 서둘러야 한다는 생각이었다. 한서영의 얼굴이 발갛게 달아올랐다.

옆에서 듣고 있던 한유진과 한지은 그리고 한강호까지 머리를 끄덕였다.

"우리도 그게 좋겠다고 생각했어. 매번 이렇게 아슬아슬하게 사는 것보다는 차라리 형부와 언니가 함께 있는 것이 우리 가족에겐 더 안전할 것이라는 생각이 들었어."

한유진도 단호한 얼굴로 언니 한서영과 형부 김동하를 바라보았다.

김동하가 머리를 숙였다.

"어머님과 아버님이 결정하신 대로 따르겠습니다."

한종섭이 머리를 끄덕였다.

"미국의 토마스 회장에게는 내가 내일 따로 전화를 할 생각이다. 그러니 두 사람은 다른 생각하지 말고 그냥 결혼준비에만 집중해."

한서영이 대답했다.

"그럴게요."

이은숙이 입을 열었다.

"서로 모르는 남녀가 함께 살아가기로 약속하고 일가를 이루는 것을 인륜지대사라고도 하지. 그러니 예법 상 김서방의 가족과 함께 상견례도 하고 서로 사돈으로서 예를 맺는 것이 정상이지만 너희들이 알고 있듯이 그럴 수가 없는 상황이니 이런 식으로밖에 결정할 수가 없었어. 하지만 너희 둘이 화촉을 밝힐 그날 엄마와 아빠가 돌아가신 사돈께 너희 둘의 결혼사실을 성심으로 고할 생각이다. 그러니 서운하다고 생각하지 않길 바라."

이은숙의 얼굴에 살짝 안타까워하는 표정이 떠올랐다.

김동하가 머리를 숙였다.

"어머님과 아버님도 서영누님을 며느리로 맞는 것을 분명히 좋아하실 것입니다."

한종섭이 머리를 끄덕였다.

"그래 그래야지."

한종섭 회장의 얼굴에 아쉬워하는 표정이 살짝 떠올랐다가 천천히 지워졌다.

눈에 넣어도 아프지 않을 큰딸이 누군가의 아내가 되어 자신의 슬하를 떠난다는 사실을 처음으로 실감하는 한종섭이었다. 이은숙이 한서영을 보며 입을 열었다.

"집은 엄마가 말한 그 집을 그대로 구입하기로 결정했다. 따로 떨어져 사는 것보다는 그것이 좋을 것 같아서 그렇게 결정한 것이니 딴말 하지 마."

한서영이 머리를 끄덕였다.

"잘하셨어요."

"그래."

이은숙은 남편과 함께 폭스레인에 납치된 이후 한서영의 결혼을 전격적으로 결정한 자신의 판단이 옳다고 생각했다. 김동하가 폭스레인을 처리하고 집으로 돌아오면서 더욱 자신이 결정이 잘된 것임을 확신했다.

김동하는 자신 때문에 장인과 장모 그리고 처남과 처제까지 고역을 겪자 마음속으로 미안한 마음까지 갖고 있었고 그 때문에라도 장인과 장모의 결혼결정에 반론조차 할 생각이 들지 않았다.

김동하와 한서영의 결혼일자가 결정된 그날 밤 서울은 올가을 들어 처음으로 영하의 기온으로 떨어졌다.

띠리리리릿―

김동하의 머리맡에 놓아둔 전화가 울린 것은 아직 날이 채 밝지도 않은 이른 새벽이었다.

더 이상은 무량기를 수련하지 않아도 될 정도의 공력을 쌓은 김동하는 옆자리에 새근새근 고른 숨을 내쉬며 잠들어 있는 한서영이 잠이 깨지 않도록 조심스럽게 자리에서 일어났다.

전화기를 집어든 김동하의 눈은 비록 새벽잠을 깼지만 무척 맑았다. 전화기에 떠오른 전화번호는 김동하가 모르는 번호였다. 잠시 망설이던 김동하는 자신이 전화를 받지 않으면

한서영이 잠에서 깰 것 같아 조심스럽게 전화를 받았다.

"여보세요?"

―어젯밤에 권휘가 죽었다.

김동하의 귀에 묵직한 남자의 목소리가 들렸다.

순간 김동하의 얼굴이 굳어졌다.

"해진 사숙이십니까?"

―꽤 오랜 세월이 지났음에도 내 목소리는 잊지 않았구나.

김동하의 귀로 전해지는 해진의 목소리는 우울함이 느껴지고 있었다.

김동하가 어금니를 깨물었다.

"잊을 수 없는 목소리니까요."

―그렇겠지.

"어디십니까?"

―우리 만나서 오래 묵은 해원을 풀어야겠지?

해진의 목소리는 알 수 없는 슬픔에 잠겨 있었다.

"사숙의 아들이 그렇게 된 것은 스스로 하늘의 운명을 거스른 사숙의 욕망이 그렇게 만든 것입니다. 스승님과 막내사숙을 그렇게 만드신 사숙의 그 추악한 욕망 말입니다."

―나도 안다. 해원을 풀어야 할 것이니 묘시말까지 인왕산의 정심암으로 오너라. 그곳에서 모든 은원을 풀어야 하지 않겠느냐?

"알겠습니다."

김동하의 얼굴이 단단하게 굳어졌다.

드디어 사숙인 해진을 만나 모든 은원을 풀게 되는 순간이

이 새벽에 찾아들고 있었다. 김동하가 잠시 잠든 한서영을 바라보다 천천히 몸을 일으켰다. 사숙을 만나러 가는 길에 한서영을 데려갈 필요는 없었다.

묘시말(오전 5시—7시)까지라고 했으니 지금 출발하면 날이 밝기 전에 도착할 수 있을 것이다. 김동하가 잠든 한서영의 머리맡에 서서 나직하게 중얼거렸다.

"일찍 돌아올 것이니 걱정하지 말아요."

나직하게 중얼거린 김동하가 문을 열고 밖으로 나섰다.

거실은 캄캄한 어둠에 덮여 있었고 거실의 창밖으로 희미한 새벽 달빛이 거실로 스며들고 있었다.

이내 김동하가 집을 떠났다.

인왕산의 새벽은 간밤에 영하로 떨어진 날씨로 인해 무척이나 차가웠다. 산의 초입으로 들어서는 김동하는 과거에 이곳 인왕산에서 수련하던 어린 시절이 머릿속에 떠올랐다. 세상의 모든 풍경이 바뀌었지만 어둠 속에서 인왕산으로 접어드는 김동하에게는 수백 년의 세월을 거슬러 과거로 돌아온 기분이 들었다.

파악—

짙은 어둠 속에 잠겨 있는 인왕산의 숲길을 김동하가 날렵하게 튀어 올랐다. 과거 김동하가 스승인 해원스님과 함께 기거하던 정심암은 이제 흔적조차 남지 않았지만 김동하는 정심암의 위치를 정확하게 알고 있었다. 정심암이 위치한 곳에 내려선 김동하가 어둠에 덮인 주변을 흔들리는 시선으로

살펴보고 있었다.

정심암 뒤편의 약수터의 물은 아직도 그대로 흘러나오고 있었고 약수가 석정에 떨어지는 물소리가 새벽의 고요함을 밀어내고 있었다.

쪼르르르르.

영하로 떨어진 날씨였기에 평범한 사람이라면 두터운 옷을 걸쳐야 하지만 김동하의 옷은 평범한 바지와 가벼운 셔츠차림이었다.

김동하가 약수터 쪽으로 걸음을 옮기는 순간 어둠에 잠겨 있는 석벽 아래서 누군가 몸을 일으켰다.

"늦지 않게 왔구나?"

발목까지 길게 늘어진 바바리코트를 걸친 모습의 그림자는 해진이었다. 김동하가 힐끗 어둠 속에서 나타나는 해진을 보며 담담한 어투로 입을 열었다.

"사숙께서 기다리시니까요."

"훗, 네놈의 그 능청스러움은 여전하구나."

해진은 자신을 보고도 놀라지 않는 김동하의 담대함이 여전하다는 것을 인정했다. 김동하가 석정의 옆에 놓인 플라스틱 바가지를 들고 약수를 떠 입으로 가져갔다. 김동하의 입으로 서늘한 한기가 담긴 약수가 흘러들어갔다.

꿀꺽꿀꺽.

김동하의 목젖이 흔들렸다. 이내 바가지를 내려놓은 김동하가 손등으로 입을 쓸어내며 중얼거렸다.

"물맛은 예전 그대로 변함이 없는 것 같네요."

"그러냐? 죽으면 갈증을 달랠 길이 없을 테니 많이 마셔두거라."

해진이 싸늘하게 웃었다.

김동하가 천천히 해진을 향해 몸을 돌렸다.

"사숙께서는 이곳의 물맛을 잊은 모양이군요?"

김동하의 말에 해진이 빙그레 웃었다.

"속가의 물이 더 맛있더구나."

"그러셨습니까?"

김동하가 담담한 표정으로 대답하자 해진이 김동하를 물끄러미 바라보았다.

"예전에는 나를 많이 두려워했는데 그동안 많이 변해버린 모양이구나?"

"사숙의 말씀처럼 속가의 물을 저도 먹다 보니 그리 되었습니다."

해진이 머리를 끄덕였다.

"그렇겠지."

해진이 잠시 김동하를 바라보다가 입을 열었다.

"권휘를 다시 살려 줄 수 없겠느냐?"

김동하가 머리를 흔들었다.

"천명을 어기고 손에 악업을 쥐고 놓지 않았던 사람이었습니다. 사숙께서 그 사람을 그렇게 만들었으니 모든 게 사숙의 업보라고 생각하십시오."

"내가 너에게서 천명을 뺏어 간다면 어찌 할 셈이냐?"

김동하가 부드럽게 웃었다.

"내게 주어진 천명이 다시 사숙에게 넘어간다면 그건 하늘의 뜻이겠지요. 하지만 하늘이 쉽게 허락하지 않을 것입니다."

해진이 머리를 끄덕였다.

"맞다. 내가 너에게 주어진 그 천명의 권능을 보고 욕심을 부렸지. 내게 주어질 운명이 하필이면 너에게 주어진 것 같아 화가 났었다. 그건 지금도 마찬가지고."

"사숙께서 할 수 있는 것을 모두 다해 저의 몸에서 천명을 가져가 보십시오."

"자신이 있느냐?"

"과거처럼 도망치거나 피하지 않을 것입니다."

"허허 그래?"

잠시 실소를 짓던 해진이 김동하를 바라보며 입을 열었다.

"또 다른 천공불진이 있다는 소식은 들었느냐?"

"이미 찾았습니다."

김동하의 대답에 해진이 살짝 놀란 표정을 지었다.

"찾았다고?"

"그렇습니다."

김동하의 담담한 표정을 본 해진이 혀를 찼다.

"허어 세상의 모든 기연이 네놈에게만 쏟아지는 것 같구나. 내가 먼저 찾았다면 진즉에 이곳을 떠났을 것인데……."

해진의 얼굴에 허탈한 표정이 떠올랐다.

해진이 잠시 눈을 감았다가 뜨면서 입을 열었다.

"다시 돌아갈 생각이냐?"

김동하가 대답했다.

"언젠가는 나와 아내가 함께 돌아갈 생각입니다."

"그래?"

해진이 물끄러미 김동하를 바라보다가 이내 머리를 끄덕였다.

"그것도 나쁘지 않겠구나. 돌아가면 나와 권휘는 그곳에 더 이상 없을 것이니 말이다."

김동하가 피식 웃었다.

"사숙께서 계신다고 해도 그때는 더 이상 두려워할 이유가 없습니다."

해진이 머리를 끄덕였다.

"보아하니 무량기의 기운이 최상승에 이른 것 같구나. 그러니 권휘가 그렇게 될 수밖에 없었겠지."

"사숙께서 시험해 보셔도 될 겁니다."

해진이 김동하를 바라보며 머리를 흔들었다.

"나는 권휘가 아니라는 것을 알아야 할 것이다. 해원사형이나 해인사제와도 다르다."

"알고 있습니다."

김동하가 대답하자 해진이 자신의 바바리코트를 옆으로 밀었다. 코트를 밀어내자 해진의 옆구리에 길게 늘어진 하나의 검이 보였다.

"나의 용린검이다. 네놈을 만나기 위해서 참으로 오랜만에 몸에 걸쳤다. 어떻게 보이느냐?"

해진의 물음에 김동하가 담담한 얼굴로 대답했다.

"몸에 맞지 않은 옷을 걸친 것 같군요. 검에 맺힌 혈향이 아직 채 지워지지 않은 것 같아 제 손으로 멸검을 해야 할 것 같습니다."

김동하의 눈빛이 정순하게 가라앉았다.

해진이 다시 물었다.

"자신이 있느냐?"

"자신이 없었다면 이곳으로 사숙을 뵈러 오지 않았을 것입니다."

"역시."

해진이 머리를 끄덕이며 이내 허리에서 검을 뽑아 들었다.

스르르릉.

차가운 새벽공기를 날카롭게 갈라내는 쇳소리가 어둠 속에서 들려왔다. 검이 뽑히는 소리를 듣는 김동하의 표정은 무척이나 담담했다.

해진이 검날을 두 손가락으로 가볍게 튕겼다.

튕—

쩌어엉—

마치 얼음이 얼어붙는 듯한 차가운 소리가 허공으로 퍼져 나갔다. 해진이 검날을 튕긴 후 입을 열었다.

"용린의 비늘이 네놈의 피를 마시고 싶다고 하는 것 같지 않느냐?"

"글쎄요. 제가 듣기로는 사숙이 품은 욕심이 과하다고 하는 것 같은 소리로 들립니다."

김동하의 대답이 끝나는 순간 해진의 손에 들린 검이 김동하늘을 향해 겨누어졌다.

"다시 한번 묻겠다. 천명을 내게 넘기거나 아니면 권휘를 살려줄 생각이 없느냐?"

김동하가 머리를 흔들었다.

"절대 그런 일은 없을 것입니다. 그리 하시고 싶다면 저에게서 천명을 빼어보십시오."

"무정한 놈."

"그리 만드신 것이 사숙입니다."

"큭."

해진이 검을 겨눈 채 웃었다.

"500년의 세월을 건너 다시 만났음에도 네놈의 그 능청스러움은 변하지 않았구나."

"변할 이유가 없으니까요."

"망할 놈 같으니……."

잠시 혼잣말처럼 중얼거린 해진이 김동하를 바라보며 입을 열었다.

"해동무의 절기 중 천검무를 펼칠 것이다. 처음 시작은 삼십육변의 검초로 시작할 것이고 나중에는 삼백육십변의 변환기로 이어지는 비룡활배로 마치게 될 것이다. 검격에 사정을 두지 않을 것이고 한번 펼치면 도중에 거둘 수 없다는 것도 알고 있겠지?"

김동하가 담담한 표정으로 대답했다.

"여의금강으로 맞겠습니다. 사숙의 말처럼 권격에 사정을 두지 않을 것이며 한번 펼치면 도중에 멈추지 않을 겁니다.

그리고 일수일격에 스승님과 해인사숙의 한을 담을 것입니다."

"그렇겠지."

나직한 말로 대답한 해진의 얼굴이 천천히 굳어졌다.

"날이 밝기 전에 은원을 마무리해야 할 것 같구나."

"오십시오."

"그래."

김동하의 대답을 들은 해진이 이내 어금니를 깨물었다. 지금까지의 대화만으로도 두 사람은 절대로 풀어지지 않을 앙금을 가슴에 남겨두고 있다는 것을 알 수가 있었다.

이내 두 사람의 몸이 어우러졌다.

먼저 공격을 시작한 것은 해진이었다.

어둠 속에서 공기를 가르며 파고드는 해진의 공세는 참으로 매섭고 날카로웠다.

김동하가 해진의 아들 권휘를 상대할 때와는 전혀 다른 느낌이었고 무량기가 절정에 이른 김동하로서도 쉽게 막아내기 힘들 정도로 해진의 힘은 강했다.

파앙―

쾅―

날이 밝지 않은 인왕산의 숲속에서 현세의 인간들이 보았다면 귀신이 싸우는 소리처럼 들릴 것 같은 파공성이 차가운 새벽공기 속에 가득하게 울려 퍼졌다.

투웅―

김동하는 자신의 가슴을 파고드는 해진의 공세를 밀어내고 비어 있는 해진의 가슴에 손가락을 세운 용혈조를 밀어 넣었다. 어둠 속에서 싸운 지 15분이 지나고 있었고 처음으로 김동하가 해진의 틈을 노린 것이었다.

김동하는 해진이 검을 세로로 세워 검막으로 가슴을 보호할 것이라고 생각했지만 그런 생각과는 달리 해진은 검을 세로로 세우지 못했다.

콰득.

김동하의 손끝이 그대로 해진의 가슴을 찔렀다.

순간 해진의 가슴이 김동하의 용혈조에 의해 움푹 들어갔다.

"컥."

해진의 입에서 답답한 비명소리가 터졌다. 김동하의 용혈조가 격중한 곳은 해진의 심장이 있는 위치였다.

지금의 강도로 심장에 용혈조가 격중했다면 해진의 심장은 아예 가루가 되었을 것이 분명했다.

댕거렁—

해진의 손에 들린 검이 둔탁한 소리를 내며 바닥으로 떨어져 내렸다.

털썩.

해진이 김동하의 앞에서 무릎을 꿇었다.

김동하의 표정이 굳어졌다.

분명히 조금 전의 공격이라면 해진이 막기에 충분했을 것이라고 생각했던 김동하였다.

하지만 일부러 그런 것인지 해진은 막지 않았다.

해진의 입으로 시커먼 핏물이 흘러내렸다.

김동하가 굳어진 얼굴로 물었다.

"왜 막지 않으셨습니까?"

해진이 핏물이 가득한 입술을 움직이며 입을 열었다.

"휘가 죽었는데 내가 더 살아서 무엇을 하겠느냐? 네놈의 말처럼 내 욕심이 과해서 지게 된 내 업보니 내 손으로 마무리할 생각이었다. 이곳에는 더 이상 미련도 없으니 오히려 홀가분하게 떠날 수 있어서 다행이라고 생각했다. 그리고 네놈이 알고 있었는지 모르지만 동신그룹의 박영진이라는 놈과 인천 태명그룹의 박기출이라는 자는 널 만나러 오기 전에 내가 찾아가 두 놈을 모두 내 아들 휘에게 보내버렸다. 살아 있을 가치가 없는 놈들이니까 내 손으로 처리하는 것이 더 좋다고 판단한 거니 부담을 가질 필요 없다."

"……."

"사형과 사제를 그리 만든 것은 내 욕심이 과했던 탓이니 이것으로 내가 책임질 생각이다. 날 이곳에 남겨두면 사람들이 이상하게 생각할지 모르니 염치없지만 너와 나의 인연을 생각하여 나를 사람들이 보이지 않는 곳으로 옮겨보내다오."

"왜 이런 선택을 하셨습니까?"

김동하는 마지막에 극단적인 판단을 선택한 해진의 행동에 머릿속이 비워지는 느낌이 들었다.

해진이 웃으면서 대답했다.

"쿡, 네놈이 나에게 천명을 순순히 건네줄 것도 아니지 않느냐? 네놈의 그 천명이 다시 나를 살려낸다고 해도 역시 같은 선택을 할 것이니 그리 할 필요도 없다. 휘가 죽었으니 나 역시 같은 길을 가야 하는 것이 옳다고 생각한 것이다."

"사숙."

"나중에 사형과 사제를 다시 만나게 된다면 내가 잘못을 후회하며 죽었다고 전해다오."

울컥.

심장이 부서진 해진의 입에서 또다시 시뻘건 선혈이 흘러내렸다.

해진이 창백한 얼굴로 김동하를 올려다보았다.

"너를 힘들게 만들어 참으로 미안했다. 천공불진을 다시 열어 돌아간다면 그때 날 위해 향 하나만 피워준다면 그것으로 족하다."

마지막 해진의 말은 마치 꺼질 듯 가늘게 들려왔다.

이내 해진이 김동하의 앞에서 마지막 숨을 길게 내뱉으며 몸을 뉘이고 있었다.

해진의 시신을 내려다보는 김동하의 눈이 흔들리고 있었다. 이렇게 후회할 인생을 살아온 해진사숙이 어쩌면 가엽다는 생각이 들었다. 천명의 권능을 펼치면 해진이 다시 살아날 수 있겠지만 다시 살아난다고 해도 역시 같은 선택을 할 것이라는 말에 천명을 불어 넣어줄 수도 없었다. 김동하가 해진의 앞에서 머리를 숙였다.

"내세에는 어진 삶을 사시길 바랍니다."

말을 하는 김동하의 목소리가 살짝 떨리고 있었다.

이내 김동하는 숨이 끊어진 해진의 시신을 안고 자리에서 일어섰다.

해진의 용린검은 해진의 가슴에 안겨 있었다. 김동하가 해진을 안고 어둠 속으로 사라졌다. 김동하가 사라지자 그제야 어둠이 천천히 사라지며 여명이 인왕산의 산자락에 손님처럼 찾아들며 시린 새벽공기를 밀어냈다.

해진의 시신을 안은 김동하가 어두운 새벽 산길을 타고 어디로 갔는지는 김동하 본인만 알고 있을 뿐이었다.

* * *

70년 뒤.

인왕산의 산자락을 두 명의 남녀가 오르고 있었다.

"여보. 정말 이곳에 당신의 스승님이 계시는 거예요?"

맑은 여자의 목소리가 짤랑 숲을 흔들었다.

고운 한복차림에 비녀를 곱게 찔러 넣은 아름다운 여인이 주변의 산세를 살펴보며 감탄을 터트리고 있었다.

여자는 그야말로 미인도 속에서나 나올 것 같이 아름다웠다. 여인은 한서영이었다.

흰색의 도포를 걸친 사내가 빙긋 웃었다.

"물론입니다."

말을 하는 사내는 김동하였다.

500년 후의 세상에서 해로를 하며 살다 아들과 딸이 장성

하여 혼례를 치르고 분가를 하자 김동하가 한서영과 함께 또다른 천공불진을 열고 500년 전으로 돌아간 것이다. 한서영은 김동하와 함께 늙어가면서 자신에게 주어진 평생의 천명을 누리고 또다시 새로운 천명을 얻어 살게 된 것이 꿈만 같았다. 전에는 김동하가 자신을 찾아온 것이 운명이었지만 지금은 자신이 김동하를 찾은 듯한 느낌으로 세상을 살게 되었다.

500년 전의 세상으로 돌아온 한서영은 꿈에도 그리던 김동하의 부모님과 시누이를 비롯해 이제는 김동하의 스승인 해원스님까지 만나게 될 것이라곤 생각하지 못했다.

두 사람이 막 인왕산의 언덕을 오르기 시작하자 숲에서 갑자기 두 마리의 개가 뛰어나왔다.

컹컹.

멍.

두 마리의 개는 김동하와 한서영을 보는 순간 꼬리를 흔들며 반갑게 맞이했다. 두 마리의 개는 풍산개였다.

김동하가 환하게 웃으며 손을 벌렸다.

"노들이와 도진이구나."

컹컹.

김동하가 손을 벌리자 두 마리의 풍산개가 마치 품속으로 파고들 듯 김동하의 품 안으로 뛰어들고 있었다.

맴맴.

한적한 인왕산의 산길에 매미소리가 시끄럽게 울리는 여름날의 오후였다. 두 마리의 풍산개가 김동하의 품에 안겨 미

친 듯 꼬리를 흔드는 모습을 바라보는 한서영의 얼굴에는 너무나 아름다운 미소가 피어오르고 있었다.

멀리서 낡은 승복을 걸친 노인이 산길을 따라 올라오고 있는 김동하와 한서영을 보며 부드럽게 웃고 있는 모습이 보였다.

〈조선남자 완결〉

마지막 완결권이라 책의 내용이 길어졌습니다.

완결을 서두른 마음이 없지 않지만 애초에 결정하고 있었던 결말에는 변함이 없었던 것 같습니다.

지금까지 저의 작품을 읽어주신 독자님들께 진심으로 감사를 드립니다.

조선남자를 처음 기획했을 때의 의도와는 조금 내용이 바뀌게 되어 송구스럽습니다. 항상 책을 완결하면 아쉬움과 안타까움을 느끼지만 이번 조선남자라는 작품도 역시 마찬가지가 되어버린 것 같습니다.

다음번 작품에는 좀 더 탄탄한 내용과 구성으로 만나 뵙기를 약속드리겠습니다.

이번 가을에는 저의 집필실을 옮기게 될 것 같습니다. 개인적으로도 중요한 일이 생겨 잠시동안 새 작품은 집필하지 못할 것 같습니다. 하지만 곧 집필실이 갖춰지면 새로운 작품으로 다시 독자님들께 인사를 드리겠습니다.

그럼 새 작품으로 다시 인사를 드릴 때까지 건강하시길 바랍니다.

장산자락에서 K 석우 배상.